Zum Buch:

Die junge Coco Chanel steht am Anfang einer glänzenden Karriere in der Pariser Modewelt. An der Seite ihres Geliebten verkehrt sie in illustrer Gesellschaft, Adlige und Künstler schätzen die Hutmacherin mit dem exquisiten Geschmack. Alles scheint perfekt. Da ereignet sich eine Serie mysteriöser Kriminalfälle. Unversehens gerät Mademoiselle Coco in den Strudel der Ereignisse und folgt auf eigene Faust den Spuren der Verbrechen. Ist ihre Boutique das Ziel von Diebstahl und Mord? Geht es um politische Intrigen mitten im Krieg? Und welche Rolle spielen der rätselhafte Pablo Picasso und seine Leidenschaft für die schöne Irène?

Als klar wird, dass es eine Verbindung zwischen dem Maler und dem Toten im Hinterhof ihres Ateliers gibt, muss die Chefin von Chanel Modes handeln. Um ihren Ruf zu retten, scheut sie keine Gefahr. Doch Picasso ist unauffindbar und Coco plötzlich auf sich allein gestellt ...

Zur Autorin:

Hinter Michelle Marly verbirgt sich die deutsche Bestsellerautorin Micaela Jary, die in der Welt des Kinos und der Musik aufwuchs. Durch ihren Vater, den Komponisten Michael Jary, entdeckte sie schon früh ihre Liebe zu Frankreich, ihre Mutter, ein ehemaliges Mannequin, prägte ihren Sinn für Mode. Sie lebte lange in Paris und wohnt heute mit Mann und Hund in Berlin und München, hat eine erwachsene Tochter und ist sehr glückliche Oma von Zwillingen.

Michelle Marly

MADEMOISELLE
COCO
UND DIE ENTFÜHRUNG DES
PICASSO

HarperCollins

1. Auflage 2024
© 2024 by HarperCollins in der
Verlagsgruppe HarperCollins Deutschland GmbH, Hamburg
Umschlaggestaltung von FAVORITBÜRO, München
Umschlagabbildung von German Vizulis, omnimoney / Shutterstock
Gesetzt aus der Adobe Garamond
von GGP Media GmbH, Pößneck
Druck und Bindung von GGP Media GmbH, Pößneck
Printed in Germany
ISBN 978-3-365-00657-3
www.harpercollins.de

*Diese Geschichte ist ein Märchen.
Sie handelt von historischen Personen und
beruht in Teilen auf wahren Begebenheiten,
ist aber insgesamt ausschließlich ein Produkt meiner Fantasie.*

PROLOG

Durch die Ritzen der geschlossenen Läden drang nur spärliches Licht, die Schatten warfen Streifen auf ihr Lager wie die Gitterstreben vor einem Gefängnis.

In dem Haus war es so still, als hätte man sie allein zurückgelassen. Kein Laut drang aus den Fluren und Räumen in ihr Zimmer.

Anders der Lärm vor ihrem Fenster. Auf der Straße hatten sich anscheinend große Gruppen aufgeregter Menschen versammelt. Der Klang der Stimmen ließ wütende Proteste vermuten, doch in den Raum wehte nur der Zorn, kein Wort war zu verstehen. Irgendjemand stimmte »Die Internationale« an, das alte französische Kampflied, das für die Pariser Kommune geschrieben worden war. Sie erkannte diese Melodie ebenso wie die Töne des Vorkriegschansons »Bonsoir, mon amour«. Im nächsten Moment schrillten Trillerpfeifen ...

Polizei!

Sie wünschte verzweifelt, sich bemerkbar machen zu können. Sie lauschte und konnte nichts tun, um sich zu retten. Bewegungslos lag sie auf dem Bett, ihre Handgelenke waren mit Seidenbändern an die massiven Pfosten des altmodischen Himmelbetts gefesselt. Vorhin hatte sie um Hilfe gerufen, bis ihre Stimme brach und nur noch ein Flehen daraus wurde. Niemand hörte sie.

Es war wie Folter: Ihre Entführung und die Einsamkeit in diesem heruntergekommenen Haus waren schlimm genug, die Demonstration anhören zu müssen und gleichzeitig zu wissen, dass sich eine große Menschenmenge nur durch die Mauer getrennt von ihr aufhielt, aber niemand da war, der sie befreien würde, steigerte ihre Verzweiflung noch. Der Tränenstrom, den sie bisher aus Stolz zurückgehalten hatte, begann, über ihre Wangen zu fließen.

Je lauter es draußen wurde, desto mehr schluchzte sie. Nach ein paar keuchenden Atemzügen ging ihr durch den Kopf, was aus ihr werden würde, wenn die Polizei ihre Entführer verhaftete. Nicht als Kriminelle an sich, sondern als linke Demonstranten. Gewiss würde kein Mann zugeben, der unter diesen Umständen auf der Präfektur landete, dass er weitere Straftaten begangen hatte. Wie lange würden die Männer dann in Gewahrsam bleiben? Nahmen sie den Tod ihres Opfers in Kauf, wenn sie nicht gefunden würde und verhungerte, verdurstete – oder was auch immer …?

Ihr Schluchzen verwandelte sich in ein hysterisches Gelächter. Draußen fielen Schüsse.

Paris, Frühling 1916

1

»Die Deutschen kommen!«

Der gellende Schrei folgte auf einen dumpfen Knall auf der Rue Cambon, der die Fensterscheiben zum Innenhof von Haus Nummer einundzwanzig erzittern ließ.

Vor Schreck stach sich Gabrielle Chanel mit einer Stecknadel in den Finger. »Au!«

Die eben noch geschäftig ratternden Nähmaschinen in dem kleinen Atelier standen plötzlich still. Einen Atemzug lang herrschte beklemmende Ruhe. Dann setzte ein aufgeregtes Stimmengewirr ein, die Schneiderinnen und Putzmacherinnen wussten nicht recht, wohin sie zuerst schauen sollten – zu der schreienden Kollegin, dem Fenster, der Tür zum angrenzenden Hutgeschäft oder zu ihrer Chefin, die den Zeigefinger zwischen ihre blutrot bemalten Lippen steckte und daran saugte wie ein Säugling.

Einer wogenden Welle gleich strömten die Frauen an den Durchgang, sowohl neugierig als auch ängstlich oder gar sensationsgierig. In ihren weißen Kitteln schienen sie zu einer Masse zu verschmelzen, weil möglichst alle freie Sicht haben wollten auf das, was da kommen mochte – vor allem, wenn es die *Boche* waren.

Tatsächlich betrat ein sehr attraktiver Mittdreißiger in britischer Uniform den Laden und strebte auf die Verbindungstür zu, wo die zappeligen jungen Frauen sofort eine Gasse für ihn bildeten.

»Zurück an die Arbeit!«, kommandierte Gabrielle ihre Mitarbeiterinnen. »*Vite, vite!*« Und an die aufgelöste junge Näherin fügte sie empört hinzu: »Was schreist du so herum, Magali? Du hättest beinahe die Schwesterntracht der Comtesse d'Argentan ruiniert.« Sie meinte, dass ihr eigenes Blut einen kaum zu entfernenden Flecken auf dem weißen Batist des Oberteils hätte hinterlassen können. Und das nur, weil Magali sich vor den feindlichen Truppen des deutschen Kaisers, die rund achtzig Kilometer vor Paris lagen, offenbar mehr fürchtete als vor dem Zorn ihrer Chefin.

»Keine Aufregung, *Desmoiselles*.« Der Ton des Offiziers war charmant, sein Französisch exzellent: »Der Knall rührte nicht von einem deutschen Geschütz, es war nur eine Fehlzündung meines Automobils.«

Obwohl Gabrielle versuchte, ihre Angestellten mit einem strengen Blick an die Nähmaschinen zurückzubeordern, blitzten ihre Augen angesichts ihres Geliebten und Geschäftspartners auf. »*Bonjour, mon capitaine*«, grüßte sie den Hauptmann, und ihre Stimme wurde noch eine Nuance tiefer als sonst. »Wie schön, dass du wieder in Paris bist.«

»Den Fronturlaub habe ich Monsieur Clemenceau zu verdanken«, erklärte Arthur Capel, von seinen Freunden und Freundinnen *Boy* genannt, strahlend.

Ohne seine überraschende Nachricht zu kommentieren, wies Gabrielle mit einer eleganten Geste auf die Tür zu dem abgetrennten Teil des Hinterzimmers, der ihr als Büro diente. Aus den Augenwinkeln registrierte sie, dass alle Angestellten wieder an ihre Arbeit zurückgekehrt waren. Zufrieden schloss sie den Eingang und zog anschließend sorgfältig die blickdichten Vorhänge vor die Glasfront, die sie und Boy von den Näherinnen trennte. Erst als sie sicher war, unbeobachtet zu sein, warf sie die Arme um den Mann, der ihr gefolgt war. Endlich küsste er sie. Es war der leidenschaftliche Auftakt ihres Wiedersehensrituals, das ihre Hände mit rascher Entschlossenheit zu seiner Hose wandern ließ. Seit Kriegsbeginn und Boys Einberufung zur *British Expeditionary Force* mussten die wenigen Stunden seines Urlaubs gut genutzt werden. Sie hob ein Knie zu seiner Hüfte und dankte sich selbst für den Einfall, einen schlichten Rock entworfen zu haben, der den Frauen zu größtmöglicher Bewegungsfreiheit verhalf.

Sanft schob er sie von sich. »Wir haben Zeit, Coco. Georges Clemenceau hat mir ein paar Tage Ferien bewilligt.«

»Was hast du mit dem Präsidenten der französischen Armeekommission zu tun?«, fragte sie erstaunt, während sie sich über ihren Sekretär beugte, um aus einem Etui zwei *Gitanes* zu nehmen. Diese schob sie sich zwischen die Lippen und zündete die Zigaretten mit ihrem Feuerzeug an. Dann reichte sie eine der beiden an Boy weiter.

Nach einem Lungenzug antwortete er: »Der Alte schätzt mich, unser Humor ist ähnlich. Wir haben Freundschaft geschlossen.«

»Wie das denn? Er könnte dein Großvater sein, nicht wahr? Clemenceau muss vierzig Jahre älter sein als du!«

»Monsieur ist im Geiste jung geblieben.« Boy schmunzelte,

versank kurz in seinen Gedanken, bevor er fortfuhr: »Wir begegneten uns am Rande der Frontlinie. Trotz seines Alters besucht Georges Clemenceau regelmäßig die Soldaten in den Schützengräben ebenso wie die Offiziere in der Etappe. Fein herausgeputzt, du wirst es nicht glauben, in einem schwarzen Rock, als hielte er eine Rede vor der Nationalversammlung, aber mit einem komischen, fürchterlich abgetragenen Filzhut auf dem Kopf. Wenn du nicht nur Modistin für Damen wärst, würde ich ihn zu dir schicken.«

»Nun, damit ist geklärt, dass ich ihn kaum kennenlernen dürfte. Aber wie bist du zu der Ehre gelangt?«

»Er kam auf einen Überraschungsbesuch vorbei, als meine Einheit neben einem französischen Corps an der Kampflinie in Ruhigstellung lag. Niemand hatte damit gerechnet. Und mir war langweilig, verstehst du? Die Franzosen spielen in solchen Momenten Belote oder Tarot, trinken, singen melancholische Lieder oder schreiben irgendetwas – ich organisierte ein Polospiel für meine Männer.«

»Du hast an der Front Polo gespielt?«, wiederholte sie fasziniert.

Ein unbefangenes Grinsen glitt über sein Gesicht. »Ich bin Kavallerist.« Er war offensichtlich sehr stolz auf sein Regiment.

»Und dann?«

»Natürlich waren alle ganz aufgeregt.« Er zog an seiner Zigarette, und der Qualm umwölkte kurz seinen Schnauzbart. »Die französische Delegation betrachtete ein Polospiel wohl als Affront. Hinter vorgehaltener Hand wehten mir die ersten despektierlichen Kommentare entgegen. Nicht von Monsieur Clemenceau. Er brach in schallendes Gelächter aus, fand den Sport großartig und nannte mich ›einen verflixten Engländer‹. *Voilà!* Jetzt gehöre ich zu den persönlichen Beratern des Präsidenten der französischen Armeekommission.« Er verneigte sich leicht.

»Oh!«

Er küsste sie zärtlich auf den Mund. »Diese Verbindung eröffnet mir neue gesellschaftliche, politische und finanzielle Möglichkeiten. Du wirst noch staunen. Jedenfalls sind wir heute Abend zum *Dinner* bei Cécile Sorel. Ausnahmsweise hat sie mich zuerst eingeladen. Mach dich hübsch! Es ist dort ein Treffen zwischen mir und Józef Retinger vorgesehen, diesem brillanten Literaten und Politiker aus Krakau, und du weißt, die Polen lieben schöne Frauen.«

»Habe ich dich jemals enttäuscht?«

»Nein. Noch nie. Bis dahin habe ich noch einige Besorgungen zu erledigen. Wir sehen uns nachher …«

Während er sprach, hatte Gabrielle, ohne den Vorhang aufzuziehen, die Tür geöffnet. Zuerst fiel ihr ein Schatten auf, dann die hektische Magali, die an ihren Arbeitsplatz eilte. Hatte die junge Näherin etwa versucht, Gabrielles Gespräch zu belauschen? Warum nur? Es kam selten vor, dass sie und Boy in dem Hinterzimmer eine so bedeutsame Unterhaltung führten …

Ich werde das Mädchen im Auge behalten, fuhr es Gabrielle durch den Kopf. Ein seltsam beklemmendes Gefühl ergriff sie.

2

Bei dreihundert Angestellten, vornehmlich Näherinnen in Heimarbeit, vergaß Gabrielle die Verfehlungen einer einzelnen Mitarbeiterin zwar nicht, aber Magalis Verhalten beschäftigte sie nicht für den Rest des Tages.

Die Kundinnen nahmen ihre Aufmerksamkeit in Anspruch, allen voran Madame Grosjean, eine geborene Comtesse, die einen schwerreichen Industriellen geehelicht hatte. Dessen Mätresse, eine bekannte Opernsängerin, kaufte ebenfalls bei Chanel ein, weshalb Gabrielle ihre Konzentration darauf legen musste, den Damen nicht dieselben Modelle zu verkaufen. Heute führte Madame zudem ihre Tochter ein: »Amélie hat sich in den Kopf gesetzt, in dem Lazarett im Grand Palais zu arbeiten. Es gibt zweifellos kein schöneres Krankenhaus in Paris. Mein Augenstern braucht dafür angemessene Kleidung. Führen Sie noch diese exquisiten Hauben, die Sie damals in Ihrem Geschäft an der See anfertigten, Mademoiselle Chanel?«

»Selbstverständlich«, versicherte Gabrielle. »Ich lasse Ihnen das Modell sofort holen.« Sie gab ihrer Verkäuferin, die sich diskret im Hintergrund gehalten, aber das Gespräch verfolgt hatte, ein

Zeichen. Dann schob sie zwei Stühle vor den dekorativen Toilettentisch in der Mitte der Längswand. »Bitte nehmen Sie doch Platz, Madame. Und Sie auch, Mademoiselle Grosjean.«

Die meisten Frauen, für die Gabrielle neue Hüte modellierte, hatten weniger in ihrem Kopf als auf ihrem Bankkonto. Das war ihr von Anfang an klar gewesen, als sie begann, Entwürfe für die Freundinnen ihres Förderers Étienne Balsan herzustellen. Amélie Grosjean wirkte jedoch nicht vergnügungssüchtig und einfältig, ihre Augen blickten ohne jede Scheu mit einer Wachsamkeit, die wahrscheinlich ein Zeichen von Intelligenz war, und der energische Zug um ihren herzförmigen Mund deutete auf Durchsetzungskraft hin. Ein Mann, der sich von dem ansonsten hübschen Äußeren und den blonden Locken der etwa Achtzehnjährigen blenden ließ, könnte womöglich sein blaues Wunder erleben. Aber Männer übersehen derartige Charakterzüge gerne, das wusste Gabrielle. Sie selbst gab sich vor Boy schließlich auch niemals aufbrausend und unduldsam wie manchmal vor ihren Angestellten.

Eine davon balancierte nun die gewünschte Haube auf ihren Fingern. Als sich Gabrielle in dem ersten heißen Kriegssommer mit Boy in ihrer damals erst kürzlich eröffneten Boutique in Deauville aufgehalten hatte, war sie vor allem von Damen, die Paris aus Angst vor einer deutschen Besatzung in Richtung Meeresfrische verlassen hatten, um neue Garderobe gebeten worden. Nicht nur, dass das Gepäck auf dieser Reise reduziert sein musste. Das noble Hotel Royal wurde in ein Lazarett verwandelt, und den vormaligen weiblichen Gästen war es eine Ehre und Pflicht, dort als Pflegerinnen zu dienen. Es war nur keine Krankenschwesterkleidung vorrätig, und die Zofentrachten aus den Kammern des Hotels mochte keine der künftigen Wohltäterinnen tragen, vor allem nicht die Spitzenhäubchen, die deutlich wie nichts anderes auf den Beruf der Trägerin hinwiesen. Man erinnerte sich an die Hüte von Mademoiselle Chanel, und *voilà* – sie sorgte mit einer von dem *Klobuk* der christlich-orthodoxen Nonnen inspirierten Haube für Eleganz auf den Hochsteckfrisuren der Damen.

Amélie Grosjean betrachtete sich skeptisch in dem Spiegel vor ihrem Platz. »Nun, wenigstens sehe ich nicht aus wie eine Köchin«, stellte sie fest. »Aber dafür rutscht mir dieses Ding in die Stirn.«

»Das Kopfband muss enger sein«, erwiderte Gabrielle freundlich. »Ich werde gleich Maß nehmen und für die perfekte Passform sorgen.«

»Ja, das sollten Sie«, stimmte Madame Grosjean zu, woraufhin Amélie ihren eben zu einer raschen Antwort geöffneten Mund wieder schloss. »Wir wollen die Haube sofort mitnehmen, Mademoiselle, sonst kann meine liebe Tochter ihren Dienst nicht pünktlich antreten.«

»Benötigen Sie noch Kleid und Schürze dazu?«, erkundigte sich Gabrielle beiläufig, während sie das Maßband um den Blondschopf legte.

»Das haben wir schon bei Monsieur Poiret gekauft«, versetzte Amélie mit einem gewissen Unterton. Der sollte wohl sagen, dass sie sich ihre Garderobe nicht von einer kleinen Hutmacherin schneidern ließ, sondern von dem bekanntesten Modeschöpfer in Paris. Jenem Mann, dem Coco Chanel mit aller Kraft Konkurrenz machen wollte.

»Was für ein Irrtum meinerseits«, behauptete Gabrielle ironisch.

»Ich dachte, Paul Poiret entwirft nur noch Mäntel für das Militär.« Dann senkte sie den Blick auf ihre Arbeit.

Nach ein paar Handgriffen und mittels ein paar Stecknadeln saß die Kopfbedeckung der künftigen Pflegerin, wie sie sollte. Amélie schien zwar noch immer nicht glücklich darüber zu sein, doch ihre Mutter war zufrieden. Daraufhin schickte Gabrielle ihre Verkäuferin in die Nähstube, um die Änderungen sofort vornehmen zu lassen. In der Zwischenzeit wollte sie sich um die *Cloche* kümmern, die Madame Grosjean vor einer Weile bestellt hatte. Als sich die Aufmerksamkeit der Modistin von ihr zu ihrer Mutter verlagerte, begann sich Amélie offenbar zu langweilen. Sie betrachtete ihre Fingernägel, rutschte auf dem Stuhl hin und her, schnitt sich im Spiegel Grimassen. Da ist wohl doch nicht so viel Klugheit hinter der Fassade, dachte Gabrielle mit einem inneren Seufzen.

Eine Stunde später knotete sie jeweils eine Schleife um die Hutschachteln, die für die Kundinnen vorbereitet worden waren.

Die ältere Kundin überreichte Gabrielle einen Scheck und versprach, bald wiederzukommen. Gabrielle nickte beflissen und wartete, dass Madame und Mademoiselle Grosjean den Laden verließen. Erst als die beiden durch die Tür waren, ging Gabrielle zu dem Verkaufstisch und öffnete die hübsche chinesische Schatulle, in der sie ihre Tageseinnahmen aufbewahrte. Die Zahlungsanweisung in der Hand, erstarrte sie.

Bis auf ein paar Silbermünzen war die Kasse leer.

Sie hob den Metalleinsatz hoch, blickte darunter.

Nichts.

Ihr Herz klopfte wild, doch sie schaffte es, einen hysterischen Anfall zu unterdrücken. Ebenso widersetzte sie sich dem Impuls, die Kassette auf den Boden zu schleudern. Stattdessen herrschte sie ihre Verkäuferin an: »Angèle, was ist hier los?«

Die herbeigeeilte Mitarbeiterin blickte über Gabrielles Schulter – und wurde puterrot. »Oh! Mademoiselle, oh! Da ist nichts drin.«

»Wo sind die Münzen und Scheine, die sich hier befanden?« Gabrielle trommelte mit dem Zeigefinger auf das leere Futteral.

»Mademoiselle, das weiß ich nicht. Ganz bestimmt nicht. Sie sind die einzige Person, die einen Schlüssel für die Kassette besitzt, Mademoiselle, niemand kann sich darin bedienen.«

Mit spitzen Fingern zog Gabrielle eine Zigarette aus dem Etui in der Tasche ihres Rocks. Während sie mit dem Feuerzeug spielte, das Boy ihr geschenkt hatte, überlegte sie, wann sie die Kasse aufgeschlossen hatte. Sie konnte sich nicht erinnern, wahrscheinlich war dies geschehen, als sie die erste Kundin empfing – so wie immer. Die Tageseinnahmen kamen jeden Abend in den Safe in ihrem Büro. Jedenfalls war irgendwann der Bote von Madame Savigny gekommen und hatte die Kollektion bezahlt, die Gabrielle für die Sommerfrische der Dame angefertigt hatte. Da war noch alles in Ordnung gewesen. Desgleichen geschah nichts Auffälliges, als Mademoiselle Hugo vorbeischaute, und ob die britische Touristin, die etliche Modelle aufprobiert, aber dann doch keinen Hut gekauft hatte, ob also diese Frau in die Nähe der Kassette gekommen war, wusste Gabrielle nicht mehr.

Sie fand keine Erklärung für den Verlust. Annähernd einhundert Francs in bar hatten in der Schatulle gelegen, abgesehen von den Schecks. Wenn man bedachte, dass so kostbare Waren wie ein Kilogramm Butter über drei und ein Sack Kohle fast fünf Francs kosteten, war das sehr viel Geld. Definitiv zu viel, um es zu verlieren.

Sie steckte sich die Zigarette an. Durch den ausgeatmeten Rauch fragte sie scharf: »Wer war an der Kasse, Angèle?«

»Niemand, Mademoiselle. Niemand außer Ihnen. Ich schwöre es!« Die junge Verkäuferin wirkte wie ein verschrecktes Kaninchen.

Obwohl Angèle natürlich die Person war, die am ehesten in die Schatulle greifen könnte, glaubte ihr Gabrielle genau aus diesem Grunde. Außerdem arbeitete die junge Frau seit der Gründung von Chanel Modes in Paris bei ihr, sie war immer zuverlässig gewesen. »Kein Wort. Zu niemandem. Oder ich sage, Sie sind die Diebin. Haben wir uns verstanden?«

»Ja, Mademoiselle, selbstverständlich. Ich tue alles, was Sie wünschen, wenn Sie nur nicht ernsthaft glauben, dass ich Sie bestehlen könnte.«

»Ich kümmere mich um die Angelegenheit«, erklärte Gabrielle. Sie hatte zwar nicht die geringste Ahnung, wie sie das angehen sollte, aber sie würde die Sache aufklären.

Der erste Weg sollte sie eigentlich zur Polizei führen, das war Gabrielle klar. Doch lag ihr nichts ferner, als Angèle oder eines der anderen Mädchen zur Préfecture zu schicken, um Anzeige zu erstatten. Wenn sich unter ihren Kundinnen herumsprach, dass ein Dieb oder eine Diebin bei Coco Chanel lange Finger machte, würde es mindestens bösen Klatsch, wenn nicht sogar einen Skandal geben. Jede der feinen Damen würde Angst um die eigene Handtasche haben, womöglich sogar um die wertvollen Ketten am Hals, und sich eine Putzmacherin suchen, die zwar weniger schicke Modelle kreierte, aber mehr Sicherheit vermittelte. Das konnte Gabrielle nicht zulassen. Dafür hatte sie zu hart für ihren guten Ruf als Modistin gearbeitet. Bestehlen lassen würde sie sich allerdings auch nicht. Doch nur sie selbst konnte herausfinden, wer das getan hatte und ihr Eigentum wiederbeschaffen.

Sie legte den Scheck von Madame Grosjean in die Kasse, als wäre nichts passiert.

3

Gabrielle saß Stunden an ihrem Schreibtisch vor einem Stapel Papier. Sie hatte ihren Laden skizziert, die Plätze vor den Spiegeln, die Regalborde mit den Hutständern, den Tisch mit der Schatulle. Dann versuchte sie, die Wege nachzuvollziehen, die ihre Kundinnen, die Verkäuferin und sie selbst gegangen waren. Wer war nahe an der Kasse vorbeigegangen? Wer hatte die Möglichkeit, die Kassette zu öffnen und hineinzugreifen? Wer besaß genug Zeit und Ruhe dafür? Gabrielle zeichnete immer wieder auf einem neuen Blatt, aber die einzigen beiden Personen, die nach ihrer Überlegung infrage kamen, waren Angèle und sie selbst. Könnte die Unschuld der jungen Frau also nur gespielt sein? Dann machte sie Cécile Sorel in der Comédie-Française allerdings heftig Konkurrenz, ihre schauspielerische Leistung wäre schwer zu übertreffen. Seufzend legte Gabrielle ihren Stift beiseite.

Dummerweise konnte sie sich nicht erinnern, wann genau sie die Schatulle aufgeschlossen hatte. War es gewesen, bevor Boy auftauchte? In den Minuten, die sie mit ihm allein verbrachte, hätte alles in ihrer Boutique passieren können – sogar ein Sturm der *Boche* –, sie hätte es nicht bemerkt. Touristinnen reisten derzeit vor allem aus Großbritannien an, manche auch aus Amerika, einige Spanierinnen waren dabei, aber es waren deutlich weniger als vor Kriegsbeginn. Wenn Gabrielle nicht vor Ort war, trug die Verkäuferin die Verantwortung. Also Angèle …

Wieder lief alles auf Angèle hinaus. Doch Gabrielle glaubte unverändert an deren Unschuld, ihre eigene Menschenkenntnis und ihr Gottvertrauen.

Am Ende des Tages stellte sie fest, dass sie zu wenig gearbeitet und zu viel gegrübelt hatte. Sie ärgerte sich, weil sie zu keinem Ergebnis gekommen war. Und nun drängte die Zeit. Sie musste sich fertig machen für Boy und die Einladung zum *Diner* bei Cécile Sorel und hinter sich lassen, was sie die vergangenen Stunden bewegt hatte.

Trotz der Furcht vor einem deutschen Luftangriff war das abendliche Paris ein einziges Lichtermeer, durch das Boy seinen Rolls-Royce zu dem Palais am Quai Voltaire lenkte, in dem die berühmte Schauspielerin Cécile Sorel, verheiratete und geschiedene Comtesse de Ségur, residierte. Die Restaurants hatten geöffnet, und bei dem warmen Wetter standen sogar Tische und Stühle auf den Straßen, vor den Theaterkassen bildeten sich lange Schlangen, an der Seine schlenderten verliebte Paare durch den milden Abend, und nicht nur in dunklen Ecken boten junge Frauen ihre Dienste liebeshungrigen Soldaten auf Heimaturlaub an.

Gabrielle kannte diese Art Männer aus ihrer Jugend. Damals hatte sie als lebenslustige Näherin in der Garnisonsstadt Moulins mehr als nur Hosennähte repariert. Inzwischen hatte sie eine solche Angst davor entwickelt, wiedererkannt zu werden, dass sie sich weigerte, in den Kriegsdienst zu treten oder auch nur einen einzigen Knopf an den Uniformrock eines Offiziers zu nähen. Umso größer ihr Schreck, als sie unter den Gästen von Cécile Sorel einen hochgewachsenen Mann in der Uniform eines Artillerieleutnants antraf. Da er in ihrem Alter war, bestand die – wenn auch schwache – Befürchtung, dass sie einander schon einmal begegnet waren. Allerdings konnte sie sich an die wachen Augen, die unter einem Kopfverband hervorblitzten, nicht erinnern. Der Verwundete interessierte sich nicht für Gabrielle und Boy, sondern redete in einer slawischen Sprache auf eine bildschöne elegante Frau mit rotblondem Haar ein, die Gabrielle ebenfalls noch nie gesehen hatte.

»Meine Liebe, Sie sehen verwirrt aus!«, stellte Cécile fest. »Das sind meine Freunde Misia Edwards und Guillaume Apollinaire. Kennen Sie einander schon?«

»Nein. Nicht dass ich wüsste.«

»Sie haben beide polnische Wurzeln und unterhalten sich in der gemeinsamen Muttersprache – ist das nicht herrlich? Hören Sie diesen weichen Klang? Ich liebe das. Eine Frau, die schon Auguste Renoir Modell saß, und ein Kunstkritiker haben sich natürlich viel zu erzählen, aber wenn Józef Retinger kommt, werde ich alle bitten, Französisch zu sprechen, damit wir nicht ausgeschlossen sind von der Unterhaltung ...« Cécile winkte eine junge Kellnerin herbei, die wahrscheinlich zu einer Agentur für Leihpersonal gehörte und nun die Getränke auf einem Silbertablett anbot. Die Gastgeberin unterbrach ihren Redeschwall, um kaum merklich Atem zu holen. »Der Genuss von *Brioches* ist zwar verboten, und das *Baguette* wird anders als früher gebacken, aber der Champagner ist nicht rationiert. Das müssen wir ausnutzen. Jede Flasche, die wir trinken, entgeht den Deutschen. Also greifen

Sie zu. Und dann machen Sie sich bitte selbst bekannt, ich höre, es ist ein Gast gekommen. Ich glaubte, es ist Jean Cocteau ...« Ihr zwitschernder Plauderton verklang, als sie aus dem Salon in das Entree enteilte.

Boy nahm zwei Gläser von dem dargebotenen Tablett, dann reichte er eines Gabrielle und stieß mit ihr an. »Betrinken wir uns zu Ehren der *Grande Nation*. *Santé*, Coco!«

Über den Rand ihres Sektkelchs blickend, entdeckte Gabrielle einen Mann, der etwas abseits stand und die Gemälde an der Wand eingehend zu studieren schien. Er war etwas kleiner als sie mit ihren hundertsechsundsechzig Zentimetern, und er trug sein dunkles Haar auf merkwürdige Art gescheitelt, sodass ihm bei jeder Bewegung eine Strähne in die Stirn fiel. Wahrscheinlich will er verwegen wirken, dachte sie.

Der gerade eingetroffene Gast war tatsächlich der Dichter Jean Cocteau. Er breitete die Arme aus, küsste Gabrielle auf beide Wangen und bedauerte wortreich, dass sie einander lange nicht gesehen hatten. Zuletzt waren sie einander ebenfalls bei Cécile begegnet und hatten sich ausgezeichnet unterhalten. Cécile Sorel, Comtesse de Ségur, ließ seit geraumer Zeit ihre Hüte bei Chanel anfertigen und war vernarrt in Gabrielle. Sie lud sie regelmäßig zu ihren eleganten wie illustren Abendessen ein, bei denen sie brillante Köpfe, einflussreiche Personen, Schönheiten beiderlei Geschlechts sowie Erfolg versprechende Künstler und Künstlerinnen zusammenführte. Obwohl nur eine Modistin mit Ambitionen, fand Gabrielle – meist ohne Boys Begleitung – rasch Anklang in diesem Kreis.

»Wir müssen uns unbedingt öfter treffen«, befand Cocteau, wobei er Boy miteinbezog, dessen Hand er gerade schüttelte.

»Misia, meine Liebe, laden Sie doch Mademoiselle Chanel und Commander Capel zu einem Ihrer wunderbaren Mittagessen ein.«

Gabrielle öffnete ihren Mund, um freundlich abzulehnen, weil sie mittags arbeitete, aber gerade rechtzeitig fiel ihr ein, dass Madame Edwards' *Déjeuners* möglicherweise sinnvoll für die Akquise neuer Kundinnen war. Allerdings kannte sie den Einfluss der Dame noch nicht und wusste nicht, ob es sich lohnte, Boutique und Atelier für ein Mittagessen allein zu lassen.

Sie suchte nach einer vagen Antwort, doch der kleine Mann vor den Bildern kam ihr zuvor: »Das ist so dekadent! Lassen Sie es, Mademoiselle, gehen Sie lieber in den Louvre, wenn Sie sich über Kunst unterhalten wollen.« Er sprach Französisch mit einem Akzent.

»Ach, Pablo«, seufzte Cocteau, »wir sind gerade nicht im Klassenkampf…«

»… und wir sind auch nicht in den Vereinigten Staaten«, fügte Boy belustigt hinzu. »Monsieur Clemenceau sagte neulich zu mir, in Amerika sei die Entwicklung von der Barbarei zur Dekadenz ohne Umweg über die Kultur vorangeschritten. Davon sind wir hier unter uns glücklicherweise weit entfernt.«

Alles lachte. Nur der kleine Mann mit der Strähne, die ihm in die Stirn fiel, wirkte etwas missmutig. War er gekränkt? Oder nur schlecht gelaunt?

»Nehmen Sie Picasso nicht ernst«, lächelte Cocteau, »er ist für die Arbeiterbewegung, kauft sich aber gleichzeitig ein Schlösschen am Stadtrand.«

»Immerhin liegt die Villa in einem Arbeiterviertel«, warf Apollinaire ein, und wieder lachte alles.

»Du hattest schon immer einen fabelhaften Geschmack«, behauptete Misia Edwards, trat neben den Mann, über den sich alle amüsierten, und hakte sich bei ihm unter. Sie überragte ihn um Haupteslänge. »Ich bewundere deine Malerei ebenso wie deine Art zu leben.«

Cocteau setzte zu einer fast höfischen Geste an. »Ich glaube, die Herrschaften kennen sich noch nicht: Mademoiselle Chanel, Commander Capel, darf ich Ihnen Misia Edwards und Pablo Picasso vorstellen? Und hier haben wir Guillaume Apollinaire, der nach einer schweren Verwundung auf Heimaturlaub geschickt wurde und somit endlich wieder unter uns weilt. Wir alle können unser Glück kaum fassen.«

»Trinken wir auf die Gesundheit von Guillaume Apollinaire«, rief Misia aus. »*Na zdrowie!*«

Gläser klirrten beim Anstoßen, der Champagner wurde von den Männern in einem Zug ausgetrunken, während die beiden Damen nur einen Schluck nahmen. Gabrielle bedauerte, zu viel übrig gelassen zu haben – sie konnte ihr Glas nicht wie die anderen auf den Boden werfen, ohne für eine Pfütze zu sorgen. Aber eigentlich schätzte sie Extravaganz nicht bei sich selbst. Deshalb behielt sie ihren Sektkelch in der rechten Hand, während die linke eine Zigarette zu ihrem Mund führte.

Die Männer hatten ihren Spaß, und ein Dienstmädchen lief herbei, um die Scherben aufzufegen. Pablo Picassos Klassenkampf erstreckte sich nicht darauf, ihr zu helfen. Die junge Kellnerin brachte rasch frische Gläser. Der Knall eines Korkens übertönte das Gelächter der Gäste.

»Ich höre, wir kommen gerade recht …« Die fröhliche Stimme eines Mannes war in dem Partylärm kaum zu verstehen.

Cécile erschien endlich wieder auf der Bildfläche. Sie klatschte in die Hände. »Ruhe bitte. Seid doch kurz still ...!« Als sie sich der Aufmerksamkeit ihrer Freunde und Freundinnen sicher war, fuhr sie fort: »Ich möchte euch den Künstler Serge Férat vorstellen, der seine Muse Irène Lagut ...«

»Kollegin«, protestierte die junge Frau an seiner Seite. »Ich bin nicht nur seine Muse und sein Modell, sondern ebenfalls Malerin.« Dabei klang sie unbekümmert und keinesfalls vorwurfsvoll.

Gabrielle, die den Umgang mit Schönheit zu ihrem Beruf gemacht hatte, sah die etwa Zwanzigjährige interessiert an. Zweifellos war Irène Lagut eine Frau, die nicht nur durch ihre Selbstständigkeit auffiel, sondern auch durch ihr attraktives Äußeres. Sie trug das brünette Haar zu einer Bubikopffrisur, die ihr hübsches Gesicht betonte, und ihr Rock endete an ihren Knöcheln. Eine überaus moderne Person.

Zufällig streifte Gabrielles Blick den eigensinnigen kleinen Mann im Hintergrund. Unwillkürlich registrierte sie das Aufflackern in seinen lebhaften dunklen Augen. Er starrte die junge Frau an, als wollte er sie unverzüglich ausziehen. Gabrielle überlegte, ob er Irène malen oder verführen wollte. Offensichtlich war er hingerissen.

Sie vergaß ihre Beobachtung, denn neue Trinksprüche erforderten ihre Aufmerksamkeit und das Öffnen und Trinken weiterer Flaschen Champagner. Mit Charme sorgte Cécile dafür, dass ihre Gläser nicht wieder zu Bruch gingen. Dennoch wurde ausschweifend getrunken, bis Józef Retinger schließlich als letzter Gast erschien und Cécile zu Tisch bat.

Im Speisezimmer wurde weiter getrunken, dazu gegessen und neben der Plauderei gelacht. Die Spitzen, mit denen der eine oder andere Satz gewürzt war, wurden ebenso geschluckt wie der Pfeffer auf dem Rindfleisch, und als das Dessert kam, erreichten die Witze durchaus die Gürtellinie und die Teile darunter. Gabrielle fiel auf, dass Irène Lagut ungewöhnlich freizügig mithielt, ein wenig leichtsinnig vielleicht, aber dabei nicht peinlich. Sie selbst pflegte eine damenhafte Haltung, die sie anscheinend mit Misia Edwards teilte, deren gen Himmel gerichteten Blick sie zuweilen bemerkte und mit einem stillen Lächeln beantwortete. Die Männer an der Tafel hingen jedoch alle an Irènes Lippen.

Trotz der feuchtfröhlichen Stimmung und des allgemeinen Tändelns gelang es Boy, mit Józef das ernste Gespräche zu führen, für das er Gabrielle begleitet hatte. Er zog sich mit dem Polen und seinem gut gefüllten Zigarettenetui zurück. Als er Gabrielle später nach Hause in ihre Mietwohnung am Boulevard Malesherbes brachte, schwärmte er von seinem Gespräch. »Die Idee einer europäischen Union unter der Führung von Großbritannien und Frankreich ist wunderbar. Natürlich vollkommen revolutionär, aber genial. Ich werde Monsieur Clemenceau darüber informieren.« Und Gabrielle gratulierte ihm zu seiner Klugheit, obwohl sie sich nicht das Geringste aus Politik machte.

4

Es war wie ein Déjà-vu, obgleich Magali heute nicht schrie, weil sie die Fehlzündung eines Automobils mit dem Donner einer deutschen Kanone verwechselte. Diesmal gab es einen anderen Grund: »Ein Toter. Im Hof liegt ein Toter.«

Wieder endete das Geratter der Nähmaschinen abrupt, Stühle knarrten und Füße scharrten, als Magalis Kolleginnen aufsprangen und der Sensation entgegenstrebten. Diesmal war es nicht das Fenster des Ateliers, sondern der rückwärtige Ausgang.

Gabrielle hatte Magali angewiesen, den Abfall aus dem Atelier draußen in den Mülleimer der Hausgemeinschaft zu werfen. Obwohl Gabrielle sehr sparsam mit Stoffresten umging, weil Seide und Organza zu teuer waren, um weggeworfen zu werden, fielen bei der täglichen Arbeit eine Menge kaputter Pailletten, Perlen, Federn oder anderer Zierrat, verbogener Draht und zerbrochene Nadeln an. Außerdem überraschte sie immer wieder die Menge von Wollmäusen, die trotz ihrer Bemühung um Sauberkeit in der Putzerei zusammengekehrt wurden. Da sie zu dieser Jahreszeit nicht heizten, fiel keine Asche an, sodass sie nicht auf die Glut achten mussten.

Nachdem sie sich von dem ersten Schrecken nach Magalis Ausruf erholt hatte, fragte sie sich, ob die junge Näherin überhaupt den Geist besaß, einen dahingeschiedenen Mann von einer Schnapsleiche zu unterscheiden.

»Weg von der Tür«, wies Gabrielle ihre Mitarbeiterinnen an. »Ich schaue nach dem Rechten.«

Wie anderntags für Boy bildeten die Frauen nun eine Gasse für Gabrielle. Die schluchzende Magali tauchte in die Sicherheit ihrer Kolleginnen ein, während Gabrielle beherzt in den Innenhof marschierte. Hinter ihr schlossen sich die Reihen der Näherinnen zu einem neugierigen Rund.

Ein leichter Nieselregen fiel auf die Pflastersteine des Innenhofs, Gabrielle strömte ein frischer grüner Duft entgegen, der sich mit dem Geruch von Moder mischte, je näher sie zu den Abfalltonnen kam. Erst als sie direkt davorstand, sah sie den lang ausgestreckten Körper.

Auf den ersten Blick fiel ihr die elegante Kleidung des jungen Mannes auf, der einen teuren Sommeranzug trug, auf dem sich die Flecken der Regentropfen sammelten. Er lag auf dem Rücken, sodass ihr das Fehlen einer Uhrkette sofort auffiel. Seine leeren Augen starrten sie an, und in seinem blonden Haar klebte Blut. Magali hatte recht. Das war eindeutig ein Toter.

Gabrielle überlegte, ob sie sich niederknien und ihm die Augen schließen oder ein Gebet sprechen sollte. Zunächst in einer großen Familie in einfachsten Verhältnissen und später in einem Kloster aufgewachsen, war ihr der Tod nicht so fremd wie vielen anderen jungen Frauen aus behüteterem Umfeld. Eine Leiche löste keinen hysterischen Anfall bei ihr aus. Deshalb bewahrte sie Ruhe angesichts des Fundes vor ihrer Hintertür.

Während sie auf ihn hinunterschaute, fiel ihr ein, dass sie das wächserne, verzerrte Gesicht schon einmal gesehen hatte. »Monsieur Grosjean ...?!«

Unschlüssig, ob sie sich nun zu dem Sohn ihrer Kundin hinunterbeugen oder es besser lassen sollte, rief sie schließlich über ihre Schulter: »Eine von euch muss die Polizei verständigen. Hier ist ein schrecklicher Unfall passiert.«

Ihrer Ansicht nach hatte Monsieur Grosjean zu viel getrunken und war mit dem Kopf irgendwo dagegengestoßen, sodass er hingefallen und entweder gleich oder später verstorben war. Der Arme.

Die Frage war nur: Was hatte er im Innenhof der Rue Cambon Nummer einundzwanzig zu suchen gehabt? Seine Familie wohnte im noblen sechzehnten Arrondissement nicht gerade um die Ecke, und hier in dieser Gegend befanden sich keine Vergnügungslokale, die einen jungen Mann anziehen könnten. Wie war er hierhergeraten, sodass ihn Magali auffand? Gabrielle dachte, dass ihre Boutique nun doch ins Gerede kommen würde – daran konnte sie nichts ändern. Eine Leiche war etwas anderes als eine leere Kasse, die durfte sie vor der Polizei nicht verbergen.

Sie wünschte, der junge Mann hätte sich einen anderen Ort für sein Ableben ausgesucht. Die Front vielleicht. Da fielen täglich Tausende. Warum war er nicht in Flandern oder Lothringen gestorben, sondern in der Rue Cambon in Paris? Die Sache würde ihr Ärger bereiten, das stand fest.

5

Der herbeigerufene Straßenpolizist lehnte sein Fahrrad gegen das Schaufenster der Boutique Chanel, was Gabrielle zutiefst verärgerte. Sie ließ es sich jedoch nicht anmerken, sondern führte ihn zu dem Toten. Inzwischen waren die Concièrge und Monsieur Talbot, der ältere Herr aus dem zweiten Stock, im Hof erschienen, ein ehemaliger Verwaltungsbeamter im Ruhestand. Madame Thérèse verlor die Nerven und weinte noch mehr als Magali, während Gabrielles Nachbar die Sache in die Hand nahm: Seinen kläffenden Foxterrier an die kurze Leine nehmend, hielt er Wache, damit niemand dem Ort des Geschehens zu nahe kam, bevor sich ein Bestatter der Angelegenheit annehmen würde. Diese Aufgabe sollte Monsieur Talbot allerdings noch ein wenig länger wahrnehmen, da der Gendarm es vorzog, Verstärkung in der Préfecture anzufordern, und bis zu deren Eintreffen alles so bleiben sollte, wie die Damen aus dem Hutsalon es vorgefunden hatten. Monsieur Talbot stimmte dem vorbehaltlos zu.

»Bei einem Tatort darf nichts verändert werden«, erklärte er.

»Wieso denn *Tatort*?«, gab Gabrielle entnervt zurück. »Es handelt sich doch nur um einen schrecklichen Unfall.«

Monsieur wiegte den Kopf hin und her. »Das kann man jetzt noch gar nicht genau sagen, Mademoiselle Chanel. Wer weiß, was dem armen Kerl zugestoßen ist?«

»Ein Unfall«, wiederholte Gabrielle unverdrossen. »Er ist gestürzt und hat sich tödlich verletzt.«

»Hier, Napoléon!« Ihr Nachbar zerrte an der Leine seines Hundes. »Du darfst nicht an den Stiefeln von Monsieur …«

»… Grosjean«, sagte Gabrielle.

Monsieur Talbot sah sie überrascht an. »Oh, Sie waren mit dem Toten bekannt. Das wird die Kriminalpolizei gewiss interessieren.«

»Kriminalpolizei?« Gabrielles Stimme klang unnatürlich schrill.

»Ja. Die *Police judiciaire* ist bei ungeklärten Todesfällen zuständig. Wussten Sie das nicht?«

»Ich habe üblicherweise nichts mit ungeklärten Todesfällen zu tun«, schnappte Gabrielle. Der Gedanke, dass der junge Grosjean einem Gewaltverbrechen zum Opfer gefallen sein könnte, brachte ihren Magen in Wallung. Rasch wandte sie sich von dem nunmehr verstörenden Anblick der Leiche ab.

An der rückwärtigen Tür zu ihrem Atelier hingen ihre neugierigen Angestellten wie Trauben an einem Rebstock. Empört klatschte sie in die Hände. »Was ist los mit Ihnen? Hier gibt es nichts zu gaffen. An die Arbeit! *Vite, vite!*«

Gabrielle kam es vor, als wären Stunden vergangen, bis endlich die Herren aus der Préfecture eintrafen. Zwei Polizisten, einer davon in Uniform, und zudem ein Zivilist, bei dem es sich um den Arzt handelte. Der Gendarm auf seinem Fahrrad begleitete die Kollegen von der *Police nationale*, als wollte er ihnen den Ort zeigen, an den sie gerufen worden waren. Als würde die Kriminalpolizei die Rue Cambon nicht kennen, dachte Gabrielle grimmig. Hier passierten zwar keine Verbrechen, aber die Rückseite des Hotel Ritz sollte jedem Pariser bekannt sein.

Der Beamte, der anscheinend das Sagen hatte, war um die vierzig und von unscheinbarem Äußeren mit sandfarbenem Haar und einem durchschnittlich attraktiven Gesicht mit einem ebenfalls sandfarbenen Schnauzbart. Sein Straßenanzug war nicht sonderlich gut geschnitten, aus billigem Stoff gefertigt und abgetragen. Um seine Schultern hing jedoch ein neuer englischer Regenmantel aus Gabardine, mit dem er deutlich besser in die elegante Boutique passte. »Wo ist hier der Chef?«

Gabrielle wandte ihren Blick von dem Fahrrad, das schon wieder auf der anderen Seite des Schaufensters abgestellt war. »Das bin ich.« Sie zwang sich zu einem höflichen Lächeln. »Ich bin Gabrielle Chanel.«

Er sah sie einen Moment lang irritiert an. Dann: »Aha ... Mein Name ist Hollande. Kommissar Hollande. Und das sind Sergent Salois und Doktor Conchard, und wir möchten unverzüglich an den Tatort gebracht werden.«

»Das ist kein Tatort!«, widersprach Gabrielle.

»Mir wurde gesagt ...«

»Ja, ja«, seufzte sie. Warum überließ es Kommissar Hollande eigentlich nicht dem Polizisten, die Herren von der Kriminalpolizei in den Innenhof zu führen? Sie wollte unbedingt im Laden bleiben, um Neugierige abzuwehren, die sich irgendwann fast zwangsläufig einstellen würden, und Kundinnen mit beruhigenden Worten zu empfangen. Nicht auszudenken, wenn sich die leicht aufzuregende Suzanne verplapperte und von einer Leiche an der Hintertür des Ateliers berichtete! »Kommen Sie schon mit.«

Der Terrier von Monsieur Talbot regte sich über die Neuankömmlinge auf, er bellte und war von dem alten Mann kaum zu halten. Offenbar war Napoléon fest entschlossen, sein neues Revier zu verteidigen.

»Meine Güte«, sagte Kommissar Hollande schmunzelnd, »ich habe im Kampf eine Hand verloren, hoffentlich beißt mir die Töle nicht die andere ab.«

»Aber, Monsieur, ich bitte Sie, Napoléon tut niemandem etwas zuleide«, warf das Herrchen rasch ein. Doch Napoléon bellte und knurrte und zog an der Leine.

Gabrielle sah Hollande erstaunt an. Auf den ersten Blick hatte sie nichts von einer Verwundung bemerkt. Möglicherweise trug er den Mantel auf diese Weise, um ein Gebrechen zu kaschieren. Am meisten überraschte sie aber der Humor, mit dem er der Situation begegnete. Sein Lächeln gefiel ihr. Ohne nachzudenken erwiderte sie es.

»Ich kenne Sie!«, rief er aus. »Wir sind uns schon einmal begegnet.«

»Das glaube ich eher nicht, *Monsieur le Commissaire*, ich hatte noch nie mit der Polizei zu tun.«

»Aha ... Nun, dann haben Sie eben jetzt mit uns zu tun, Mademoiselle Chanel. Bitte halten Sie sich zu unserer Verfügung, ebenso Ihre Angestellten. Wir werden Sie befragen, nachdem wir uns den Toten ...«

»Monsieur Grosjean«, half Gabrielle nach.

»Sie kennen den Mann?«

»Er ist ... er war der Sohn einer Kundin.«

Hollande sah sie nachdenklich an. »Verflixt, ich bin sicher, dass ich Sie schon einmal gesehen habe.«

Stumm schüttelte sie den Kopf.

»Es wird mir noch einfallen, da bin ich sicher, ich vergesse nie etwas.«

Sie schlang in einer Abwehrhaltung die Arme um ihren Oberkörper. Im Grunde aber wollte sie sich nur an sich selbst festhalten, um der Sucht nach einer Zigarette zu trotzen, bis sie zurück im Haus war. »Darf ich wieder an meine Arbeit gehen?

»Ja. Natürlich ... Doktor, was sagen Sie zu unserer Leiche hier?« Hollande nickte ihr zu. »Zu dem toten Monsieur Grosjean ...«

Obwohl sie genau das war, wollte Gabrielle nicht neugierig erscheinen, und floh in ihr Atelier. Dort zündete sie sich erst einmal eine Zigarette an. Nach dem ersten tiefen Zug sammelte sie sich kurz, straffte die Schultern und ging in den Laden. Offensichtlich kam sie gerade zur rechten Zeit.

6

Angèle öffnete einer Dame, die Gabrielle als die englische Touristin von neulich wiedererkannte. Eine Frau um die dreißig mit einem feinen durchscheinenden Teint und rotbraunem Haar unter einem kleinen Hut. Sie war nicht nach dem gängigen Ideal hübsch zu nennen, wirkte jedoch enorm anziehend mit ihren meerblauen, sprühenden Augen.

»*Bonjour, Madame*«, grüßte Gabrielle zuvorkommend, während sie sich mit der freien Hand über das vom Nieselregen feuchte Haar fuhr. »Was kann ich für Sie tun?«

»Im Moment möchte ich mich nur ein wenig umschauen«, erwiderte die Kundin in fast akzentfreiem Französisch. Sie begann, anscheinend ziellos an den Wänden entlangzulaufen. In Gedanken versunken, streifte sie den Tisch, auf dem sich die chinesische Schatulle befand.

Heute lagen noch keine Einnahmen darin. Doch Gabrielle dachte daran, dass diese Person auch vorgestern im Laden gewesen war, als das Geld verschwand. Sie behielt die Frau im Auge, starrte gebannt auf deren Rücken. Kehrten Verbrecher nicht immer an den Ort ihrer Tat zurück? An den *Tatort*, dachte Gabrielle grimmig. Vielleicht wollte die Diebin ja einen zweiten Griff in die Kasse wagen, nachdem der erste so erfolgreich gewesen war ...

Plötzlich fuhr die andere herum und erhaschte Gabrielles Blick. Prompt erkundigte sie sich: »Ist irgendetwas nicht in Ordnung?«

»Ich bewunderte gerade den Schnitt Ihrer Jacke«, improvisierte Gabrielle geistesgegenwärtig. »Es ist nicht so leicht, diesen dünnen Stoff zu verarbeiten, und die Rückenpartie sollte der Trägerin immer schmeicheln. Besonders gelungen scheinen mir die Ärmel zu sein. Wissen Sie, Ärmel sind immer am schwierigsten ...«

Die Dame sah an sich hinunter. »Kleid und Jacke habe ich bei Worth gekauft.«

Wenigstens mal keine Kundin von Paul Poiret. Fast spürte Gabrielle Erleichterung darüber, dass der größte lebende Modeschöpfer die Dame nicht eingekleidet hatte. Charles Frederick Worth war schon vor über zwanzig Jahren verstorben, aber seine zu seinen Lebzeiten revolutionären Ideen lebten in seinen Geschäften in Paris und London weiter. Gabrielle verkniff sich die Bemerkung, dass die Mode sowohl von Poiret als auch von Worth in ihren Augen viel zu altbacken war. Sie nickte stumm.

»Kürzlich war ich für ein paar Wochen in Biarritz«, plauderte die Engländerin, während sie ihre Wanderung von dem Tisch fort wieder aufnahm. »Ich war dort in Ihrem Geschäft und sah herrliche Blusen und Hosen. Hier haben Sie aber nur Hüte ausgestellt.« Ein leiser Vorwurf schwang in ihrer Stimme.

Gabrielle erklärte ihr nicht, dass der Beginn des Krieges ein Glücksfall für sie gewesen war. Zunächst war eine Armada von modebewussten Damen ohne großes Gepäck aus Angst vor den Deutschen nach Deauville geflohen. Viele engagierte Wohltäterinnen suchten nicht nur akzeptable Krankenschwesterntrachten und Hauben. Als sich die Lage etwas beruhigte und die französische Armee die *Boche* von der Hauptstadt fernhalten konnte, verlagerten sich die Reisen in den Süden. Nach Biarritz kamen auch wohlhabende Spanierinnen, die die lange gefährliche Fahrt nach Paris scheuten, aber exklusive Kleider, Röcke und Jacken tragen wollten. Deshalb hatte Gabrielle im vorigen Jahr einen Laden mit Atelier in Biarritz eröffnet, wo fast ausschließlich Bekleidung geschneidert wurde. Der Erfolg war enorm, wenn auch noch nicht so, dass sie ihre beiden anderen Boutiquen in Paris und Deauville ausschließlich auf Mode umstellen wollte. Gabrielle sagte: »Wenn Sie mir verraten würden, wonach Sie suchen, Madame, fertigen wir das selbstverständlich auch hier an.«

»Ich bin viel unterwegs, deshalb wäre mir eine bequeme Reisegarderobe wichtig, mit der ich aber auch zum *Lunch* gehen kann.« Die Engländerin machte auf ihrer Wanderschaft wieder an dem Tisch halt.

»Das dürfte kein Problem sein.«

Flüchtig wanderte der wache Blick der Dame zu der Kassette, verweilte dort. »Gut.« Sie sah wieder zu Gabrielle. »Ich werde mir überlegen, ob ich mich weiterhin von der Familie Worth anziehen lasse oder zu Coco Chanel wechsle …«

»Verflixt!«, rief eine Männerstimme im Hintergrund. »Jetzt weiß ich es wieder.«

Irritiert drehte Gabrielle sich um. Über dem Auftritt der Kundin hatte sie die Anwesenheit von Kommissar Hollande vergessen. Ihre Augen flogen von der Kasse, neben der die Dame noch immer stand, und dem Kriminalpolizisten in der Tür zu den Hinterzimmern hin und her. Eine winzige Ablenkung, dachte sie, nur eine kleine Unaufmerksamkeit, und eine Trickbetrügerin kann in die Schatulle greifen. Mit solchen Leuten kannte sie sich aus. Ihr Vater war ein Hausierer gewesen, der es mit der Ehrlichkeit nicht immer genau nahm.

Sie versuchte, sich den ersten Besuch dieser Dame in ihrem Laden in Erinnerung zu rufen – und versagte bei der Frage, ob die Fremde die Möglichkeit für den Diebstahl gehabt hatte. Sie wusste einfach nicht, wie, warum und wie lange die andere unbeobachtet gewesen war. Vielleicht stand hier mitten in ihrem Laden die Frau, die ihre Einnahmen gestohlen hatte. Andererseits könnte sie genauso gut unschuldig sein.

Viel mehr noch als diese Überlegungen ärgerte sie die Unterbrechung durch Kommissar Hollande. Was fiel ihm ein, ihre Unterhaltung mit einer Kundin mit einem sinnlosen Kommentar zu unterbrechen? Sie sandte einen Blick zu ihm, von dem sie hoffte, dass es der viel beschriebene *böse Blick* war. Dann wandte sie sich wieder an die Dame: »Verzeihen Sie bitte die Störung. Wir …«

»Ich bin schon auf dem Weg zu einer Verabredung«, behauptete die andere leichthin. »Für Kleider habe ich gerade keinen Kopf und keine Zeit. Aber ich komme wieder, wenn ich mich für Sie entschieden habe, Mademoiselle Chanel.«

»Das würde mich freuen«, gab Gabrielle gepresst zurück. Hatte Hollande ihr gerade ein Geschäft verdorben?

Im Hinausgehen drehte sich die Engländerin noch einmal um. »Sie haben da eine schöne Schatulle. Ich liebe Chinoiserien. Sie auch?« Ohne die Antwort abzuwarten, öffnete sie eigenhändig die Tür und rauschte hinaus. Angèle stand hilflos daneben.

»Wer war das?«, erkundigte sich Hollande prompt.

»Eine Kundin.«

»Und wie heißt sie?«

Gabrielle sah kurz zu Angèle, die mit den Schultern zuckte. »Ich habe keine Ahnung, *Monsieur le Commissaire*. Die Dame hat sich nicht vorgestellt.«

»Hm«, machte er und wirkte dabei recht unglücklich. Dann hellte sich sein Gesicht auf. »Aber sie hat Sie *Coco Chanel* genannt – und da fiel mir endlich ein, wo ich Sie schon einmal gesehen habe.«

»Tatsächlich?« Sie konnte sich nicht vorstellen, dass er – oder seine Frau, sofern er eine hatte – jemals zu den Kunden ihrer Boutiquen gehört hatte. Auch dürften sie gesellschaftlich in unterschiedlichen Kreisen verkehren.

»Ich habe Sie vor vielen Jahren in Moulins als Sängerin erlebt«, verkündete Hollande, und es klang wie ein Triumphgeheul. »Ich war damals im Rahmen meines Militärdienstes dort. Wie hieß das Varieté noch?« Er schlug sich mit der Hand gegen die Stirn. »Jetzt weiß ich es: Der Nachtclub hieß Rotonde. Und Sie sangen das Lied von dem Hund Coco, nach dem seine Besitzerin am Eiffelturm Ausschau hält. Es war sehr niedlich.«

»Sie verwechseln mich«, sagte sie schroff.

»Nein, nein, Mademoiselle Chanel, ich bin mir ganz sicher.«

Mit versteinerter Miene schüttelte sie den Kopf. Sie fing Angèles erstaunten Blick auf und wünschte sich, im Boden zu versinken.

Hollande machte ein paar Tanzschritte, er war nicht unbegabt als Stepptänzer. Dann sang er mit einem durchaus akzeptablen Bariton: »*Qui qu'a vu Coco … Coco … Coco …* Verzeihen Sie, an den ganzen Text erinnere ich mich beim besten Willen nicht mehr …« Und er intonierte den Refrain noch einmal, was an sich nicht ohne Komik war.

Bei einer schwungvollen Bewegung glitt der Regenmantel von seinen Schultern. Jetzt sah Gabrielle, dass sein linker Ärmel schlaff herunterhing. Er war leer.

Die Verwundung stimmte sie gnädig.

Sie schenkte ihm wenig enthusiastischen Beifall. »Das ist alles schön und gut, *Monsieur le Commissaire*, aber Sie irren sich trotzdem. Im Übrigen ist es auch egal, nicht wahr? Sie sind nicht hier, um in meiner Vergangenheit zu forschen, sondern um von dem Unglück zu berichten, das Monsieur Grosjean dahingerafft hat.«

»Ja. In der Tat.« Er bückte sich nach seinem Mantel und warf ihn sich mit einer Geste um die Schultern, die er lange eingeübt haben musste. »Kann ich Sie irgendwo unter vier Augen sprechen, Mademoiselle?«

Die Frage gefiel ihr nicht. Was war so schlimm, dass er keine Zuhörerinnen wünschte? Wenn ein Geheimnis den Tod von Monsieur Grosjean umrankte, wollte Gabrielle es eigentlich nicht wissen. Dennoch deutete sie mit der Hand hinter sich in das Atelier. »Kommen Sie bitte in mein Büro.«

7

»Monsieur Grosjean ist einem Verbrechen zum Opfer gefallen.«

»Wie bitte?« Gabrielle starrte den Kommissar durch den Rauch ihrer Zigarette konsterniert an. »Aber er hatte doch einen Unfall …«

»Nur weil Sie es ständig wiederholen, Mademoiselle, wird es nicht wahrer.« Hollande erwiderte ihren Blick ernst und mit einem Hauch von Mitgefühl. »Ich verstehe, dass die Vorstellung für eine Frau schrecklich ist, aber ich muss Ihnen leider sagen, dass Monsieur Grosjean erschlagen wurde.«

Sie schluckte erschrocken – und dabei fiel ihr fast die Zigarette aus dem Mundwinkel. Im Grunde gab es nicht viel, was sie erschütterte, aber diese Nachricht gehörte definitiv dazu. Rasch nahm sie die Kippe zwischen die Finger. »Vielleicht irren Sie sich ja«, gab sie zu bedenken.

Die Miene des Kommissars verdüsterte sich. »Doktor Conchard irrt sich nie! Und meine Wenigkeit selbstverständlich auch nicht.«

»Aber – warum?«

»Das werde ich herausfinden.«

Unschlüssig, was sie darauf antworten sollte, schwieg Gabrielle. Kommissar Hollande hatte ihr zwar bewiesen, dass er ein vorzügliches Gedächtnis besaß, aber war sein Blick auf die Gegenwart ebenso gut wie der in die Vergangenheit? Er wirkte ziemlich knorrig, wahrscheinlich war er auch desillusioniert, allein schon der Verlust seines Arms sprach von schrecklicher persönlicher Erfahrung. Vielleicht war er ja ein guter Beobachter, aber er strotzte nicht gerade vor Erfindungsreichtum. Und genau diese Gabe erwartete Gabrielle von einem guten Detektiv – immerhin hatte ihr Boy die Romane seines englischen Namensvetters Arthur Conan Doyle nahegebracht, und die berühmteste Figur dieses Autors war sozusagen der Inbegriff dessen, was sie unter einem Kriminalisten verstand. Sie kannte allerdings auch keinen anderen als Sherlock Holmes, schon gar keinen lebendigen.

»Woher ...«, begann Hollande.

»Warum ...«, hob Gabrielle im selben Moment an.

Sie unterbrachen sich, sahen einander an. Mit einer großzügigen Geste ließ Hollande ihr den Vortritt. Im Grunde wiederholte sie sich jedoch. »Warum sollte jemand Monsieur Grosjean etwas antun?«

»Nun, da fallen mir eine Menge Möglichkeiten ein, Mademoiselle. Der Vater unseres Opfers ist einer der bedeutendsten Industriellen Frankreichs. Ihr Nachbar, Monsieur Talbot, war so freundlich, mich darüber aufzuklären, dass der alte Monsieur Grosjean sein Vermögen vor allem mit Waffenhandel macht. Kriegswaffen natürlich. Das hätte ich gewiss auch bald herausgefunden, aber so treffen mich bereits jetzt zahlreiche interessante Überlegungen. Es dürfte eine Menge Leute geben, die dem Vater und dessen Sohn nach dem Leben trachten, allen voran deutsche Spione, Überläufer, Hasardeure und noch viele mehr. Es ist ein zwielichtiges Milieu, in dem ich nun herumstochern werde – bis ich den Täter auf meinem Bajonett aufspieße.«

Ihre Augen wurden groß. »*Sie* haben ein Bajonett bei sich?«

»Das ist nur eine Metapher, Mademoiselle, eine Redewendung.« Hollande amüsierte sich anscheinend köstlich über ihre Betroffenheit, er konnte kaum sprechen vor Lachen. »Wenn ich dem Täter Handschellen anlege, genügt mir das vollkommen.«

Gabrielle ging die Frage durch den Kopf, warum Grosjean junior ausgerechnet in ihrem Innenhof ermordet worden war. Das schien der falsche Ort für *deutsche Spione, Überläufer, Hasardeure* zu sein, allein die elegante Lage passte nicht zu ihrer Vorstellung von einem mörderischen Gesellen, der sein tödliches Spiel hinter der Mülltonne eines Hutsalons trieb. Sie teilte dem Kommissar ihre Bedenken jedoch nicht mit, sondern drückte still ihre Zigarette in einem Aschenbecher auf dem Sekretär aus.

»Woher kennen Sie Monsieur Grosjean?«, wollte Hollande plötzlich wissen.

»Vor einiger Zeit holte er seine Mutter von einer Anprobe ab. Madame ist eine gute Kundin. Privat verkehre ich nicht mit der Familie Grosjean.«

»Wann war Madame Grosjean zuletzt bei Ihnen?«

»Vorgestern probierte sie einen Hut, der für sie angefertigt wurde, und kaufte eine Haube für ihre Tochter, die als Lazarettschwester arbeiten wird. Ihren Sohn habe ich da allerdings nicht gesehen.«

Jetzt war die Gelegenheit, Kommissar Hollande von dem

Diebstahl zu erzählen. Doch was spielten schon einhundert Francs, die in ihrer Kasse fehlten, für eine Rolle angesichts eines Mordes vor ihrer Hintertür? Gabrielle wollte den Wirbel, den der Tod des jungen Mannes zweifellos auslösen würde, nicht noch vergrößern, indem sie eine Sache preisgab, die in keinem Zusammenhang mit den Ermittlungen des Kriminalpolizisten stand.

»Was haben Sie gestern Abend und heute Nacht gemacht?«

»Wie bitte?« Gabrielle sah Hollande irritiert an. »Ich war in meiner Wohnung am Boulevard Malesherbes.«

»Sie sind nicht ausgegangen?«

»Mein Freund ist gerne zu Hause.« Boy liebte die gemütliche Zweisamkeit mit ihr. Es kam nicht häufig vor, dass sie Abendeinladungen wie die von Cécile Sorel gemeinsam wahrnahmen. Er wollte Gabrielle nicht mit den Kokotten seiner Freunde bekannt machen; deren Ehefrauen indes kamen nur in ihren Laden, die lehnten meist die private Bekanntschaft mit der Geliebten eines Mannes ab, dabei spielte auch keine Rolle, dass Boy Junggeselle war, sofern diese Frau nicht ihren eigenen Kreisen entstammte. Aber das ging den Kommissar nichts an. Gabrielle biss sich aus Ärger über ihre Geschwätzigkeit auf die Unterlippe.

»Ihr Freund. Soso.« Hollande schenkte ihr ein süffisantes Lächeln.

Ein Klopfen an die Glastür zu Gabrielles Büro unterbrach die Befragung. Sie sah auf und erblickte hinter der Scheibe den uniformierten Beamten, der in Hollandes Begleitung vorhin im Hof erschienen war.

Auch Hollande hatte sich umgewandt und winkte den Kollegen lebhaft herein. »Was gibt es, Sergent Salois?«

»Der Leichenwagen ist eingetroffen, *Monsieur le Commissaire*. Ich dachte, Sie möchten vielleicht dabei sein, wenn …« Er sah schnell zu Gabrielle und ebenso rasch wieder fort, zögerte.

»Ja. Ich komme. Wir sind hier fertig.« Hollande erhob sich, nickte Gabrielle zu. »Jedenfalls sind wir es für den Moment. Ich komme gewiss noch einmal auf Sie zu, Mademoiselle Chanel …« Ein breites Grinsen erhellte sein Gesicht, an der Tür machte er einen kleinen Ausfallschritt. »Ko-ko-ri-ko«, schmetterte er, als sei dies ein Schlachtruf und kein Schlagertext.

Mit zusammengepressten Lippen sah Gabrielle ihm nach.

Was, um alles in der Welt, konnte sie tun, um diesem Mann nicht mehr begegnen zu müssen? Um von ihm nicht in irgendwelche Peinlichkeiten verstrickt zu werden? Sie hatte lange daran gearbeitet, ihre Biografie umzudichten. Die leichtsinnige *Midinette* war eine ehrbare Putzmacherin geworden, Boy hatte die ehrgeizige, obgleich recht naive junge Frau zu einer gebildeten Person geformt. Sie war eine Dame, die außer durch ihren Spitznamen nichts mehr mit albernen Chansons zu tun hatte. Ein Toter in ihrem Hinterhof war schlimm genug, schlimmer noch, da es sich um einen angesehenen jungen Mann handelte, der einem Mord zum Opfer gefallen war. Wenn ihre Reputation auch noch durch die Albernheiten des zuständigen Kommissars Schaden nahm, würde sie sich von dem zwangsläufig folgenden Skandal kaum erholen können.

Finde heraus, wer den jungen Grosjean umgebracht hat, bevor Kommissar Hollande tiefer und tiefer in alten Geschichten bohrt, riet ihr eine innere Stimme. Gleichgültig, ob er mit einem Bajonett bewaffnet ist oder mit einem Feldspaten gräbt, du musst raschestmöglich herausfinden, was geschehen ist.

»Unsinn«, sagte Gabrielle laut zu sich selbst und zündete sich eine Zigarette an.

Wie sollte ausgerechnet sie einen Mörder ausfindig machen, nachdem es ihr nicht einmal gelingen wollte, einen Diebstahl aufzuklären?!

8

Boy stand im Salon neben dem Kamin, den Ellenbogen auf dem Sims abgestützt, und hörte ihrem Bericht zu.

Es war einer dieser seit Kriegsbeginn immer seltener werdenden Abende, die sie gemeinsam verbrachten. Meistens unterhielten sie sich über die Bücher, die er Gabrielle zu lesen gab, heute jedoch bewegten sie andere Fragen als die, die sich üblicherweise aus ihrer Lektüre von Literatur, Unterhaltungs- und Kriminalromanen ergaben.

Gabrielle war sich einerseits nicht sicher, ob es richtig war, Boy mit den Geschehnissen zu belasten. Andererseits war er nicht nur die Liebe ihres Lebens, sondern auch ihr Geschäftspartner und als solcher gewiss daran interessiert, was in seinem Laden passierte. Diesen Vorsatz beherzigte sie selten, ein Mann brauchte nicht alles zu wissen. Mord und Diebstahl befanden sich jedoch auf einem anderen Niveau als der übliche Klatsch. Oder nicht? In ihrer Unsicherheit redete Gabrielle unaufhörlich, sie trank hastig von dem Rotwein, den Boy ihr nachschenkte, steckte sich eine Zigarette an der anderen an und holte rasch Atem, um ohne Punkt und Komma fortzufahren, in seiner Gegenwart verflüchtigte sich ihre Souveränität wie ein schlechtes Parfüm an der Luft. Erst als ihr schon die zweite Kippe die Finger verbrannte, hielt sie endlich inne. Bestürzt sah sie von ihrem Platz in einem mit hellem Samt bezogenen Sessel zu ihm hin. Er wirkte ein wenig ungehalten, wartete aber anscheinend geduldig, dass sie eine Pause einlegte.

»Habe ich jetzt zu viel auf einmal erzählt?«

»Nein, nein. Du hast mir ein umfassendes Bild vermittelt. Wir sollten die Angelegenheiten aber besser sortieren, bevor das Durcheinander zu groß wird.«

Sie sah erstaunt zu ihm auf, während sie sich eine neue Zigarette anzündete. »Wie meinst du das?«, fragte sie in den ersten Lungenzug hinein.

»Ich meine, dass es sich um zwei Fälle handelt, die nichts miteinander zu tun haben.«

»Ja. Natürlich. Ja.«

»Also lass uns in der zeitlichen Abfolge bleiben und zunächst über den Raub sprechen.«

Gabrielle war sich unsicher, ob sie in ihrem tiefsten Inneren befürchtet hatte, dass Boy sie nicht ernst nehmen könnte. Seine vernünftige Antwort weckte eine gewisse Erleichterung in ihr. Aufatmend nahm sie ihr Glas von dem Beistelltisch neben ihrem Sessel und trank einen großen Schluck.

»Hast du irgendeinen Verdacht, wer in die Schatulle gegriffen haben könnte?«, erkundigte er sich.

»Nein. Nicht den geringsten. Jede Person, die infrage kommt, ist über alle Zweifel erhaben. Bis auf diese Engländerin. Vielleicht war sie es, seltsam genug hat sie sich benommen: Sie kommt zweimal in die Boutique, kauft nichts und rauscht wieder hinaus. Damit macht sie sich verdächtig, findest du nicht …?«

»Wenn ich mich recht erinnere«, warf Boy schmunzelnd ein, »besuchten vor nicht allzu langer Zeit viele Damen deinen Laden, um dich kennenzulernen. Sie wollten nicht deine Hüte kaufen, sondern die Frau begutachten, die eine neue Mode für ihre Köpfe entwarf.«

»Sie hat mich auf die Kassette angesprochen ...«

»Das macht sie nicht zur Diebin, Coco.«

Mit ihrem Seufzen pustete sie eine nächste Wolke Nikotin aus ihren Lungen. »Du bist nur so wohlmeinend, weil die Dame aus deinem Geburtsland stammt.«

»Nicht jede Engländerin ist kriminell und womöglich sogar eine Wiedergeburt der Serienmörderin Mary Ann Cotton, die ihre Ehemänner und Kinder reihenweise mit Arsen vergiftete«, gab Boy trocken zurück. »Wobei wir bei dem nächsten Fall wären, dem Mord an dem jungen Grosjean. Ich kenne seinen Vater, reizender Mann, er züchtet Pferde.«

»Ich weiß. Madame Grosjean ist erstmals auf dem Rennplatz in Longchamp auf meine Hüte aufmerksam geworden.« Allerdings hatte Gabrielle sich über die genaue Tätigkeit von Monsieur Grosjean keine Gedanken gemacht, der von Kommissar Hollande angesprochene Waffenhandel war ihr neu.

»Wir befinden uns im Krieg, der Waffenhandel ist existenziell, und es gibt sicher viele Leute, die Monsieur Grosjean Angst einjagen wollen oder eine offene Rechnung mit ihm haben.«

»Das hat Kommissar Hollande auch gesagt«, sinnierte sie.

»Na, dann scheint ein hellsichtiger Mann mit der Aufklärung betraut worden zu sein.« Er streckte seine Hand nach ihr aus, und sie stand sofort auf, um ihm geschmeidig entgegenzugehen. Als sie sich an seine Brust lehnte, fügte er hinzu: »Ich gehe davon aus, dass dein Kommissar in meiner Abwesenheit gut auf dich aufpassen wird.«

Sie rollte mit den Augen, aber das sah er glücklicherweise nicht, weil sie sich noch immer an ihn schmiegte. »Niemand muss auf mich achtgeben«, murmelte sie. Dann besann sie sich jedoch, legte ihren Kopf in den Nacken und blickte ihn an. »Wann reist du ab?«

»Ich fahre morgen nach Madrid.«

»So bald schon. Ich werde dich vermissen.«

»Das hoffe ich.« Er küsste sie sanft auf den Mund. »Die Mission kommt auch für mich überraschend, aber meine neue Bekanntschaft zu Monsieur Clemenceau bringt vieles in Bewegung. Im Hotel Palace in Madrid steigt ein internationales Publikum ab, die Gespräche dort könnten hilfreich sein, den Krieg zu beenden.«

»Wahrscheinlich befinden sich auch viele Frauen unter den Hotelgästen ...«, dachte Gabrielle laut nach.

»Natürlich ist das Palace kein Mönchsorden.«

»Wenn du zurückkommst, musst du mir erzählen, mit wem du dort geschlafen hast und wie es war.« Liebe macht Spaß, fuhr es ihr durch den Kopf, und der größte Spaß ist es, im Bett besser zu sein als jede andere.

»Oh, Coco!« Er ließ sie los und strich sich entnervt eine Haarsträhne aus der Stirn. »Werde erwachsen, bitte! Du bist eine Frau und kein kleines Mädchen mehr und solltest wissen, dass Affären mein Leben verkomplizieren. Ich habe wirklich andere Sorgen, als mir irgendwelche Kokotten ins Bett zu holen.«

Sie schwankte zwischen Ernüchterung und Beleidigtsein. Vielleicht war sie auch etwas betrunken nach dem vielen Rotwein, den sie viel zu schnell in sich hineingeschüttet hatte. Um vor ihm nicht wie ein Schulmädchen zu stehen, das gescholten worden war, ging sie zu ihrem Sessel zurück. Sie setzte sich jedoch nicht, sondern trank den Rest aus ihrem Glas in einem Zuge aus.

Während sie noch mit dem Rücken zu ihm stand, trat er zu ihr, legte die Arme um sie. »Wer sagt uns, dass Monsieur Grosjean kein zufälliges Opfer war? Oder dass er eine bewusst in deinem Hinterhof abgelegte Warnung ist?«

Sie drehte sich in seinen Armen zu ihm herum. »Was meinst du damit?«

»Woher willst du wissen, dass der Mörder es nicht auf mich abgesehen hat?«

Aus ihrem Mund, der sich sofort zu einer Antwort oder auch nur dem Wunsch nach einem Aufschrei öffnete, kam kein Ton. Ihre Kehle fühlte sich eng und trocken an.

»Es tut mir leid, dass ich dir einen Schrecken eingejagt habe«, sagte er rasch.

Sie nickte stumm. Er hatte manchmal einen etwas eigenartigen britischen Humor, das sollte sie wohl endlich zu verstehen lernen ...

Boy zog sie fester an sich. »Ich bin nicht in Gefahr, es besteht kein Grund zur Sorge«, sagte er ernst, von Fröhlichkeit keine Spur. »Die diversen Kontakte, die ich in der letzten Zeit erfolgreich geknüpft habe, zwingen mich nur dazu, Vorsicht walten zu lassen. Für einen Mann wie mich ist nicht mehr das Schlachtfeld der potenziell gefährlichste Ort, verstehst du?«

Sie verstand es nicht. Aber das behielt sie für sich. Sie genoss seine Nähe und dachte, dass sie es nicht überleben würde, wenn ihm etwas zustieße.

9

Die zweite Person, der Gabrielle detailliert von den Vorkommnissen berichtete, war Madame Aubert, die am nächsten Tag von einem Besuch bei ihrer Familie im Süden zurückkehrte. Boy hatte die junge Frau vor drei Jahren zur Eröffnung von Chanel Modes als eine Mischung aus Mädchen für alles, Geschäftsführerin, Assistentin, Directrice und graue Eminenz eingestellt. Mit ihrem feinen Gespür für die Bedürfnisse und Befindlichkeiten der Damen der besseren Gesellschaft war sie eine große Stütze, und Gabrielle wunderte sich nicht, als sie erfuhr, dass Madame Aubert ein Pseudonym und ihre Mitarbeiterin eigentlich eine Mademoiselle de Saint-Pons war. Jeanne de Saint-Pons war die Tochter eines Vizegrafen und in einem Schloss in den Bergen oberhalb der Riviera aufgewachsen. Der falsche Name sollte der Vicomtesse dazu verhelfen, sich als tüchtige Angestellte zu etablieren, die sich klug im Hintergrund hielt, was ihr auch gelang.

Wie Boy konzentrierte sie sich zunächst auf den Griff in die Kasse. »Was haben Sie unternommen, um herauszufinden, wer den Diebstahl verübt haben könnte?«

»Ich habe nachgedacht«, erwiderte Gabrielle. Sie hockte auf einer Kante ihres Schreibtisches und sah auf Madame Aubert hinab, die auf dem Stuhl davor Platz genommen hatte. »Außerdem bin ich jeden Meter abgelaufen, der von den Plätzen, an denen sich die Kundinnen an dem Tag aufhielten, zu der Schatulle führt. Leider ohne zufriedenstellendes Ergebnis.« Sie zögerte. »Jedenfalls fast.«

»Sie haben einen Verdacht«, stellte Madame Aubert fest.

»Diese Engländerin hat sich auffällig benommen. Leider weiß ich überhaupt nichts über sie, was sie letztlich auch verdächtig macht, immerhin kam sie zweimal in die Boutique, nannte aber keinen Namen und keinen speziellen Wunsch.«

Das wie poliertes Kupfer glänzende Haar leuchtete im durchs Fenster hereinfallenden Sonnenlicht, als Madame Aubert langsam nickte. »Wenn diese Frau eine Diebin ist, werden Sie das Geld nie wiederbekommen. Nun ja, andernfalls wohl auch nicht. Jede könnte es gewesen sein. Sind Sie denn sicher, dass es nicht doch jemand von uns hier war?«

»Glauben Sie es denn?«, gab Gabrielle scharf zurück.

Ihre langjährige Mitarbeiterin zuckte ratlos mit den Schultern. »Ich weiß es nicht, Mademoiselle Coco.«

»Dass sich eine der Näherinnen in die Boutique geschlichen haben sollte, während Angèle oder ich Kundinnen bedienten, erscheint mir recht riskant ...« Gabrielle fiel Kommissar Hollandes Bemerkung über Hasardeure ein, und unwillkürlich dachte sie, dass der Diebstahl ein Spiel mit dem Feuer sein könnte. Früher hätten die Frauen aus ihrem Atelier eine Entlassung in Schimpf und Schande weniger leicht genommen als heute, wo sie an allen Ecken gebraucht wurden, um die männlichen Arbeitskräfte zu ersetzen. Und natürlich konnte jede, die einigermaßen intelligent war, damit rechnen, dass Gabrielle keine Anzeige erstattete. Nachdenklich schlug sie vor: »Sprechen Sie doch noch einmal mit Angèle und den anderen. Vielleicht sind sie zu Ihnen offener als zu mir.«

»Ja. Sicher. Dann werde ich mich auch gleich nach den Meinungen zu dem Tod von Monsieur Grosjean erkundigen. Am besten, ich fange mit Magali an ...«

»Magali ist nicht da«, warf Gabrielle rasch ein. »Sie ist nicht zur Arbeit erschienen und schickte eine Nachricht, sie sei krank. Ein Nervenzusammenbruch. Mir erschien sie schon seit Tagen etwas aufgewühlt.«

»Aha«, kommentierte Madame Aubert die Abwesenheit der Näherin. »Das Auffinden einer Leiche ist natürlich nicht angenehm, aber einen Kollaps finde ich bemerkenswert für ein Mädchen vom Lande. Unter der Dorfbevölkerung sind Totenwachen doch viel alltäglicher als in der Stadt.«

»Offenbar hat Magali ein sensibles Gemüt«, sagte Gabrielle spöttisch.

»Konnte der Kriminalkommissar mit Magali sprechen?«

»Kommissar Hollande hat sie und die anderen verhört – ja. Aber er hat nichts von den Näherinnen erfahren, das ihn weiterbringt. Soviel ich weiß. Er tappt in der Mordsache ebenso im Dunkeln wie ich bei dem Diebstahl. Insofern befinde ich mich bei meiner bislang wenig erfolgreichen Detektivarbeit in bester Gesellschaft.« Sie langte nach dem Etui und nahm eine Zigarette heraus.

Madame Aubert erhob sich rasch und nahm das Feuerzeug an sich, ließ es aufschnappen und gab Gabrielle Feuer. Dann legte sie es behutsam zurück auf den Sekretär. »Sie befinden sich ja beide noch am Anfang Ihrer Recherchen«, meinte sie gutmütig. »Ich frage mich nur, warum der Kommissar anscheinend recht vehement auf eine Verbindung zwischen dem Mord und dem Vater des jungen Grosjean pocht.«

»Es ist das beste Motiv«, erwiderte Gabrielle und dachte an Boy. Dass er sich selbst als mögliches Opfer in Gefahr wähnte, vertraute sie Madame Aubert nicht an.

Zu ihrer größten Überraschung widersprach die andere. »Es mag viel für die Version des Kommissars sprechen, jedoch nicht alles ... Der junge Grosjean war ein Lebemann wie fast alle Erben in seiner Generation. Sie wissen ebenso gut wie ich, dass es unter seinen Freunden und Freundinnen viele Gründe für Neid, Missgunst und andere Differenzen gibt. Warum sollte nicht in dem Toten selbst der Grund für die Tat liegen?«

Da Boy diese Möglichkeit ebenso wenig wie Kommissar Hollande in Betracht zog, schüttelte Gabrielle den Kopf. »Ach, das glaube ich nicht. Es sterben so viele junge Männer im Feld, wer sollte den Tod eines Herrn diesseits der Front absichtlich herbeiführen wollen?«

Doch Madame Aubert hatte eigentlich recht: Gabrielle wusste, wovon sie sprach. Vor etwa zehn Jahren war Gabrielle die Mätresse von Étienne Balsan geworden, der sie in seinen Familiensitz Royallieu nördlich von Paris mitnahm und ihr in den folgenden Jahren den ersten Schliff verlieh. Étienne züchtete Pferde und spielte Polo, daher rührte seine Freundschaft zu Boy, und er unterhielt noch mindestens eine weitere Geliebte. Sehr viel mehr, als sich zu amüsieren, tat er nicht, er gab das Geld seines Vaters, eines Textilfabrikanten, mit vollen Händen aus. Zweifellos gehörte der junge Grosjean zu derselben Kategorie Mann der *Belle Époque.* Gabrielle hatte in Étiennes Kreis jedoch weit weniger Neid und Eifersucht wahrgenommen, als sie anfangs vermutete. Das leichte Leben ohne Verpflichtungen schuf auch leichte Gedanken. Allerdings war es damit seit dem Sommer vor zwei Jahren vorbei. Plötzlich ging Gabrielle durch den Kopf, dass Monsieur Grosjean einen hellen Sommeranzug getragen hatte, keine Uniform ...

Es klopfte an die Tür. Durch die Glasscheibe erkannte Gabrielle ihre Verkäuferin, die sie sofort hereinwinkte. »Was gibt es, Angèle?«

»Ein Bote brachte gerade dieses Schreiben, das ich Ihnen sofort übergeben soll, Mademoiselle.«

Gabrielle nahm den Brief in Empfang. Ohne genauer auf den Absender oder das Siegel zu achten, fragte sie scharf: »Haben Sie etwa den Laden unbeobachtet gelassen?«

»Die Kasse ist auch allein«, half Madame Aubert nach.

Ohne ein weiteres Wort machte Angèle auf dem Absatz kehrt und stürzte davon.

»Hier scheint nichts mehr sicher zu sein«, kommentierte Madame Aubert den Abgang mit einem tiefen Seufzer.

Gabrielle riss den Umschlag auf, entfaltete das Billet, las den schwungvoll hingeworfenen kurzen Text. »Madame Grosjean bestellt einen Trauerhut«, teilte sie mit. »Sie bittet mich, sie in ihrem Haus in Passy zu besuchen.«

»Soll ich mitkommen?«

»Mir ist es lieber, wenn Sie hier auf alles aufpassen«, entfuhr es Gabrielle, bevor sie sich darüber klar wurde, dass sie eine rätselhafte Bedrohung für ihr Geschäft fühlte. Rasch wandte sie sich den praktischen Überlegungen zu. »Ich sollte Stoffproben mitnehmen. Stellen Sie bitte eine Auswahl zusammen, ich schaue mir das nachher an. Madame Grosjean empfängt mich morgen um sechzehn Uhr.«

10

Boy war verreist, und Madame Aubert kümmerte sich um die Angelegenheiten, die Gabrielle nicht selbst im Laden erledigte, also hatte sie unerwartet freie Zeit, mit der sie nicht sofort etwas anzufangen wusste. Nach getaner Arbeit saß sie eine Weile an ihrem Schreibtisch, rauchte und starrte nachdenklich vor sich hin. Natürlich könnte sie herausfinden, was ihre Freunde heute Abend unternahmen, und mit ihnen feiern, aber ihre Gedanken kreisten fast unaufhörlich um den Tod des jungen Mannes und um die Gefahr, die nicht nur Boy zu betreffen schien, was schlimm genug war, sondern auf mysteriöse Weise sie selbst berührte. Der Diebstahl, die merkwürdige Kundin aus England, Magali …

Ja, was war eigentlich mit Magali los? Die junge Frau hatte sich stets als willig, freundlich und aufmerksam hervorgetan, ein schreckhaftes Verhalten an ihr war Gabrielle – mit Ausnahme ihrer Furcht vor den Deutschen – fremd. Das Auffinden der Leiche mochte unangenehm gewesen sein, keine Frage, aber darüber gleich die Nerven zu verlieren, erschien Gabrielle bei nüchterner Betrachtung doch ein wenig übertrieben für ein einfaches Landei.

Da hatte Madame Aubert recht. Und nun war Magali krank, ihre fleißigen Hände fehlten im Atelier, und niemand wusste, wann sie sich erholen würde. In ihrer Abwesenheit verdiente sie natürlich nichts, aber Magalis Lohn in Höhe von einem Franc in der Woche einzusparen, war unter den gegebenen Umständen nichts, das Gabrielles Sinn für Sparsamkeit erfreute.

Einer Eingebung folgend, nahm sie eine Kladde aus dem Sekretär. In dieser befanden sich die Adressen ihrer Angestellten in der alphabetischen Reihenfolge ihrer Vornamen. Die Familiennamen hatte sie in dem Moment vergessen, in dem sie die Näherinnen einstellte. Unter dem Buchstaben M fand sie ziemlich viele Einträge, sodass es eine Weile dauerte, bis sie Magali Delpierre gefunden hatte. Es war ein alberner Gedanke, das stand fest, aber auch alberne Gedanken führten manchmal zum Ziel.

Warum sollte sie der elendig darniederliegenden jungen Frau in ihren Diensten nicht einen Krankenbesuch abstatten? Gabrielle hatte nicht die geringste Ahnung, was sie bei Magali vorzufinden hoffte. Im besten Fall die fehlenden einhundert Francs. Und falls nicht, beging sie eine gute Tat, die Nonnen im Kloster von Aubazine wären stolz auf sie. Jedenfalls erschien es ihr als eine hervorragende Idee, zu dem Mädchenwohnheim an der Porte d'Orléans zu fahren, dessen Adresse sie sich auf einen kleinen Zettel notierte.

Als Gabrielle das Atelier verließ, waren die Nähmaschinen verstummt, und Madame Aubert schloss gerade die Boutique ab. Der Hund von Monsieur Talbot sauste um die Ecke der Rue Saint-Honoré, bremste vor Gabrielle ab und schnüffelte an ihren Schuhen. Während sie nach ihrem Nachbarn Ausschau hielt, bückte sie sich, um den Terrier zu streicheln.

Der alte Mann kam langsam hinterher. Er schleppte eine Einkaufstasche und trug ein Baguette in der anderen Hand. »Hier, Napoléon!«, rief er seinem Hund zu. »Lass Mademoiselle in Ruhe …«

»Ich liebe Hunde«, versicherte Gabrielle und kraulte den kleinen Vierbeiner mit dem großen Namen hinter dem Ohr, bis das Herrchen sie beide erreichte und die Leine am Halsband des Terriers befestigte.

»Ja, Mademoiselle Chanel, *Sie* lieben Hunde, aber das tun nicht alle Leute. Deshalb müssen wir vorsichtig sein, Napoléon und ich. Nicht, dass irgendjemand noch auf die Idee kommt, mir den Kleinen fortzunehmen und ihn als Suchhund für das Militär zu rekrutieren.«

Gabrielle konnte sich ein Grinsen kaum verkneifen. »Ich bin sicher, das wird nicht passieren, Monsieur Talbot.«

»Wer weiß?« Er wiegte den Kopf hin und her. »Alles ändert sich, und nichts ist mehr, wie es einmal war. Sehen Sie hier, Mademoiselle, das Brot: Die Regierung schreibt vor, dass es nur noch achtzig Zentimeter lang sein darf und das Weizenmehl mit Roggen gestreckt werden muss. Das ist eine nationale Katastrophe. Fast genauso schlimm wie der Einmarsch der *Boche*.«

Monsieur Talbots Bemerkungen über den Krieg lenkten Gabrielles Gedanken zurück zu dem Mord. »Haben Sie eine Erklärung, warum der Tote keine Uniform trug?«

»Viele Soldaten ziehen auf Heimaturlaub ihre eigenen Anzüge an.«

»Ja. Natürlich. Das wird es sein.« Wahrscheinlich hatte Kommissar Hollande die Kleidung von Monsieur Grosjean deshalb nicht bemängelt.

»Und dann gibt es auch noch die jungen Männer, die nicht an der Front dienen. Aus welchen Gründen auch immer. Sehen Sie sich um, überall können Sie Zivilisten im wehrfähigen Alter antreffen, besonders am Montparnasse, wo die Künstler neuerdings zu Hause sind. Fragen Sie Mademoiselle Magali, die wird es Ihnen bestätigen.«

»Magali? Meinen Sie meine Näherin? Was weiß die denn davon?«

»Oh! Ich hoffe, ich plaudere jetzt nichts Falsches aus: Mademoiselle Magali sitzt den Malern zuweilen Modell«, berichtete Monsieur Talbot. Mit einiger Verspätung und in Anbetracht von Gabrielles sich weitenden Augen fügte er hinzu: »Verzeihen Sie, ich rede zu viel. Sicherlich ist alles ein Irrtum. Komm, Napoléon, wünsch Mademoiselle Chanel einen schönen Abend und lass uns nach Hause gehen.«

»Warten Sie!« Gabrielle stellte sich ihm in den Weg, was der Hund als Spiel auffasste. Napoléon sprang fröhlich kläffend an ihr hoch. »Wenn Magali in ihrer Freizeit für einen Künstler arbeitet, ist das nicht verboten. Ich bin nur überrascht, weil sie niemals darüber spricht. Bei wem ist sie denn im Atelier? Kennt man die Maler?«

Monsieur Talbot schwenkte seine Einkaufstasche hin und her. »Bei den teuren Lebenshaltungskosten heutzutage muss eine Arbeiterin sehen, wo sie bleibt, nicht wahr? Da kommt ein Angebot wie von diesem Italiener gerade recht. Amedeo Modigliani malt skandalöse Bilder von nackten Frauen, aber er gibt seinen Modellen gutes Geld, immerhin. Warum der nicht für sein Land kämpft, weiß ich nicht, aber bei Pablo Picasso etwa ist es anders. Der ist als Spanier neutral und damit aus dem Schneider. Für meinen

Geschmack malt er verrückte Bilder, aber auch er zahlt gut, wie Mademoiselle Magali erzählte.«

»Soso«, meinte Gabrielle. Sie wunderte sich über das Vertrauensverhältnis zwischen Magali und Monsieur Talbot, sagte aber nichts dazu, sondern plauderte: »Ich habe noch kein Gemälde von Monsieur Picasso gesehen, aber ich ...«

»Es ist ein wenig weit«, unterbrach der Alte eifrig, »aber wenn Sie die Zeit erübrigen können, gehen Sie in die Galerie Barbazanges am anderen Ende der Rue du Faubourg Saint-Honoré, dort stellt Pablo Picasso aus.«

»Ich kenne die Galerie, sie befindet sich in einem Gebäudekomplex mit dem Atelier von Paul Poiret ...«

»Monsieur Poiret macht zauberhafte Damenmode, finden Sie nicht?« Er hatte sie schon wieder unterbrochen.

»Nein, Monsieur Talbot, das finde ich nicht.« Gabrielle ärgerte sich, dass sie den Modeschöpfer erwähnt hatte. Ein Gespräch über Paul Poiret verdarb ihr stets die gute Laune. Sie zwang sich zu einem Lächeln. »Einen schönen Abend für Sie und Napoléon.« Hoch erhobenen Hauptes marschierte sie an den beiden vorbei, den Blick starr geradeaus und nicht darauf achtend, ob sie in Richtung Métro Concorde ging.

Auf der Straße herrschte Feierabendbetrieb, Taxis ratterten vorbei, Fuhrwerke wurden von klapprigen Pferden gezogen, Passanten hasteten vorüber, und vor den Cafés luden Tische zum Verweilen ein, die Türen der noblen Wohnhäuser öffneten und schlossen sich häufiger als wahrscheinlich sonst am Tage. Viele Geschäftsleute sperrten gerade zu, aber die meisten Galerien waren vermutlich länger für das Publikum offen. Erst als sie diese Erkenntnis traf, fiel Gabrielle auf, dass sie, ohne es bewusst zu wollen, den Weg genommen hatte, aus dem Herr und Hund gekommen waren. Wenn sie weiter geradeaus über die Rue Saint-Honoré und die Rue du Faubourg Saint-Honoré spazierte, würde sie irgendwann die Ausstellung mit den Werken von Pablo Picasso erreichen, die Monsieur Talbot empfohlen hatte.

Warum eigentlich nicht? Bevor sie Magali aufsuchte, könnte sie sich mit einem der Maler befassen, denen die junge Frau laut Monsieur Talbot Modell saß. Vielleicht, räumte Gabrielle ein, war sie auch neugierig auf ein Bild des kleinen missmutigen Spaniers, dem sie neulich bei Cécile Sorel begegnet war. Obwohl es keinen Grund zu der Annahme gab, dass sie ihn wiedersehen würde, war die Gelegenheit verlockend, mehr über ihn zu erfahren. Und womöglich erfuhr sie so auch mehr über Magalis Nebenbeschäftigung. Unwillkürlich erinnerte sich Gabrielle an den intensiven Blick, mit dem Picasso die späte Besucherin angesehen hatte; er war hingerissen von Irène Lagut gewesen. Ob die schöne Künstlerin der armen Magali den Verdienst bereits streitig machte? Gabrielles Überlegungen hatten zwar nichts mit dem Mord an Monsieur Grosjean zu tun, das war ihr klar, aber sie waren zu reizvoll, um ignoriert zu werden.

11

Die Galerie Barbazanges befand sich in einem riesigen Gebäudekomplex aus dem späten 18. Jahrhundert im ruhigeren Teil der Rue du Faubourg Saint-Honoré, direkt nebenan lag das Atelier von Paul Poiret. Gabrielle musste um die Ecke gehen, um den Eingang zu finden. Glücklicherweise war die Ausstellung noch geöffnet, aber nur wenige Interessierte hielten sich dort auf, sodass Gabrielle ein seltsames Gefühl von Freiheit erfasste, als sie begann, sich auf die Bilder zu konzentrieren.

Eine Farbenflut empfing sie an den hohen Wänden mehrerer Räume, die ineinander übergingen wie die Bilder eines Kaleidoskops, die Ausstellung zeigte Werke der modernen Malerei in verschiedenen Größen und anscheinend aus unterschiedlichen Schaffensphasen, es waren so viele Bilder, das sie bald aufgab, sie zu zählen. Sie betrachtete die Namensschilder neben den Rahmen und stellte fest, dass sie die meisten Künstler und Künstlerinnen nicht kannte. Boy hatte sie viel über die alten Meister gelehrt, nichts jedoch über die zeitgenössischen. Wie bedauerlich, dachte sie, fasziniert von den Porträts des Kubismus.

Im letzten Raum, einem riesigen Saal mit einem Oberlicht in

schwindelnder Höhe, der sie an die Halle des Warenhauses Galeries Lafayette erinnerte, hing ein überdimensionales Gemälde. Auf den ersten Blick sah sie nur fleischfarbenes Rosa und Blautöne, dann formte sich ihre Wahrnehmung zu einem Gruppenbild von fünf Frauenfiguren. Die nicht sonderlich realistisch wiedergegebenen Personen waren entweder leicht bekleidet oder nackt, teilweise mit Masken bedeckt. Gabrielle starrte auf die Leinwand, angezogen von der Darstellung und den Nuancen der Farben.

Ein leises Schniefen ließ sie aufhorchen.

Vor lauter Faszination hatte Gabrielle die Dame, die in einiger Entfernung stand und ihr Gesicht in ein Taschentuch drückte, nicht bemerkt.

Gabrielle überlegte noch, ob sie ihre Hilfe anbieten sollte, als das Gesicht aus dem weißen Leinen auftauchte. »Ich muss bei dem Anblick dieses Gemäldes immer weinen«, erklärte die andere entschuldigend. »Wobei ich sagen muss, dass mich die Bilder von Pablo Picasso grundsätzlich zu Tränen rühren.«

Unwillkürlich wanderten Gabrielles Augen zu der kleinen Tafel, die den Titel des Werks und den Künstler nannte:

Les Demoiselles d'Avignon
Pablo Picasso, 1907

Ein Picasso also! So sahen die Frauenfiguren aus, für die Magali Modell saß. Die Näherin war zu jung, um sich vor neun Jahren für den Maler ausgezogen zu haben, aber Gabrielle beruhigte es, dass die Ähnlichkeit zu realen Personen nicht so auffallend war.

Sie sah zurück zu der weinenden Dame, runzelte die Stirn, weil sie sie wiedererkannte. »Es ist ein großartiges Bild. Und wir beide sind uns schon einmal begegnet, Madame.«

Misia Edwards zögerte, dann erhellte ein Lächeln ihre Miene. »Mademoiselle Chanel, nicht wahr? Ich freue mich, Sie wiederzusehen.«

»Ganz meinerseits.«

»Welcher Zufall hat uns wohl zusammengeführt?!« Es schien Frage und Feststellung zugleich. Ohne Gabrielles Antwort abzuwarten, setzte Misia hinzu: »Unser Freund Picasso sorgt stets für Magie, das liegt in seiner Natur und spiegelt sich in seinen Werken.«

»Möglich«, erwiderte Gabrielle ein wenig ratlos. Genau genommen hatte sie nicht die geringste Ahnung, was die andere meinte, aber gewiss kannte die sich besser mit Kunst aus – und womöglich auch mit den Künstlern.

»Sie haben ihn selbst erlebt«, fuhr Misia fort, »er besitzt so viel menschliche Tiefe.«

Diese Begeisterung für Pablo Picasso teilte Gabrielle nach ihrer Begegnung zwar nicht, aber sie nickte eifrig.

»Ich komme oft hierher, um mir dieses Bild anzusehen. Es wird zum ersten Mal öffentlich ausgestellt. Picasso hatte es umgedreht in seinem Atelier aufgestellt, also das Motiv zur Wand gedreht. Verrückt, nicht wahr?«

Wieder nickte Gabrielle, diesmal überzeugter.

»Es wäre ein großer Verlust gewesen, wenn er es der Kunstwelt vorenthalten hätte.«

»Sicher ...«

»Aufgrund der Größe ist wenigstens nicht zu befürchten, dass es gestohlen wird. Allerdings gibt es ohnehin keinen bedeutenden Markt für Picassos Werke, deshalb lohnte sich ein Raub in seinem Atelier wohl auch nicht.«

»Ah. Ja.«

»Entschuldigen Sie, ich spreche in Rätseln.« Misia tupfte noch einmal mit dem Taschentuch über ihre Wangen, dann steckte sie es in die Handtasche. »Der Gedanke, bei dem Einbruch in sein Haus in Montrouge wären auch Picassos Bilder gestohlen worden, lässt mich kaum schlafen. Tatsächlich haben sich die Diebe jedoch nur für vieles andere interessiert.«

Gabrielle dachte, dass die Lebenshaltungskosten stiegen und Bedürftige, die es nicht so genau nahmen mit dem Eigentum anderer Leute, wohl nur zu Dingen griffen, die sie schnell versilbern konnten. Oder gleich zu Bargeld, fuhr es ihr durch den Kopf. »Leider ist man heutzutage nirgendwo sicher«, sagte sie aus vollster Überzeugung.

»Ich hoffe doch, dass wir dies im Hotel Le Meurice sind. Sert und ich bewohnen eine Suite und fühlen uns eigentlich recht wohl.«

»Sert?«, fragte Gabrielle und dachte an einen Hund. Bei Cécile Sorel war Misia ohne männliche – oder weibliche – Begleitung gewesen.

»José Sert«, erklärte diese prompt, »wir leben zusammen. Wie Sie sehen, hege ich tiefe Gefühle für Maler aus Spanien. Sert ist bekannter, aber das ist natürlich nicht der Grund, warum ich ihn noch viel mehr liebe als Picasso.«

Gabrielle lächelte. Die unbekümmerte Plauderei mit dieser weltläufigen Dame gefiel ihr.

»Meine Güte«, rief Misia plötzlich aus, »wir stehen hier und reden und reden ... Wir könnten einen Kaffee trinken gehen. Es ist noch viel Zeit, bis ich mich für das Abendessen umziehen muss. Passt Ihnen das?«

Gabrielle war so überrumpelt und gleichzeitig eingenommen von Misia, dass sie ihre eigentliche Mission zwar nicht vergaß, ihr aber nicht mehr so viel Bedeutung beimaß. »Ich habe nichts weiter vor.«

»Sehr schön. Dann können Sie mir mehr von sich erzählen, Mademoiselle Chanel. Kommen Sie, kommen Sie. Übrigens finde ich Ihren Hut ganz wundervoll.«

Natürlich war die *Cloche* aus ihrem Atelier. Gabrielle schmunzelte und dachte, dass sich die Bekanntschaft mit Misia Edwards lohnte.

12

Das anregende Geplauder mit ihrer neuen Freundin hallte in Gabrielle noch nach, als sie am nächsten Morgen in der Rue Cambon eintraf. Sie blieb vor der Hintertür stehen und wünschte der Concierge beschwingt einen »schönen Guten Morgen«.

Madame Thérèse war gerade dabei, eine Leiter gegen die Wand neben dem rückwärtigen Fenster ihres kleinen Zimmers zu stellen. »*Bonjour, Mademoiselle*«, gab sie ein wenig zerstreut zurück. Die korpulente und nicht mehr ganz junge Person ächzte unter den Handgriffen.

Die Vorstellung, dass die Hausmeisterin auf die Leiter steigen wollte, war im ersten Moment recht komisch. Nach dem zweiten Atemzug fürchtete Gabrielle jedoch, was dabei alles passieren könnte. Und dann dachte sie, dass ein weiteres Unglück in diesem Innenhof kaum zu ertragen wäre. »Ich helfe Ihnen«, sagte sie rasch und fasste mit an.

»Aber nicht doch …«, protestierte Madame Thérèse, überließ Gabrielle jedoch offensichtlich gerne die Überprüfung, ob die Leiter sicher stand. »Ich weiß gar nicht, was dem Rollladenkasten fehlt. Seit Tagen kann ich die Jalousie nicht mehr ordentlich nach oben ziehen. Jetzt muss ich doch mal nachsehen, was da kaputtgegangen ist.«

»Vielleicht haben Vögel unter der Verkleidung ein Nest gebaut«, meinte Gabrielle. Sie sah skeptisch nach oben zu dem Holzkasten über dem Fenster.

»Na, denen werde ich zeigen, wer in diesem Haus das Sagen hat. Ich lasse mich doch nicht von ein paar Spatzen ärgern«, schnaubte die Concierge, bevor sie die Holme der Leiter umfasste und beherzt auf die erste Sprosse stieg. Der Tritt knarrte beängstigend unter ihrem Gewicht.

Gabrielle fragte sich, wie Madame Thérèse in über zwei Metern Höhe nach dem Rechten sehen wollte, wenn sie bereits nach zwanzig Zentimetern zu straucheln drohte. Sie selbst war körperlich viel zu zart, um die Frau oder die Leiter von einem Sturz abzuhalten. Deshalb schlug sie vor: »Lassen Sie mich nachsehen.«

»Vielen Dank, Mademoiselle Chanel, aber ich werde eine Mieterin nicht meine Arbeit machen lassen. Wo kommen wir denn da hin?«

Wo kommen wir denn hin, wenn sich die Leichen in diesem Hinterhof häufen?

Trotz ihres bitteren Gedankens und in dem Bewusstsein, dass sie eigentlich nicht helfen konnte, wenn die Concierge fiel, stellte sich Gabrielle in den Rücken von Madame Thérèse und umschloss die Holme fest, bis ihre Fingerknöchel weiß hervortraten. Unwillkürlich hielt sie den Atem an.

Madame Thérèse erklomm Sprosse für Sprosse, und zu Gabrielles stillem Staunen hielt das Gerät. Oben angekommen, wandte sich die Frau zu dem hölzernen Kasten. Durch die Gewichtsverlagerung schwankte die Leiter.

Gabrielle stemmte sich mit aller Kraft dagegen. Sie stand so, dass sie sich bewegen musste, um nach oben zu schauen. Das getraute sie sich jedoch nicht, um die Aktion nicht noch weiter zu gefährden. Deshalb sah sie nicht, was die andere tat, hörte nur deren schweren Atem und das Klappern des Rollpanzers. Schließlich fielen die Rollläden mit gehörigem Krach auf den Fensterabsatz.

»Ha! Da ist ja der Übeltäter.«

»Madame Thérèse, kommen Sie bitte herunter.«

Die Leiter bebte, als die Concierge gehorsam den Rückweg nach unten antrat. Als sie bei Gabrielle ankam, drehte sie wie ein Zirkusdirektor einen Stock in der Hand. »Sehen Sie nur, Mademoiselle, was ich in dem Rollladenkasten gefunden habe.« Um nicht am Ende doch noch das Gleichgewicht zu verlieren und sicher von der letzten Sprosse zu treten, schien die Frau fester zugreifen zu müssen. Dadurch fiel ihr das Corpus Delicti aus der Hand.

Reflexartig ließ Gabrielle die Leiter los und bückte sich nach dem Stab.

Im selben Moment kippte die Leiter mitsamt Madame Thérèse um. Ein kurzer Aufschrei, und sie landete auf ihrem Allerwertesten, das Gerät fiel knapp an ihr vorbei. Glücklicherweise verfehlte es auch die Mieterin.

Gabrielles Interesse richtete sich jedoch nicht mehr auf die Concierge, sondern auf den langen Mahagonistab mit dem massiv silbernen Knauf. Es handelte sich eindeutig um den Spazierstock eines vornehmen Herrn. Ein meist ebenso nutzloses wie modisches Vorkriegs-Accessoire, das in manchen Kreisen auch für den sportlich ambitionierten Stockkampf eingesetzt wurde. Eigentlich nichts Ungewöhnliches, wäre der Ort der Lagerung nicht etwas merkwürdig. Und würden sich nicht braunrote Spuren an dem Griff befinden.

»Rufen Sie die Polizei, Madame Thérèse«, stieß Gabrielle hervor.

»Aber es ist doch nichts weiter passiert«, protestierte die Concierge, die auf wundersame Weise auf die Füße zurückgefunden hatte.

»Wenn ich mich nicht täusche, ist das das Mordinstrument, nach dem der Kommissar gesucht hat.«

Madame Thérèse schrie aus Leibeskräften. Der Fund der Leiche neulich hatte sie offenbar nicht so verschreckt wie die mögliche Tatwaffe, die sie selbst in der Hand gehalten hatte.

Fenster in den oberen Wohnungen öffneten sich.

»Sie sollen die Polizei rufen und nicht die Nachbarn«, herrschte Gabrielle die Concierge an. »Nun machen Sie schon.«

Hinter sich spürte sie Unruhe. Als sie sich umwandte, entdeckte sie ihre Näherinnen, die an diesem frühen Morgen zur Arbeit gekommen waren. Es wäre ihr auf den ersten Blick nicht aufgefallen, dass sich die inzwischen wieder genesene Magali unter den Mitarbeiterinnen befand. Doch da die junge Frau zusammenbrach, zog sie die Aufmerksamkeit aller auf sich.

Ohne einen Ton von sich zu geben, sackte Magali – höchst dekorativ, wie Gabrielle fand – in sich zusammen. Es geschah so langsam, dass zwei beherzte Kolleginnen nach ihr greifen konnten, damit die Ohnmächtige nicht auf den Boden schlug.

In der allgemeinen Aufregung gelang es Gabrielle, Ruhe zu bewahren, in ihr Atelier zu laufen und den Spazierstock auf ihrem Schreibtisch in Sicherheit zu bringen. Während sich ihre Mitarbeiterinnen um Magali kümmerten, informierte Madame

Thérèse so erfolgreich die Polizei, dass etwa eine halbe Stunde später Sergent Salois in der Boutique erschien.

Gabrielle hatte den Assistenten von Kommissar Hollande bei seinem ersten Besuch nicht allzu deutlich wahrgenommen, ihre Aufmerksamkeit hatte seinem Chef gegolten. In ihrer Erleichterung, in Hollandes Abwesenheit nicht mit Chansons aus ihrer Vergangenheit konfrontiert zu werden, begrüßte sie den Kriminalpolizisten überaus freundlich.

Sergent Salois strahlte sie an. Er war mit seiner olivbraunen Haut, dem lackschwarzen Haar und dem dunklen Vollbart anscheinend ein *Colons*, ein aus der Kolonie in Algerien stammender Abkömmling europäischer oder levantinischer Siedler. Da nicht alle Maghrebiner die französische Staatsbürgerschaft erhielten und schon gar nicht in den öffentlichen Dienst der Hauptstadt aufgenommen werden durften, handelte es sich bei dem Mann in der blauen Polizeiuniform wohl um einen Christen.

»Diesen Spazierstock hat die Concierge vorhin aus dem Rollladenkasten ihres Fensters gezogen, wir dachten, es wäre ein Vogelnest unter der Verkleidung«, erklärte Gabrielle und deutete mit der Zigarette in ihrer Hand auf das Fundstück auf ihrem Sekretär. »An dem Knauf scheint getrocknetes Blut zu sein. Sehen Sie es auch, Sergent?«

»Ja, Mademoiselle, natürlich.« Er beugte sich vor, um das Corpus Delicti noch besser in Augenschein zu nehmen. »Möglicherweise ist das die Tatwaffe. Wenn sie in einem Rollladenkasten steckte, ist klar, warum unsere Suche neulich vergeblich war. Wir haben überall auf dem Boden und sogar in den Mülltonnen nachgesehen!«

»Allerdings …«

»Kommissar Hollande nahm bislang an, der Gegenstand sei von dem Mörder mitgenommen und wahrscheinlich in die Seine geworfen worden. Aber das hier ändert natürlich alles. Ich vermute, dass es sich um den Spazierstock von Monsieur Grosjean gehandelt hatte.«

Der Gedanke, dass der junge Mann mit seinem eigenen Accessoire erschlagen worden war, ließ Gabrielle frösteln. Aber hatte sie nicht selbst sofort angenommen, dass es sich um den *Canne* eines vornehmen Herrn handelte? »Es könnte auch der Stock des Mörders sein.«

»In der Tat«, stimmte Sergent Salois zu, »das könnte es. Sicher wird uns einer der Hinterbliebenen sagen können, ob dieses Teil aus dem Besitz von Monsieur Grosjean junior stammt ...« Während er sprach, hob er den Stock in der Mitte des Schafts an, betrachtete ihn und drehte den Knauf im Licht hin und her. Plötzlich hielt er inne. »Hier ist eine Gravur: *Für André* ... Monsieur Grosjean hieß André.«

»Oh!« Sie schluckte. »Das wusste ich nicht. Anscheinend war es also sein Eigentum. Wie schrecklich, dass er damit erschlagen wurde.«

Den Stock in einiger Entfernung von seinem Körper haltend, als würde er ihn mit einer ansteckenden Krankheit infizieren, erhob sich Sergent Salois. »Kommissar Hollande wird Sie und die Concierge ...«

»Madame Thérèse«, half Gabrielle nach.

»Er wird Sie beide sicher noch persönlich sprechen wollen. Richten Sie sich bitte heute Nachmittag auf seinen Besuch ein.«

Gabrielle lächelte schwach. »Heute Nachmittag bin ich bei einer Kundin, die einen neuen Hut bestellt hat.« Sie wusste selbst nicht, warum sie nicht zugab, dass es sich um Madame Grosjean handelte. »Es ist ein unaufschiebbarer Termin.«

»Sie müssen arbeiten, das verstehe ich«, versicherte Sergent Salois. »Nun, dann wird sich Kommissar Hollande in Ihrer Abwesenheit eben nur mit der Concierge unterhalten. Vielleicht ist es dann gar nicht mehr notwendig, dass er noch einmal mit Ihnen spricht, Mademoiselle Chanel.«

Hoffentlich, dachte sie.

Stumm nickte sie.

13

»Was ist los mit ihr?«, erkundigte sich Gabrielle. Kaum dass Sergent Salois ihr Büro verlassen hatte, begab sie sich auf die Suche nach Magali.

Betreut von einer Kollegin, hing die junge Näherin mehr, als dass sie saß, in einem kleinen Sessel neben der Verbindungstür zur Boutique. Sie war bei Bewusstsein und starrte Gabrielle mit großen, staunenden Kinderaugen in einem bleichen Gesicht an, während sie ein nasses Tuch auf ihrer Stirn festhielt.

»Es ist nur ein kleiner Schwächeanfall«, behauptete die resolute Suzanne neben Magali. »Sie wird ihre Arbeit gleich aufnehmen können, Mademoiselle.«

»Gehen Sie an die Nähmaschine, Suzanne«, bat Gabrielle forscher als angemessen. Sie wollte mit Magali unbedingt allein sprechen, ohne sie deshalb zu sich in ihr Büro zitieren zu müssen. Zu viel Aufhebens würde die junge Frau womöglich verstören – und vielleicht auch verstummen lassen, wie Gabrielle befürchtete.

Überraschend zärtlich legte Suzanne ihre Hand kurz an Magalis Wange. »Ja, Mademoiselle Chanel, natürlich«, sagte sie, bevor sie, ohne sich noch einmal umzudrehen, an Gabrielle vorbei zu ihrem Arbeitsplatz ging.

Gabrielle sah ihr kurz nach, blickte dann zu den Stoffballen, die zuvor auf dem Sessel gelegen hatten und sich nun auf dem Zuschneidetisch daneben stapelten. Sie gehörten weder an den einen noch an den anderen Platz. Die Unordnung ärgerte sie, aber sie nahm sich zusammen, weil in der Unterhaltung, die sie mit Magali zu führen beabsichtigte, ein Donnerwetter erst einmal unangebracht war. Dennoch konnte sie einen leisen Seufzer nicht unterdrücken.

»Mir ... mir geht es ... wieder gut ...«, versicherte Magali stockend. »Wie Suzanne gesagt hat ...« Sie versuchte, sich aufzurichten, sackte jedoch sofort wieder in sich zusammen.

»Nein, nein! Bleiben Sie sitzen, Magali. Es nutzt niemandem, wenn Sie noch einmal umfallen.«

»Danke, Mademoiselle.« Erleichtert schloss sie die Augen, hob die Lider aber sofort wieder. »Mir ist so schwindelig.«

»Sie sollten ausreichend essen, bevor Sie zur Arbeit gehen«, tadelte Gabrielle.

»Das tue ich, Mademoiselle Chanel, das tue ich. Es ist nur alles so schrecklich. Ich meine, was alles so passiert, ist ganz furchtbar.«

Gabrielle bemühte sich um Verständnis und bestätigte mit gesenkter Stimme: »Der Krieg. Und der Tod von Monsieur Grosjean vor unserer Hintertür. Ich verstehe Sie, Magali. Das ist alles nicht schön.«

»Ja ...« Magali schniefte, als wollte sie aufsteigende Tränen zurückhalten.

Plötzlich fiel es Gabrielle wie Schuppen von den Augen: Ein

Mädchen wie Magali war sicher für den Charme und die Großzügigkeit eines Mannes empfänglich, dem sie sich selbst zu schenken bereit war, solange er ihr das Blaue vom Himmel versprach. Dass sie einem Maler als Modell saß und sich dafür wahrscheinlich auszog, sprach für einen lockeren Lebenswandel, der nicht nur *modern* war – Kurtisanen hatte es seit Menschengedenken gegeben. Dass der Begriff *Midinette* für Modistinnen ebenso benutzt wurde wie für eine junge Frau von loser Moral, sagte nach Gabrielles Meinung alles über ihren Berufsstand. Dieser Erkenntnis folgend, fragte sie: »Kannten Sie den verstorbenen Monsieur Grosjean eigentlich persönlich?«

Magalis bleiche Wangen liefen puterrot an. »Nein, Mademoiselle Chanel. Der Kommissar wollte das auch wissen, aber ich habe ihm ebenso wie Ihnen gesagt, dass ich Monsieur Grosjean nicht kannte.« In ihrer Stimme schwang fast ein wenig Empörung. »Wie kommen Sie nur auf so etwas? Als wenn ich die Bekanntschaft mit einem feinen Herrn pflegen würde.«

»Ich komme darauf, weil sein Tod Sie offenbar sehr mitnimmt.«

»Mademoiselle Chanel«, rief Magali entrüstet aus, »ich hatte noch nie mit einem Mord zu tun!«

Gabrielle war überzeugt, dass Magali log. Sicher, mit einem Tötungsdelikt war sie wohl wirklich noch nie konfrontiert worden. Aber dass sie André Grosjean nicht gekannt haben wollte, erschien aufgrund ihres Verhaltens wenig glaubhaft. Sie überlegte, wie sie sich bei Magali nach Pablo Picasso und dem anderen Maler, von dem Monsieur Talbot gesprochen hatte, Amedeo Modigliani, erkundigen sollte.

»Wenn Sie ausreichend essen«, hob sie schließlich an, »und Ihnen ansonsten nichts fehlt, sind Ihre Nerven gewiss aus reiner

Erschöpfung so angespannt. Das ist natürlich kein Wunder, da Sie auch noch …«

»*Bonjour*, Mademoiselle Chanel«, unterbrach Madame Aubert den Versuch Gabrielles, einfühlsam in Magali zu dringen. »Ich habe den Kriminalpolizisten gerade noch kennengelernt. Meine Güte, es gab ja schon wieder einige Aufregung hier.«

Magali nahm das Tuch, das sie bis eben festgehalten hatte, von ihrer Stirn und legte es sorgfältig zusammen. »Mir geht es wieder gut«, behauptete sie. »Ich möchte dann an meine Arbeit gehen, Mademoiselle. Madame …« Sie richtete sich langsam auf, nickte Madame Aubert zu.

»Sortieren Sie die Stoffballen richtig ein«, Gabrielle deutete auf den Tisch, »da gehören sie nicht hin. Und hier auf den Sessel, wo sie wohl vorher waren, auch nicht.« Sie wandte sich ab. Über die Schulter sagte sie jedoch noch zu Madame Aubert: »Es ist kaum zu glauben, aber es passiert immer wieder etwas Neues.« Ohne eine Antwort abzuwarten, marschierte sie in ihr Büro, hin- und hergerissen zwischen dem Ärger über die Unterbrechung und einer neuen Erkenntnis.

Der Gedanke an eine private Verbindung zwischen Magali und Monsieur Grosjean ließ Gabrielle in den folgenden Stunden nicht los, obwohl sie sich alle Mühe gab, ihren Alltag in gewohnter Manier zu bewältigen. Wo Leidenschaft im Spiel war, gab es durchaus auch Eifersucht und Demütigung. Nicht jede junge Frau war so zielstrebig wie Gabrielle selbst, die sich Étienne Balsan aufgedrängt hatte, als dieser aus Moulins in das Schloss seiner Familie bei Compiègne abreiste, weil sie unbedingt rauswollte aus ihrem bescheidenen Leben.

Zugegeben, in Boy war sie bereits verliebt gewesen, als der sie von Balsan für ein Wochenende am Meer *ausgeliehen* hatte. Aber sie war auch Boy zum Bahnhof nachgelaufen und mit ihm in den Zug nach Paris gestiegen, obwohl das gar nicht verabredet gewesen war. Sie war Boy aus Liebe gefolgt. Und aus der Überzeugung heraus, dass er ihr guttun würde. Persönlich ebenso wie gesellschaftlich und damit auch finanziell. Ihre Entscheidung hatte sich als richtig erwiesen, doch sie war damals wie heute zu sehr mit der eigenen Zielstrebigkeit beschäftigt, um eifersüchtig auf ein körperliches Verlangen zu sein, das nichts mit Boys Gefühlen für sie zu tun hatte. Sie war aus ganzem Herzen von ihrer Zukunft als Gattin von Arthur Capel überzeugt, deshalb spielte es keine Rolle, dass er noch nicht von Heirat sprach und sich sein Vergnügen auf seinen Reisen vielleicht anderswo suchte, auch wenn er dies bestritt. Doch ging es nicht um den Mann ihres Lebens. Es ging nicht um Coco und Boy.

Während sie die Nähte an der von der Comtesse d'Argentan bestellten Schwesterntracht überprüfte, wanderten ihre Blicke immer wieder zu Magali, die hinter ihrer Nähmaschine saß und anscheinend fleißig ihrer Arbeit nachging. Die junge Frau wirkte auf Gabrielle eher schüchtern als ehrgeizig. Wenn sie sich in eine romantische Affäre verstrickt und Monsieur Grosjeans schönen Worten mehr geglaubt hatte, als gut für sie war, zeitigte so etwas unter Umständen fatale Folgen. In einer verschmähten Liebenden konnte die Eifersucht hell lodern ...

Du bist verrückt, schalt sich Gabrielle in Gedanken. Glaubte sie ernsthaft, Magali habe ihren womöglich treulosen und abtrünnigen Geliebten erschlagen? Magali hatte die Leiche schließlich gefunden und war von dem Anblick fast genauso bestürzt gewesen wie von dem des Spazierstocks, der hatte sie sogar noch ein wenig mehr entsetzt.

Ja, dachte Gabrielle einen Atemzug später, damit hatte sich die junge Frau verraten. Magali musste klar gewesen sein, dass der Tote über kurz oder lang von einem der Hausbewohner oder einer der Angestellten gefunden würde, warum also sollte sie sich nicht selbst darum kümmern? Und dass sie beim Anblick des Stocks erschrak, den die Concierge aus dem Rollladenkasten gezogen hatte, war plausibel. In diesem Moment fiel Gabrielle noch etwas auf: Eine Erklärung für den Ort, an dem Monsieur Grosjean umgebracht worden war, ergab sich zweifellos aus Magalis Täterschaft. Sie könnte ihren Freund zu einer Aussprache in den Innenhof, der zu ihrem Arbeitsplatz gehörte, gelockt haben. Das war nicht abwegig. Es kam zum Streit und zu dem bekannten Ende eines Lebemannes ...

»Au!« Gabrielle stach sich mit einer Stecknadel in den Finger.

Wieder war Magali auf gewisse Weise schuld daran. Diesmal konnte sie sie nur nicht sofort schelten.

14

Auf dem Weg nach Passy überlegte Gabrielle, ob sie Kommissar Hollande von ihrem Verdacht in Kenntnis setzen sollte.

Sie saß in einem Taxi, das sie an der Place Vendôme aufgetrieben hatte, und spürte eine gewisse Erleichterung, dass sie an einem so aufregenden Tag nicht in einer überfüllten Metro oder Straßenbahn stehen musste. Es gab nicht mehr so viele Motordroschken in Paris wie zu Beginn des Krieges, als die Taxifahrer sechstausend Soldaten an die Front gefahren hatten. Viele der Chauffeure dienten heute selbst aktiv in der Armee, oder ihre Wagen waren konfisziert, manche Taxen standen auch wegen des Mangels an Kraftstoff still. Ein eigenes Automobil besaß sie nicht und einen Fahrer erst recht nicht. Sobald ich genug Geld verdient habe, kaufe ich mir beides, dachte sie, bevor sie sich wieder mit Magali, Monsieur Grosjean und Kommissar Hollande beschäftigte.

Natürlich müsste sie Meldung machen. Gabrielle sah aus dem Fenster, doch sie sah nicht die Linden am Ufer der Seine, nicht die beeindruckenden Gebäude des Grand und des Petit Palais, die nicht mehr für Ausstellungen geöffnet waren, sondern als Lazarett dienten, nicht das auf einem Hügel gegenüber dem Eiffelturm aufragende Palais du Trocadéro. Ihre Blicke durchbohrten die Monumente, vor ihrem geistigen Auge wechselten sich mörderische Szenen ab, in denen Magali die Hauptrolle spielte. Einen heimtückischen Mord konnte sich Gabrielle nicht vorstellen. Einen leidenschaftlichen Streit schon eher. Vielleicht war ja doch der Unfall geschehen, den Gabrielle von Anfang an vermutet hatte. Allerdings konnte sie sich nicht erklären, wie Monsieur Grosjean mit seinem eigenen Spazierstock hätte erschlagen werden können, wenn es denn nur ein Unglück und kein Mord gewesen war. Reichte ein Handgemenge für die notwendigerweise große Wucht aus? Ach, wenn sie wüsste, was sich zugetragen hatte. Nur: Solange ihr das nicht klar wurde, durfte Kommissar Hollande nichts von ihren Mutmaßungen erfahren. Wenn sie keine Beweise und nur Vermutungen hatte, lachte er sie womöglich aus.

»*Ko-ko-ri-ko*«, murmelte Gabrielle verbittert.

»Wie, bitte?«, fragte der Taxifahrer, ein alter Mann, den sie an der Front wohl nicht mehr gebrauchen konnten. »Ich habe Sie nicht verstanden.«

»Ich habe nichts gesagt, Monsieur, es war nur ein Husten.«

»Tut mir leid, ich bin schwerhörig.«

Umso besser, dachte Gabrielle und schenkte ihm durch den Rückspiegel ein Lächeln.

Wie es sich für einen neureichen Industriellen gehörte, hatte Monsieur Grosjean der Ältere für seine Familie ein Refugium nahe dem Bois de Boulogne geschaffen, wo die Luft frischer und die Nachbarschaft vornehmer als in vielen anderen Stadtteilen war. Die imposante Villa war mit Erkern und Türmen geschmückt und befand sich hinter einem hohen schmiedeeisernen Tor, das einladend geöffnet war. Offenbar hatte das Personal vorgesorgt, da Madame den Besuch Gabrielles erwartete.

Ein Diener, der es vom Alter her mit ihrem Taxifahrer aufnehmen konnte, bat Gabrielle in den »kleinen Salon«. Die Betonung ließ vermuten, dass es noch einen *großen Salon* gab, der entweder mit wichtigeren Gästen oder nur bei besonderen Gelegenheiten benutzt wurde. Tatsächlich war der in Gelbtönen gehaltene Raum nicht sehr weitläufig, doch wirkte er gemütlich und führte mit einer Terrassentür in den Garten hinaus. Auf dem Kaminsims aus weißem Marmor standen Fotografien, steife Familienporträts ebenso wie etwas lockerere Aufnahmen der beiden Kinder der Grosjeans in verschiedenem Alter.

In einem Regal lagen offensichtlich geliebte, weil zerlesene Bücher und wie zufällig dahingeworfen kleine Kunstwerke, Miniaturen aus verschiedenen Zeiten und wohl auch Ländern. Gabrielle registrierte winzige Schnitzereien aus Elfenbein, die unglaublich lebendig wirkten und vermutlich aus Asien stammten, daneben starre Masken aus Ton, mit Edelsteinen besetzte Eier aus Emaille und vergoldete, reich verzierte Döschen. Es war ein buntes Sammelsurium an Erinnerungsstücken, das ihr besonders gut gefiel.

Ein spitzer Finger tippte ihr auf die Schulter.

»Guten Tag, Mademoiselle Chanel, wie schön, dass Sie kommen konnten.«

Madame Grosjean war leise wie eine Feder in ihren *kleinen Salon* geweht und schreckte Gabrielle aus der Betrachtung der Kunstgegenstände auf.

»Verzeihung«, sagte Gabrielle tief durchatmend, »ich habe Sie nicht kommen hören. Ihre Sammlung hier hat mich abgelenkt.«

»Ach, das ganze Zeug«, gab Madame Grosjean nachlässig zurück. »Man hat immer viel zu viel Kram herumstehen, finden Sie nicht auch?«

Gabrielle war nicht ihrer Meinung und setzte zu einer Gegenfrage an: »Mir gefallen die Miniaturen sehr. Kommen die aus China?«

»Ich glaube, die sind aus dem Louvre«, antwortete Madame Grosjean lapidar.

Gabrielle hatte nicht gewusst, dass das Museum seine Ausstellungsstücke verkaufte. Da sie sich aber nicht als ungebildet demaskieren wollte, forschte sie nicht weiter nach der Herkunft des bezaubernden Kunsthandwerks. Und es war ja auch gleichgültig. Sie war nicht hier, um über das zu plaudern, was Madame Grosjean anscheinend als Trödel empfand.

Nach einem kurzen Räuspern sagte Gabrielle: »Ich möchte Ihnen persönlich mein Beileid aussprechen.« Das erste Mal hatte sie in dem Antwortschreiben kondoliert, das sie auf das Billett mit der Trauerhutbestellung hin verfasst hatte.

Die Mutter des Toten nickte kurz. Sie trat neben Gabrielle an das Regal und fuhr beiläufig fort: »Ehrlich gesagt weiß ich gar nicht, welche Gegenstände wann in unsere Hände gefallen sind. Es kommen so viele Sachen zusammen, dass ich den Überblick verloren habe. Aber es gibt ja auch Wichtigeres.«

Diesmal stimmte Gabrielle zu. Sie nahm die Bemerkung als Stichwort. »Darf ich Ihnen die Stoffmuster zeigen, die ich mitgebracht habe?«

»Ach, lassen wir das doch. Sie werden schon den richtigen Hut entwerfen, Mademoiselle Chanel, davon bin ich überzeugt. Sie brauchen meine Zustimmung nicht, machen Sie, was Sie wollen.«

Gabrielle schnappte nach Luft. Warum hatte Madame sie hierherbestellt? Als sie tief durchatmete, nahm sie die Fahne wahr, die aus Madame Grosjeans' Poren strömte. Die in Schwarz gekleidete blasse Dame des Hauses hatte anscheinend eine große Menge Alkohol konsumiert. Jetzt wurde Gabrielle klar, dass der glasige Blick nicht von ungeweinten Tränen herrührte. Die Plauderei mit ihr ergab zwar noch immer keinen Sinn, war aber in Anbetracht des Trinkens verständlich. Unwillkürlich schnupperte Gabrielle – und identifizierte Cognac.

Natürlich war es sinnlos, unter den gegebenen Umständen zu widersprechen oder ein vernünftiges Gespräch zu forcieren. »Wie Sie wünschen, Madame.«

»Machen Sie auch einen Trauerhut für meine Tochter, bitte«, fuhr Madame Grosjean fort. »Ich möchte nicht, dass sie in ihrer albernen Schwesterntracht zu der Beerdigung ihres Bruders kommt.« Sie sah Gabrielle eindringlich an. »Amélie geht in ihrer neuen Aufgabe vollkommen auf. Verstehen Sie das? Ich nicht.«

»Nun ... ja ...« Gabrielle zögerte. »Vielleicht sollte mir Mademoiselle Grosjean selbst sagen, was für ein Modell sie sich vorstellt.«

»Ich habe nicht die geringste Ahnung, wo sich meine Tochter aufhält. Nach Hause kommt sie kaum noch. Entweder arbeitet sie im Lazarett – ich habe vergessen, in welchem Krankenhaus sie eingesetzt wird –, oder sie verbringt ihre Zeit mit Mademoiselle Fontaine. Keiner nimmt Rücksicht auf mich. Niemand!«

Gabrielle spürte den Schmerz der anderen fast körperlich. Sie hätte sie gerne in den Arm genommen, doch sie unterdrückte diesen Impuls. Die gesellschaftlichen Schranken zwischen ihnen beiden ließen so viel Vertraulichkeit nicht zu. Obwohl es sie eigentlich nicht interessierte und vor allem nichts anging, erkundigte sie sich höflich: »Ist Mademoiselle Fontaine eine Freundin Ihrer Tochter?«

»Was?« Madame Grosjean sah sie verblüfft an. Sie schien die Frage nicht verstanden zu haben. Offenbar benötigte sie Zeit, um den fremden Namen wieder einzuordnen. Dann: »Ah. Ja. Natürlich. Mademoiselle Fontaine. Sie war die Verlobte meines Sohnes. Die hübsche Laure mit dem hinterhältigen Wesen hat sich meinen André geschnappt, und nun steckt sie andauernd mit Amélie zusammen, als wollte sie die als Ersatz an sich binden.«

Anscheinend war Gabrielles Besuch bei Madame Grosjean doch nicht so unnütz, wie sie eben noch befürchtet hatte. Zumindest erfuhr sie, ohne danach gefragt zu haben, dass der junge Grosjean gebunden gewesen war. Gabrielles Verdacht, Magali könnte ihn aus Eifersucht erschlagen haben, erhärtete sich. Sie versuchte, Madame Grosjean zu trösten: »Sicher war Mademoiselle Fontaine sehr verliebt in Ihren Sohn und ...«

»Ach was!«, unterbrach Gabrielles Gastgeberin ungehalten. »Laure wollte an seinem Erbe teilhaben, sonst nichts. Natürlich stammt sie selbst aus wohlhabender Familie, aber ein reicher Mann ist allemal besser als ein armer. Sagte ich das nicht schon? Sie hat ihn sich geschnappt, verstehen Sie? Er hatte keine Chance ...«

Nach Gabrielles Erfahrung besaßen die meisten Männer die Möglichkeit, die Frau zu heiraten, die sie in ihrem gesellschaftlichen Umfeld auserkoren hatten, sofern nicht die jeweiligen Eltern an der Brautschau beteiligt waren und aus dynastischen Gründen eine bestimmte Beziehung favorisierten. Anscheinend war Laure Fontaine gegen den Willen ihrer künftigen Schwiegermutter mit Monsieur Grosjean zusammengekommen. Was würde eine solche Frau tun, wenn das Herz ihres Verlobten schon vor der Hochzeit einer anderen gehörte? Sie hätte Magali erschlagen, dachte Gabrielle, nicht das Objekt ihrer Begierde.

»Ich sehe gerade, man hat Ihnen nichts angeboten. Was möchten Sie trinken, Mademoiselle Chanel?«

Gabrielle wollte gerade sagen, dass sie außer Limonade nichts wolle, als Madame Grosjean hinzufügte: »Ich werde Champagner bestellen. Der löscht den Durst am besten. Finden Sie nicht auch? Ich habe großen Durst und Lust, mit Ihnen auf den Tod anzustoßen.« Sie wandte sich zu dem Zugband neben der Tür, um nach ihrem Personal zu rufen.

»Vielen Dank, Madame Grosjean«, sagte Gabrielle rasch, »aber ich fürchte, ich muss Sie wieder verlassen, da ich noch zu arbeiten habe.« Noch eine Minute länger mit dieser betrunkenen Frau, und sie würde ihre Ruhe verlieren.

»Keinen Champagner?« Madame Grosjean wirkte so enttäuscht, als müsste sie gleich in Tränen ausbrechen. »Nun, dann gehen Sie. Gehen Sie und kommen Sie erst wieder, wenn der Hut fertig ist. Die Hüte. Machen Sie am besten drei Hüte. Diese raffgierige Person soll auch anständig aussehen, wenn wir André zu Grabe tragen. Meinen Sohn. Nicht ihren Verlobten. Er war in erster Linie mein Sohn. Verstehen Sie?«

»Ja, Madame, das verstehe ich. Aber nun muss ich wirklich gehen. *Au revoir.*« Gabrielle schnappte ihre Tasche, die sie bei ihrem Eintreffen neben einem Sessel abgestellt hatte, und flüchtete aus dem sogenannten kleinen Salon.

Wahrscheinlich, fuhr es ihr durch den Kopf, hatte sie gerade eine gute Kundin verloren. Andererseits war Madame Grosjean vielleicht zu betrunken, um sich später an ihre Begegnung heute zu erinnern. Gabrielle würde überlegen müssen, ob sie die alkoholisierte Bestellung erledigte. Aber das konnte warten.

15

Es wurde später Abend, bis Gabrielle nach der Fertigstellung einer Reihe von Entwürfen für Kleider, die ohne Korsett getragen wurden und die Knöchel der Frau frei ließen, nach Hause ging. *Gehen* bedeutete fast eine Stunde Fußmarsch, aber nach dem aufregenden Tag genoss sie die frische Luft und verzichtete auf ein öffentliches Verkehrsmittel. Obwohl ihr Besuch bei Madame Grosjean Stunden zurücklag, hatte sie den Geruch von Alkohol noch immer in ihrer Nase. Einen abstoßenden, mit Schweiß und einem blumigen Parfüm durchzogenen Gestank. Selbst die Düfte der Alleebäume konnten den nicht vertreiben. Der Schmerz, den Madame Grosjean offensichtlich in Cognac und Champagner zu ertränken versucht hatte, lastete zudem auf Gabrielle. Die Mutter, die sich noch dazu allein gelassen von ihrer Tochter und der Verlobten ihres toten Sohnes fühlte, vielleicht auch von ihrem Gatten, tat ihr unendlich leid, das minderte jedoch nicht den Ekel in ihrer Erinnerung.

Auf ihrem Heimweg zu Hausnummer einhundertsechzig des Boulevard Malesherbes spazierte Gabrielle durch einen Großteil der Innenstadt von Paris, an den Grands Boulevards mit ihren

Hotels, Restaurants und Geschäften entlang zu den ruhigeren Wohnhäusern nördlich des Boulevard Haussmann. Gabrielle lebte seit sieben Jahren in dieser Gegend des Mittelstandes und der Künstler. Eigentlich gehörte die Wohnung Étienne Balsan, ihr Gönner hatte sie seinerzeit dort einquartiert und die Räume ebenso wie Gabrielle selbst später Boy geliehen. Sie hing an den schönen, repräsentativen Zimmern, in denen sie damals ihre ersten Hüte entworfen hatte. Boy versprach ihr seit geraumer Zeit eine eigene gemeinsame Wohnung, doch ihm war bei der Suche danach immer etwas dazwischengekommen, und sie hatte es mit dem Umzug nicht eilig.

Ein Teil der Strecke führte sie an den Anlagen des Parc de Monceau vorbei. Die Pforten waren geschlossen, die Wege hinter Mauern, Hecken und Toren dunkel und unheimlich. Am Tage ging Gabrielle gerne an dem Teich im Inneren des Parks spazieren. Boy hatte ihr die zahlreichen Skulpturen gezeigt, die auf den Rasenflächen und Beeten ausgestellt wurden. Am meisten berührt hatte sie »Die Verlassene«, weil es ihre größte Angst war, sich einmal mit dieser Frau identifizieren zu müssen.

Offenbar waren einige Straßenlaternen defekt, das Licht war entweder erloschen oder flackerte, warf seltsame Schatten auf das Trottoir. In den Häusern herrschte eine eigentümliche Stille, keine Musik, Gesprächsfetzen oder sonstige Hinweise auf ein fröhliches Beisammensein wehten durch geöffnete Fenster nach draußen. Anscheinend schliefen die meisten Bewohner schon, und Gabrielle hatte ihr Atelier noch später abgeschlossen als gedacht.

Ich fürchte mich nicht, redete sie sich ein. Warum sollte ich? Es ist Nacht, mehr nicht.

Aber dann dachte sie, dass irgendjemand sie bestohlen hatte, dass ein Mann in ihrem Hinterhof ermordet worden war und dass Boy es für möglich hielt, selbst Opfer eines Verbrechens zu werden. Konnte es nicht sein, dass es jemand auch auf sie abgesehen hatte? Dass sie, Gabrielle Chanel, das eigentlich Ziel war? Natürlich konnte sie sich niemanden vorstellen, der ihr nach dem Leben trachtete. Doch wenn das jeder vorher genau wüsste, gäbe es wohl keine Mordopfer. Unwillkürlich ging sie schneller.

Ein Automobil raste heran, die gelben Scheinwerfer durchschnitten die Dunkelheit, waren direkt auf Gabrielle gerichtet, Bremsen quietschten. Sie hielt sich dicht an den Hausmauern. Dann bog der Wagen in eine Seitenstraße. Plötzlich war es wieder vollkommen still.

Sie glaubte, ihren eigenen Herzschlag zu hören. Aber wahrscheinlich war das nur das Klappern ihrer Absätze auf den Pflastersteinen.

»Mademoiselle Chanel ...«

Die leise Stimme wehte ihr entgegen. Sie kam ihr vor wie das Tosen des Windes damals in dem Garten des Klosters Aubazine hoch oben auf einem Berg im Zentralmassiv. Unheimlich. Gefährlich. Von Geistern beschworen.

»Mademoiselle Chanel ...«

Wer rief sie mitten in der Nacht mit ihrem Namen an? Ein Gespenst? Ein Mörder? Wo sollte sie hin, um diesem Anruf zu entkommen?

Sie konnte nicht so ohne Weiteres ausweichen, dicht gedrängt gegen eine Hauswand. Sie musste dem Ton sogar entgegenlaufen, um zu ihrer Adresse zu kommen.

Wartete da nicht jemand in ihrem Hauseingang?

Gabrielle ballte die Hände und blieb wie festgewurzelt stehen.

»Haben Sie keine Angst.«

Ihre Kehle fühlte sich wie zugeschnürt an. Kein Laut kam über ihre Lippen. Sie stand starr.

»Ich bin es: Kommissar Hollande.« Er trat aus dem Schatten der Toreinfahrt. Sein heller Regenmantel leuchtete im Licht der Straßenlaterne, die eben noch geflackert hatte und nun mit einem Mal wieder zu funktionieren schien.

Gabrielle stieß den angehaltenen Atem aus. »Was wollen Sie denn hier?«

»Da Sie heute Nachmittag nicht in Ihrer Boutique waren, habe ich hier auf Ihre Rückkehr gewartet. Sie waren lange unterwegs, Mademoiselle.«

»Ich habe gearbeitet ...«

»Sehen Sie, das tat ich auch, indem ich auf Sie gewartet habe.«

»Und nun?«

»Ich arbeite immer noch.«

Langsam setzte sie einen Fuß vor den anderen. Obwohl sie von seiner Redlichkeit überzeugt war, fiel es ihr schwer, die Angst von eben abzuschütteln. »Warum haben Sie mich nicht in meiner Boutique aufgesucht?«, wollte sie wissen, als sie vor ihm stand.

»*Touché!*«, gab er zurück, um dann deutlich milder hinzuzufügen: »Mir war nicht klar, dass Sie so lange arbeiten. Ich dachte, Sie würden ausgehen. Da mir niemand in Ihrer Wohnung öffnete ...«

»Es ist ja niemand zu Hause.«

Hollande nickte. »Sie leben allein?«

»Meine Schwester wohnte hier, aber ich kann Antoinette in meiner Boutique in Biarritz nicht entbehren, sie ist mir dort eine große Hilfe.«

»Sie erwähnten einen Freund ...«

»Der ist im Moment nicht in Paris.«

Im Nebenhaus klappte ein Fenster. »Ruhe da unten«, brüllte ein Mann.

»Würden Sie mich hineinbitten?«, fragte Hollande in gesenktem Ton. »Hier können wir uns schwerlich unterhalten. Meine Person dürfte über jeden Zweifel erhaben sein, und wenn Ihre Concierge es verlangt, zeige ich ihr gerne meinen Dienstausweis.«

Gabrielle nickte stumm. Wahrscheinlich schlief die Hausmeisterin schon. Oder sie interessierte sich für nächtliche Herrenbesuche ohnehin nicht. Jedenfalls hatte sie gegen Boys Anwesenheit bisher nichts auszusetzen gehabt.

Schließlich saßen sie an dem Esstisch aus Mahagoni in dem mit einem großen Durchgang mit dem Salon verbundenen Speisezimmer bei einer Tasse Tee, die Gabrielle nach einem Griff zu Boys Vorratsdose zubereitet hatte. Sie beschäftigte zwar eine Putzfrau, aber kein ständiges Mädchen, dessen Hilfe sie mitten in der Nacht in Anspruch nehmen könnte. Nachdem sie ihre Schuhe von den nun schmerzenden Füßen gestreift hatte, tappte Gabrielle barfuß in die Küche und zurück zu ihrem Gast. Als sie sich endlich niederließ, wurde sie sich erstmals ihrer bleiernen Müdigkeit bewusst. Hinter vorgehaltener Hand gähnte sie, was Hollande sofort auffiel.

»Es tut mir leid, aber ich muss noch einmal von Ihnen hören, wie es sich mit dem Auffinden des Spazierstocks verhielt.«

»Hat Ihnen Madame Thérèse nicht alles gesagt? Ich habe doch auch schon mit Sergent Salois gesprochen.«

»Unser Gespräch wird sehr viel schneller vorüber sein, wenn Sie auf meine Fragen antworten und nicht erst alles anzweifeln, was ich sage.«

»Ist es also tatsächlich die Tatwaffe?«, schlussfolgerte Gabrielle. Sie wartete Hollandes Antwort jedoch nicht ab und unterband mit einer Handbewegung seinen zu erwartenden Protest. »Ich habe Sie schon verstanden, *Monsieur le Commissaire*«, versicherte sie rasch. Dann begann sie von dem Moment an zu erzählen, als sie am Morgen in den Innenhof der Rue Cambon gekommen war, um die Hintertür zu ihrem Atelier aufzuschließen, und die Concierge mit der Leiter angetroffen hatte. Obwohl sie sich immer müder fühlte, fasste sie ihre Erinnerung fast minutiös in Worte.

Er ließ sich Zeit mit einer Antwort. Sein Gehirn schien ihren Bericht erst einmal verarbeiten zu müssen. Zuvor hatte er aufmerksam gelauscht und nur mit einem gelegentlichen Nicken angedeutet, dass er ihren Ausführungen folgte. Nach einer Weile sagte er: »Sie haben recht – Monsieur Grosjean ist anscheinend mit seinem eigenen Spazierstock erschlagen worden. Der Mörder hat das Beweisstück ziemlich geschickt am Tatort versteckt.«

»Ich frage mich seit unserem Fund, wie eine Person ohne eine Leiter an den Rollladenkasten kommen konnte.« Ihr fiel nicht auf, dass sie schon wieder eine Bemerkung machte, die Hollande womöglich als unangemessen interpretieren würde.

Doch er antwortete geduldig: »Der Griff in die Verschalung dürfte einem sehr großen Menschen ebenso möglich sein wie einem sehr gelenkigen. Ich habe es mir angesehen, Mademoiselle, das Fenster ist nicht sonderlich hoch: Ein langer Mann kann sich strecken, ansonsten besteht die Möglichkeit, auf den Fenstersims zu klettern und nach oben zu fassen.«

»Es könnte also auch eine Frau gewesen sein ...«, murmelte Gabrielle. Erst als der Gedanke in ihren Ohren nachhallte, wurde sie sich bewusst, dass sie ihn laut ausgesprochen hatte. Erschrocken, weil sie ihren Verdacht preisgegeben hatte, sah sie den Kommissar an.

Hollande zuckte mit keiner Wimper. »Ja, es könnte auch eine Frau gewesen sein.«

Sie begegnete seinem Blick – und schwieg.

»Verdächtigen Sie eine bestimmte Person, Mademoiselle Chanel?«

»Nein.« Sie hielt seinen forschenden Augen stand. »Nein.«

Eine Weile lag eine unangenehme Stille wie eine dunkle Wolke über ihnen.

Gabrielle griff nach der Zigarettendose, die auf dem Esstisch lag. Durch den Rauch der eben angezündeten Kippe fragte sie schließlich: »Gibt es eigentlich schon einen Termin für die Beerdigung von Monsieur Grosjean?« Ihr war nachträglich aufgefallen, dass Madame Grosjean keinen Zeitpunkt genannt hatte, wann sie die Hüte benötigte. Vielleicht war sie zu betrunken dafür gewesen, womöglich gab es aber auch keine exakten Pläne.

»Doktor Conchard hat die Leichenschau noch nicht abgeschlossen«, sagte Hollande. »Die Familie Grosjean und die Freunde des Toten werden sich ein wenig gedulden müssen. Das ist bedauerlich, aber nicht zu ändern. Durch die Beerdigung können die Hinterbliebenen in der Regel leichter mit dem Verlust abschließen, darauf zu warten ist immer der schwerste Teil in einem Mordfall.«

»Mir scheint, der schwerste Teil ist, den Mörder zu finden.«

»Oder die Mörderin«, erwiderte Hollande mit einem kleinen Lächeln.

»Ja. Oder das.« Gabrielle versuchte sich in Gleichmut.

Hollande suchte ihren Blick, doch diesmal senkte sie ihre Lider auf die Teetasse, auf deren Unterteller sie die Asche ihrer Zigarette abstreifte.

»Was verheimlichen Sie mir, Coco Chanel?«, fragte er scharf. »Außer dass Ihre Schwester Antoinette Sie nicht nur in Ihrer Boutique in Biarritz unterstützt, sondern dies auch im Duett mit Ihnen auf der Bühne in Moulins tat.«

»Ich weiß nicht, wovon Sie sprechen, *Monsieur le Commissaire*.«

»*Qui qu'a vu Coco ...?*«, sang Hollande leise.

Verärgert schlug sie mit der flachen Hand auf den Tisch. »Was wollen Sie eigentlich von mir?«

»Die Wahrheit. Nichts als die Wahrheit.«

»Was hat dieses alberne Lied mit dem Mord an Monsieur Grosjean zu tun?«

»Nichts«, gab er zu, um jedoch sofort hinzuzufügen: »Und alles. Ich weiß es nicht, Mademoiselle Chanel, aber der Text geht mir seit unserer ersten Begegnung nicht mehr aus dem Sinn. Vielleicht sollten wir es abändern und statt *Wer hat Coco gesehen?* fragen: ›Wer hat den Mörder gesehen?‹ Ich wünschte, das könnten wir mit derselben Leichtigkeit, mit der Sie dieses Chanson einst vorgetragen haben.«

»Ich habe Monsieur Grosjean nicht umgebracht«, schnappte sie.

Hollande lächelte. »Sehen Sie, das glaube ich Ihnen.« Er schob seinen Stuhl zurück und erhob sich. »Ich werde jetzt gehen und bitte Sie, Ihre Beobachtungen zu überschlafen. Melden Sie sich morgen bei mir, um mir das Ergebnis mitzuteilen.«

Gabrielle drückte den Zigarettenstummel auf dem Unterteller aus und stand ebenfalls auf. »Es gibt nichts, das ich Ihnen noch zu sagen hätte. Außerdem bin ich morgen zu einem Mittagessen verabredet, das länger dauern dürfte. Also warten Sie nicht auf mich.« Mit dem Gefühl, einen Sieg davongetragen zu haben, brachte sie ihren Besucher zur Tür.

16

»Wir sind heute nur ein kleiner Kreis«, entschuldigte sich Misia. »Fast alle meine Gäste haben abgesagt, und wenn Picasso nicht kommt, bleibt Guillaume Apollinaire natürlich auch fern ...«

»Die beiden sind wie siamesische Zwillinge«, meinte der Mann an ihrer Seite. Er war nicht sonderlich groß und dazu ein wenig stämmig, sein attraktives Gesicht zierte ein Vollbart, und aus dem Kragen seines Hemdes quollen dunkle Brusthaare, seine schwarzen Locken fielen wild durcheinander. Gabrielle erschien er wie eine männliche Urgewalt. »Ich bin Josep Maria Sert«, stellte er sich mit einer Verbeugung vor.

»... und Sergei Djagilew musste mit Erik Satie nach Rom, wo sich einige Tänzer aus dem Corps des Ballets Russes derzeit aufhalten«, fuhr Misia fort, nachdem sie für Serts Begrüßungszeremonie kurz innegehalten hatte. »Nun sind wir mit Ihnen, Jean Cocteau und Serge Férat fünf Personen bei Tisch, da auch Irène Lagut nicht kommen konnte. Ich hoffe, Sie sind nicht abergläubisch, Coco.«

»Ganz sicher nicht«, versicherte Gabrielle mit einem Lächeln. »Fünf ist meine Glückszahl.« Das stimmte zwar, aber selbst wenn es anders gewesen wäre, hätte sie es nicht zugegeben.

Misia und Sert bewohnten ein Appartement im obersten Stockwerk des Hotel Le Meurice mit Blick auf die Seine. Es war ein relativ kleines, aber recht feudales Zuhause für die schöne Dame und den katalanischen Maler. Doch wahrscheinlich spielte Größe keine Rolle, wenn zwei Menschen glücklich miteinander waren, sinnierte Gabrielle. Die Luft schien dank der Erotik dieses Paares zu vibrieren, die seelische Harmonie der beiden übertrug sich durch Gemütlichkeit und der feine kunstsinnige Geschmack mit Eleganz. Auf Anhieb fühlte sich Gabrielle bei ihren neuen Freunden so wohl, dass sie selbst dreizehn Gäste an der Tafel, ohne zu zögern, akzeptiert hätte.

Ein Hotelkellner servierte Champagner zum Aperitif, und der erste Trinkspruch galt den französischen Soldaten an der Front.

»Ich habe kürzlich eine von Ihnen entworfene Schwesterntracht gesehen«, hob Cocteau nach einem großen Schluck aus seinem Glas in Gabrielles Richtung an, »und ich muss zugeben, dass ich maßlos enttäuscht war.«

»Tatsächlich?«, fragte sie irritiert.

Der schöne Dichter grinste schelmisch. »Es war für mich ganz schrecklich, zu sehen, dass die Schwesterntracht, die ich mir bei Poiret habe schneidern lassen, nicht einmal annähernd so fantastisch ist wie die von Ihnen, Mademoiselle Chanel.«

Ich liebe ihn, fuhr es Gabrielle durch den Kopf. Natürlich sagte sie es nicht, sondern schwieg mit einem zufriedenen Schmunzeln.

»Wahrscheinlich sollten Sie mehr Kleider nähen als Hüte anfertigen«, meinte Misia. »Ich sage es nur ungern, aber Paul Poiret scheint mir nicht mehr auf der Höhe der Zeit zu sein.«

Ich liebe sie auch, dachte Gabrielle.

»Poirets Lieferwagen eignet sich aber sehr gut, um Verwundete von der Front in die Lazarette zu transportieren«, warf Sert ein. »Das war eine großzügige Leihgabe, die du mit Hingabe zu nutzen weißt. Ich bin dankbar, dabei an deiner Seite sein zu dürfen.«

»Ohne Misias Überredungskunst wäre Poiret seinen Pflichten gegenüber der Grande Nation womöglich nicht nachgekommen«, meinte Cocteau.

Gabrielle schwieg. Nicht nur, weil sie sich wieder einmal darüber ärgerte, wie sehr der große Modeschöpfer trotz der anfänglichen Komplimente an sie die Unterhaltung beherrschte, sie konnte diesem Maß an Wohltätigkeit nichts entgegensetzen. Leicht entnervt führte sie ihr Glas wieder an ihre Lippen.

»Man muss Poiret zugutehalten, dass er es durch eine kleine Veränderung am Schnitt geschafft hat, sechzig Zentimeter Stoff und vier Arbeitsstunden bei der Herstellung eines einzigen Militärmantels zu sparen«, sagte Misia.

Immerhin, dachte Gabrielle zynisch.

»Mademoiselle Lagut war hocherfreut, Ihnen begegnet zu sein, Mademoiselle Chanel«, wandte Serge Férat unvermittelt ein, als spüre er das Unwohlsein, das Gabrielle bei dem Geplauder über Poiret erfasste.

»Wie schade, dass sie heute nicht hier sein kann«, antwortete sie höflich.

»Sie versucht, eine Ausstellung vorzubereiten. Guillaume Apollinaire will ihr dabei helfen, aber ich bin mir nicht sicher, ob ihre Werke bereits so weit sind, der Öffentlichkeit präsentiert zu werden.«

»Ach?«, warf Misia ein. »Ist Irène verhindert, weil sie sich an Apollinaire hängt? Nun, er ist ein hervorragender Kunstkritiker und weiß gewiss, ob er sie jetzt fördern oder lieber noch warten soll.«

»Ob er immer den richtigen Zeitpunkt kennt, bezweifle ich«, meinte Cocteau. »Erinnert ihr euch an diese Sache im Louvre? Der gute Guillaume lag mit seiner Einschätzung so falsch, dass er deswegen beinahe ins Gefängnis gewandert wäre. Aber na gut, er hätte Picasso mitgenommen und damit wohl für Gesellschaft gesorgt.«

»Das ist doch Schnee von gestern«, wehrte Sert ab.

»Im Prinzip schon«, bestätigte Misia, »aber nun sind die in seinem Besitz verbliebenen Miniaturen wieder verschwunden. Die Diebe haben sie bei dem Einbruch in Picassos Haus in Montrouge mitgehen lassen.«

Auch diesem Geplänkel lauschte Gabrielle kommentarlos. Sie wusste zu wenig von der Kunstszene, um auch nur zu verstehen, worüber geredet wurde. Natürlich, Misia hatte bei ihrem zufälligen Treffen in der Galerie Barbazanges von einem Raub bei Pablo Picasso gesprochen, aber Gabrielle hatte dem nicht viel Bedeutung beigemessen, und hätte sie nicht gestern die hübschen Miniaturen bei Madame Grosjean gesehen, wäre ihr der Hinweis auf dergleichen fremd gewesen. So hatte sie wenigstens eine gewisse Vorstellung von den Stücken, die wohl auch Guillaume Apollinaire sammelte.

»Wir langweilen Mademoiselle Chanel«, stellte Cocteau fest.

»O nein, nein«, rief Gabrielle rasch aus. »Ich höre gerne zu. Ich weiß nur, ehrlich gesagt, nicht, worauf sich Ihre Unterhaltung bezieht.«

»Wie gesagt, es ist Schnee von gestern«, brummte Sert.

»Lasst uns bitte zu Tisch gehen«, schlug Misia vor. »Jean, nimmst du dich bitte Mademoiselle Chanels an? Dann kannst du sie kurz aufklären, wenn wir uns alle setzen. Es war sehr unhöflich von uns, vor dem neuen Gast in unserem Kreis in Rätseln zu sprechen.«

Cocteau nahm Gabrielles Arm und neigte seinen Kopf vertraulich zu ihr. »Es ist eine so alberne Geschichte, dass man sie nicht besser erfinden könnte. Deshalb hänge ich wohl immer noch daran, obwohl sie schon Jahre zurückliegt. Waren Sie in jenem Sommer neunzehnelf in Paris, als die *Mona Lisa*, dieses unfassbare Gemälde von Leonardo da Vinci, aus dem Louvre gestohlen wurde, Mademoiselle Chanel?«

Sie dachte, dass sie ihr Hutatelier damals im ersten Jahr in der Rue Cambon betrieben und sich nicht für den Raub eines ihr unbekannten Bildes interessiert hatte. Aber da alle Zeitungen darüber berichteten, hatte die Nachricht zwangsläufig auch sie erreicht. »Ja, ich habe davon gehört.«

»Unser Freund Apollinaire wurde damals des Diebstahls verdächtigt. Bei einer Hausdurchsuchung wurden iberische Marmormasken bei ihm gefunden, die eigentlich dem Museum gehörten. Nach seiner Verhaftung sagte er aus, er und Picasso hätten einige Werke aus der Abteilung des Kunsthandwerks mitgehen lassen, um zu beweisen, wie lasch die Sicherheitsvorkehrungen waren. Vermutlich sind sie das noch immer.«

Gabrielle setzte sich auf den Stuhl, den Cocteau formvollendet für sie zurückgeschoben hatte. »Und warum war es Ihrer Ansicht nach der falsche Zeitpunkt für die Demonstration der mangelnden Sicherheit?«

»Durch das Verschwinden der *Mona Lisa* war ganz Frankreich alarmiert«, erläuterte Cocteau, während er neben ihr Platz nahm. »Jeder, der etwas aus dem Louvre hatte mitgehen lassen, wurde von einem kleinen Gauner zu einem großen Verbrecher stilisiert.

Zu jedem anderen Zeitpunkt hätte die Polizei wohl die guten Absichten geglaubt, nicht aber nach der Sache mit der *Mona Lisa*. Guillaume wurde in einem Prozess zwar aus Mangel an Beweisen freigesprochen, Picasso gar nicht erst angeklagt, aber ein gewisser Makel hängt bis heute an den beiden, obwohl das Bild in Italien gefunden wurde und inzwischen wieder an Ort und Stelle hängt. Wie gesagt, Apollinaire und Picasso waren zur falschen Zeit am falschen Ort mit den falschen Beweggründen.«

Wo kamen wohl die kleinen Kunstwerke auf Madame Grosjeans Regal her?, überlegte Gabrielle. Ob es Hehlerware war, die sie als Trödel betrachtete, weil sie oder ihr Gatte die Miniaturen billig unter der Hand erworben hatte? Wer wusste schon, wo reiche Leute ihre Dekorationsartikel kauften, wenn ein angesehener Schriftsteller und ein aufstrebender Maler in einem der berühmtesten Museen der Welt lange Finger machten?

Seltsam, dachte sie plötzlich, wie häufig sie von einem Mann hörte, den sie bis vor Kurzem nicht einmal dem Namen nach gekannt hatte und dem sie nur ein Mal begegnet war. Es schien, als würden sich alle Wege mit denen Picassos kreuzen und als wäre Guillaume Apollinaire ein Marionettenspieler, der dabei die Fäden zog.

Am liebsten hätte sie Cocteau gefragt, warum sie in der Villa eines Industriellen in Passy Miniaturen gesehen hatte, auf die seine Beschreibung des Diebesguts aus dem Louvre passte. Doch sie behielt ihren Gedanken für sich. Wahrscheinlich gab es im Kunsthandwerk genauso viele Exemplare eines Entwurfs wie Hüte einer Modistin. Sie hatte ja keine Ahnung davon.

17

Es waren nicht nur die Komplimente, die Gabrielle bei dem *Dejeuner* erhalten hatte – der Brief, den ihr der Postbote am nächsten Tag brachte, bestärkte sie in ihrem Vorhaben, eine Modekollektion auch in ihrem Hutsalon in der Rue Cambon anzubieten. Ihre Schwester Antoinette schrieb begeistert über den Erfolg von Chanel Modes in Biarritz, sechzig Näherinnen fertigten inzwischen Freizeitkleidung für anspruchsvolle Kundinnen aus Bilbao, San Sebastián und Madrid an. Die legeren Blusen, die weiten, knöchellangen Röcke und die Badeanzüge mit Pumphosen, die sie seit Jahren in abgewandelter Form in Deauville verkauften, fanden im Südwesten einen reißenden Absatz. Es musste möglich sein, diesen Sieg auch in Paris zu erringen. Dafür benötigte Gabrielle jedoch Entwürfe, die weniger für die Promenade am Strand geeignet als stadttauglich waren.

Wie vorgestern, als sie bis in den späten Abend gearbeitet hatte, stand sie vor der Schneiderpuppe, einen Haufen Stecknadeln in ihrem Armnadelkissen, und drapierte Stoffbahnen über dem Torso. Sie wünschte, sie könnte für den Winter wärmende Wolle schick verarbeitet und gestrickte Oberteile anbieten. Es war jedoch kaum anzunehmen, dass sie genug Strickerinnen auftreiben würde, die nicht im Auftrag der Armee tätig waren. Also keine Cardigans und Pullover. Unglücklich betrachtete sie das Oberteil, das sie aus einem hellen Seidenstoff modelliert hatte. Das Ergebnis war nicht das, was sie sich vorstellte.

Madame Aubert tauchte an ihrer Seite auf. »Das ist hübsch«, lobte sie.

»*Hübsch* genügt aber nicht«, gab Gabrielle mürrisch zurück.

Ihre schlechte Laune ignorierend, sagte Madame Aubert: »Mademoiselle Grosjean ist vorn in der Boutique. Sie möchte Sie sprechen.«

Eigentlich war ihr Leben sehr gut gewesen, bevor Madame Grosjean die Schwesternhaube für ihre Tochter gekauft hatte, dachte Gabrielle. Danach war ihre Kasse leer, der Sohn der Familie wurde vor ihrer Tür ermordet, und Madame bestellte sie zu sich, um betrunken irgendwelches Zeug zu schwafeln. Madame, die Miniaturen besaß, wie Guillaume Apollinaire und Pablo Picasso sie aus dem Louvre entwendet haben sollten und die kürzlich aus dem Haus von Picasso gestohlen worden waren. Unwillkürlich wanderten Gabrielles Augen zu Magali, die konzentriert an der Nähmaschine saß und einen Tüll säumte. Der Weg führte von Madame zu Picasso und von Picasso zu Magali, die wiederum eine Affäre mit dem Toten verbunden haben könnte. Und was wollte nun Amélie Grosjean hier? Hoffentlich wollte sie die Bestellung ihrer Mutter bestätigen. Drei Hüte machten die Unannehmlichkeiten zwar nicht wett, wären aber ein nicht zu verachtender Auftrag.

Gabrielle nahm das Nadelkissen ab und reichte es Madame Aubert. »Ich komme gleich wieder«, versprach sie. Während sie in die Boutique ging, strich sie sich über das Haar und zupfte an dem Kragen ihres Kleides.

Mademoiselle Grosjean stand vor der Innenseite des Schaufensters und blickte versonnen auf die Rückseite der Gebäude gegenüber. Sie trug keine Trauer, sondern ihre Schwesterntracht von Paul Poiret und die Haube von Coco Chanel. Trotz der vornehmen Aufmachung wirkte sie zupackend. Gabrielle erinnerte sich, dass Amélie ihr schon neulich ziemlich eigensinnig und energisch vorgekommen war.

»Guten Tag, Mademoiselle Grosjean«, grüßte Gabrielle höflich. Sie fragte sich, ob sie Amélie kondolieren sollte. Genügte es, dass sie Madame Grosjean sowohl schriftlich als auch persönlich ihr Beileid ausgesprochen hatte? Sie entschloss sich zu einer vagen, wenn auch teilnahmsvollen Bemerkung: »Es tut mir alles sehr leid.«

»Was tut Ihnen leid?«, fragte Amélie Grosjean. Langsam wandte sie sich zu Gabrielle um. »Dass mein Bruder tot ist? Oder dass sich meine Mutter danebenbenommen hat?«

Diese Deutlichkeit hatte Gabrielle nicht erwartet. Sie schwieg pikiert.

»*Mir* tut es leid«, fuhr Amélie fort, »dass Sie meine Mutter in diesem erbärmlichen Zustand erleben mussten. Sie hat die Nerven verloren. Und es wird täglich schlimmer.«

Hoffentlich würde dieser Besuch nicht peinlich enden.

»Sie wollten mich sprechen …«, erinnerte Gabrielle.

Amélie nickte. »Es ist wichtig für mich, zu wissen, warum meine Mutter Sie einbestellt hat. Sie will mir nicht sagen, was sie von Ihnen wollte, und ich bin mir nicht sicher, ob sie es nicht längst vergessen hat. Um Schaden zu vermeiden, bitte ich Sie um Offenheit.«

Nichts leichter als das. Gabrielle antwortete: »Madame Grosjean hat mich um drei Trauerhüte gebeten.«

»Drei?«, fragte Amélie verblüfft. »Sie war offenbar so betrunken, dass sie nicht mehr richtig zählen konnte. Verzeihen Sie, Mademoiselle Chanel, dass Sie das mitansehen mussten.«

»Sie wollte einen Hut für sich, einen für Sie, Mademoiselle, und den dritten für die Verlobte ... für Mademoiselle Fontaine, wenn ich mich an den Namen richtig erinnere.«

»Für Laure?« Amélie brach in bitteres Lachen aus. »Sie wird wohl eher in einer Fechtmaske oder mit einer Jockeykappe zu Andrés Beerdigung gehen als mit einer Cloche, selbst wenn die von Ihnen hergestellt würde.« Ihr Ton war verächtlich. Anscheinend hegte sie keine große Zuneigung zu der Verlobten ihres Bruders. In diesem Punkt hatte sich Madame Grosjean geirrt.

»Nun, Madame hat sich bei der Bestellung nicht festgelegt«, erwiderte Gabrielle und versuchte, sich ihre Verwunderung nicht anmerken zu lassen. »Wenn Mademoiselle Fontaine einen speziellen Wunsch hat, werden wir sicher eine Lösung finden.«

»Ich sagte, dass Laure Fontaine keinen Hut tragen wird.«

»Das bleibt Mademoiselle Fontaine selbstverständlich überlassen.« Gabrielle überlegte, ob sie Amélie mitteilen sollte, dass sie an die Bestellung ihrer Mutter ohnehin nicht geglaubt, obgleich darauf gehofft hatte. Wenn sie ihre Gedanken allerdings ausspräche, würde sie Madame Grosjean das Recht auf einen eigenen Willen nehmen. Vermutlich hatte sie den bei ihrer Unterredung gar nicht gehabt und war vom Cognac geleitet worden, aber das ging niemanden außer Madame selbst etwas an, und ob Gabrielle an den Hüten arbeitete oder nicht, war einzig ihre Sache. »Ich folge den Wünschen meiner Kundinnen, Mademoiselle Grosjean.«

Amélie fasste kurz an ihre Haube. »Ich brauche nichts Neues. Meine Kleidung ist jetzt die Schwesterntracht, und ich werde nicht anderes anziehen, bevor meine Aufgabe in den Lazaretten nicht beendet ist.«

»Natürlich, Mademoiselle, das ehrt Sie sehr.«

»Arbeiten Sie ehrenamtlich für die Front?«

Gabrielle zuckte unter der Frage zusammen. Fast jede Dame, die in Paris etwas auf sich hielt, diente auf die eine oder andere Weise in der Armee. Nur die Modistin dieser Frauen nicht. »Das ist nichts für mich«, wehrte sie ab.

»Sie würden sich gut mit Laure verstehen, Mademoiselle Chanel, die geht auch keiner anderen Beschäftigung nach als dem, was sie im Frieden schon getan hat.« Amélie klang immer gehässiger, fügte jedoch mit einem Hauch Verständnis hinzu: »Ich habe keine Ahnung, wofür Laure trainiert. Fechten, Tennis, Reiten, und neuerdings rudert sie auch noch, obwohl das ja gar kein Sport für Frauen ist. Man könnte meinen, dass Laure Fontaine eines Tages in den Krieg ziehen und die *Boche* ganz allein besiegen will. Wahrscheinlich hatte André deshalb mächtig Angst vor seiner ›Amazone‹.«

Eine sportliche Person, die auf ein Fensterbrett klettern und den Spazierstock im Rollladenkasten verstecken konnte. Wenn es stimmte, dass André Grosjean seiner Verlobten übermäßig viel Respekt gezollt hatte, stellte sich die Frage, warum er Laure Fontaine überhaupt heiraten wollte. Warum er in Magali verliebt gewesen sein könnte, erklärte sich aus der Beschreibung von Laure: Sie war das absolute Gegenteil. Wenn sie zwei Frauen wollen, suchen sich die Männer immer Gegensätze aus, dachte Gabrielle. Aber vielleicht hatte er ja genug von seiner Heldin. War es möglich, dass er sich von Laure Fontaine trennen wollte?

»Mademoiselle Grosjean, hat Ihr Bruder gedient?«, wollte Gabrielle wissen.

»Was?« Amélie schien aus dem Konzept gebracht. »Wie kommen Sie darauf?«

»Nun, er trug zivile Kleidung, als …« Gabrielle brach in beredtem Schweigen taktvoll ab.

»Seine starke Kurzsichtigkeit verhinderte die Einberufung«, erwiderte Amélie. »Sehr zur Freude meiner Eltern übrigens. Meine Mutter brauchte sich nicht um ihn zu sorgen, und mein Vater ließ ihn in seiner Firma schuften. Wer hätte geahnt, wie das alles enden würde?!«

Wenn André Grosjean im Waffengeschäft seines Vaters tätig war, gab es wohl eine Menge Menschen, die etwas gegen ihn hatten. *Spione, Überläufer, Hasardeure.* Dann ging es um mehr als ein Eifersuchtsdrama. Gabrielle wünschte, Boy wäre bei ihr. Er war der einzige Mensch, mit dem sie offen über diese Möglichkeit sprechen könnte, der darüber hinaus eine kluge Meinung dazu hätte. Kommissar Hollande wusste sicher bereits von dem Beruf des Toten, was ihn in seinem Verdacht bestärken dürfte, das Motiv für den Mord sei im Umfeld von Monsieur Grosjean senior zu suchen. Also hatten die Männer womöglich recht. Aber schwebte auch Boy in Gefahr? Nein, daran wollte Gabrielle nicht denken!

Deshalb hielt sie an ihrer Liebestragödie fest. Außerdem erschien ihr Laure Fontaine eine ausgesprochen interessante junge Dame zu sein, die es sich kennenzulernen lohnte.

»Wenn Sie es nicht wünschen, Mademoiselle Grosjean, werde ich selbstverständlich keinen Trauerhut für Sie anfertigen«, wechselte Gabrielle scheinbar das Thema. »Allerdings war der Auftrag Ihrer Frau Mama eindeutig. Was soll ich Madame sagen, wenn ich nur einen Hut liefere? Stellen Sie sich vor, Mademoiselle Fontaine wollte doch einen haben! Sollte ich – um die Form zu wahren – nicht kurz mit ihr sprechen?«

»Vergessen Sie es«, schnaubte Amélie. »Derzeit verbringt Laure ihre Zeit im Ruderclub auf der Île-Saint-Denis. Keine zehn Pferde würden sie dazu bewegen, in einen Hutsalon zu gehen.«

Gabrielle nickte bedächtig und versuchte, sich nicht anmerken zu lassen, wie sehr sie sich darüber freute, von einem Ort erfahren zu haben, wo sie Laure Fontaine antreffen könnte.

»Wissen Sie was? Machen Sie einen Hut für meine Mutter und meinetwegen auch einen für Laure. Sie brauchen sie dafür nicht abzumessen, Mademoiselle, nehmen Sie einfach meinen Kopfumfang dafür, Laure wird den Hut ohnehin niemals tragen. Ich werde sie über den Termin der Beerdigung informieren und dann die Bezahlung veranlassen. So ist uns allen gedient.«

Blöde Kuh, dachte Gabrielle – und lächelte zuvorkommend.

»Vergessen Sie bitte die Begegnung mit meiner Mutter. Sie ist nicht bei Sinnen, und der Verlust ihres geliebten Sohnes hat ihr Nervenkostüm restlos ruiniert.«

»Selbstverständlich, Mademoiselle Grosjean.«

Amélie atmete tief durch. »Dann haben wir uns verstanden. Es war angenehm, mit Ihnen zu plaudern, Mademoiselle Chanel. Guten Tag.« Sie straffte die Schultern an ihrem ohnehin durchgedrückten Rücken und wandte sich um. Vor der Tür blieb sie stehen, um zu warten, dass Angèle ihr öffnete. Dann trat sie hinaus.

»Auf Wiedersehen, Mademoiselle«, rief Gabrielle ihr nach, aber da war Amélie längst auf der Straße.

18

»Was wollte Mademoiselle Grosjean?«, erkundigte sich Madame Aubert wenig später. Sie kam in das kleine Büro, wo Gabrielle über ihren Aufzeichnungen brütete und sich eine Zigarette an der anderen ansteckte. Etwas angewidert wedelte sie die Rauchschwaden über dem Sekretär mit der Hand fort.

»Das weiß ich nicht genau. Ich schwanke zwischen der Verunglimpfung ihrer Mutter und dem Wunsch der Tochter, sie zu beschützen ...« Gabrielle legte eine Gedankenpause ein, bevor sie hinzufügte: »Mademoiselle wollte zwei der drei Hüte abbestellen, die Madame Grosjean bei mir in Auftrag gab.«

»Und? Hat sie es nicht?«

»Nein. Genau genommen nicht. Sie kann für sich sprechen, aber nicht für die Verlobte ihres verstorbenen Bruders. An der sie übrigens, wie ich finde, kein gutes Haar ließ, obwohl Madame Grosjean erzählte, die beiden wären Freundinnen. So unterschiedlich scheinen Wahrnehmungen zu sein.« Gabrielle drückte ihre Zigarette wie in einem finalen Akt im Aschenbecher aus. »Sagt Ihnen der Name Laure Fontaine etwas?«

»Ja. Natürlich. Wer kennt sie nicht?«

Gabrielle verbrannte sich die Fingerkuppe an der noch verbliebenen Glut am Stummel. »Wie bitte? Wissen Sie etwa, dass Mademoiselle Fontaine die Verlobte des toten Monsieur Grosjean war?«

»Das habe ich nicht gesagt. Und ich wusste es tatsächlich nicht. Ich dachte vielmehr, dass Mademoiselle Fontaine kein Interesse an einer Heirat hat und Freundschaften mit Damen vorzieht.«

Unwillkürlich schossen Gabrielles Augenbrauen nach oben.

Madame Aubert, die bisher gestanden hatte, ließ sich auf dem zweiten Stuhl an Gabrielles Schreibtisch nieder. Sie strich ihren Rock glatt, als müsste sie sich sammeln. Und Gabrielle wartete geduldig darauf, dass Madame Aubert etwas über Laure Fontaine erzählen würde. Es schien endlos zu dauern und stellte Gabrielles Gleichmut dann doch so stark auf die Probe, dass sie sich eine weitere Zigarette anzündete.

»Wo soll ich anfangen?«, begann Madame Aubert schließlich und fuhr sogleich fort: »Am besten ganz von vorn, nicht wahr?«

Gabrielle sah sie durch den Rauch an und schwieg erwartungsvoll.

»Der Vater von Mademoiselle Fontaine war ein Tuchhändler aus Reims, wohlhabend, aber nicht übermäßig vermögend. Er legte sein Geld jedoch äußerst geschickt in Beteiligungen an amerikanischen Eisenbahnlinien und Ölquellen an. Als er starb, war er ein sehr reicher Mann und hinterließ Laure ein sagenhaftes Erbe. Da sein einziges Kind ein Mädchen war, versuchte Monsieur Fontaine, sie für die Zukunft nicht nur durch zuverlässige Vermögensverwalter in New York abzusichern, sondern ließ ihr die Erziehung eines Jungen angedeihen. Sie studierte Jurisprudenz und betreibt viel Sport …«

»Von einer übertriebenen Sportlichkeit berichtete Mademoiselle Grosjean.«

»Im Tennis gehörte sie zu der erfolgreichen französischen Mannschaft bei den Olympischen Spielen in Stockholm ...«

»Jetzt rudert sie wohl.«

Madame Aubert seufzte. »Ich könnte mir vorstellen, dass Mademoiselle Fontaine einen Sport, der für Männer geöffnet ist, besonders aufregend findet. Sie will die Männer ersetzen, glaube ich, und das gelingt ihr derzeit vermutlich vor allem bei der Leibesertüchtigung. Aber, wie gesagt, ich kenne sie nicht persönlich. Meine Meinung ist das Ergebnis des Klatsches, den ich über sie hörte, mehr leider nicht.«

»Laure Fontaine scheint eine interessante Person zu sein«, wiederholte Gabrielle ihren spontanen Gedanken nach dem Gespräch mit Amélie Grosjean. »Wenn sie so selbstbewusst und selbstständig ist, stellt sich mir aber die Frage, warum sie mit einem jungen Mann wie André Grosjean verlobt gewesen sein soll. Seine Schwester ließ durchblicken, dass er der Liebling seiner Mutter war. Außerdem war er wohl stark kurzsichtig und daher nicht bei der Armee. Das klingt nicht nach einem geeigneten Partner für eine starke Frau.«

»Mit Verlaub, Coco, seien Sie nicht naiv«, Madame Aubert lächelte wissend: »Gerade eine junge Dame wie Mademoiselle Fontaine könnte einen Gatten, den sie unter ihrer Knute hält, einem dominanten Gemahl vorziehen. Vor allem, da über ihre Freundschaften mit gewissen Frauen gelästert wird. Diese Vorliebe muss ein Mann ja erst einmal mitmachen.«

»Mit Verlaub, Jeanne«, erwiderte Gabrielle spöttisch: »Bei dem vielen Geld, das sie besitzt, dürfte das die geringste Rolle spielen, um einen Ehemann zu finden.«

»Das ist auch wieder wahr«, gab Madame Aubert zu. »Jedenfalls muss sie sich nun einen anderen suchen. Oder sie bleibt allein, wie ich vermutet hatte. Aber warum interessiert Sie das?«

»Weil wir einen Trauerhut für sie nähen sollen. Madame Grosjean hat ihn bestellt, und Mademoiselle Grosjean hat es eben bestätigt.« Gabrielle wunderte sich, warum sie ihrer Vertrauensperson verschwieg, dass sie beabsichtigte, Bekanntschaft mit Laure Fontaine zu schließen. Es war nur ein unbestimmtes Gefühl, das sie zu einer Unterredung mit der jungen Dame trieb. Sie wusste selbst nicht, warum sie nach dem Gespräch mit Madame Aubert sofort alles stehen und liegen ließ und aufbrach.

Mit der Tramway von der Haltestelle Madeleine benötigte Gabrielle fast eine Stunde bis zur Île-Saint-Denis, und dann musste sie noch einen Spaziergang in südliche Richtung machen, um den Ruderclub zu finden. Jedenfalls hatte sie die Wegbeschreibung von einer Frau erhalten, die offenbar auf der Insel wohnte. In Sichtweite am Festland stieg der Rauch aus den Schloten der Fabriken in den Himmel wie die Seelen aus den Königsgräbern in der Abtei. Hier verbanden sich Industrie und Geschichte ebenso wie die untere Mittelschicht mit den Arbeitern, Siedlungen und Docks, geteilt oder umschlungen von dem schmutzigen Band des Flusses.

Die Promenade verwandelte sich in einen Waldweg, der sich an der Böschung über der Seine durch dichte Baumgruppen und Büsche wand. Zu Beginn ihrer Wanderung waren noch einige Passanten unterwegs gewesen, nach einer Weile war Gabrielle allein. In der Ferne hörte sie das Dröhnen eines Schiffshorns, um sie her zwitscherten Vögel. Wenn mir hier aufgelauert wird, hört mich niemand um Hilfe rufen, fuhr es Gabrielle durch den Kopf, und niemand findet mich, weil ich keinem Menschen gesagt habe, wohin ich möchte.

Einen Atemzug später schalt sie sich für ihre Furcht. Es war helllichter Tag, sonnig und freundlich, niemand würde ihr etwas anhaben wollen. Warum auch? Sie hatte doch noch gar nichts herausgefunden über den Mord an Monsieur Grosjean, das irgendjemandem gefährlich werden könnte. Wahrscheinlich beschäftigte sie sich zu sehr mit seinem gewaltsamen Tod, deshalb spielte ihr ihre Wahrnehmung einen Streich, und sie vermutete hinter jeder dunklen Ecke einen Mörder. Oder eine Mörderin, dachte sie plötzlich. Das war nicht dazu angetan, sie zu beruhigen. Meine Güte, sie war immer so mutig gewesen. Doch in der Vergangenheit hatte sie niemals mit einem vor ihrer Tür erschlagenen Mann zu tun gehabt.

Gabrielle registrierte erleichtert die Lichtung, hinter der eine in normannischem Fachwerk erbaute Villa auftauchte. Der Weg wurde breiter und gepflegter, es führte sogar eine Straße, die sie zuvor nicht gefunden hatte, zu dem Gebäude, das offenbar das Clubhaus war. Nur ein einziges Automobil stand auf dem Parkplatz, ein kleiner Sportwagen ohne Chauffeur. Ob der Mademoiselle Fontaine gehörte? Das Cabriolet passte zu dem Bild, das Gabrielle von ihr hatte. Dieser Hinweis auf die mögliche Anwesenheit der exzentrischen jungen Dame hob ihre Laune. Nicht auszudenken, wenn sie umsonst gekommen wäre.

Neben dem Eingang prangte ein frisch poliertes Messingschild:

SOCIÉTÉ DES RÉGATES PARISIENNES

Das Haus wirkte wie ausgestorben, doch die Tür stand offen, und Gabrielle trat hindurch. Sie sah sich in dem Foyer um und entdeckte einen Tresen in einer Nische, hinter dem eine Frau anscheinend Briefe sortierte. Jedenfalls machte sie den Eindruck, als sehe sie den Posteingang durch.

»*Pardon*«, sagte Gabrielle höflich, »ich unterbreche Sie nur ungern, aber es wäre nett, wenn Sie mir sagen könnten, wo ich Mademoiselle Fontaine finde.« Sie fragte gar nicht erst, ob Laure überhaupt trainierte, sie setzte es einfach voraus.

Die Frau zeigte mit dem silbernen Brieföffner in ihrer Hand hinter Gabrielle. »Gehen Sie dort nach draußen. Mademoiselle Fontaine ist entweder schon auf dem Wasser oder noch im Bootshaus. Sie können sie nicht verfehlen.« Dann sah sie wieder auf ihre Arbeit und schlitzte ein Kuvert auf.

Gabrielle bedankte sich für die Auskunft und folgte der Beschreibung. Vor ihr öffnete sich ein wunderschöner Blick auf die Biegung der Seine. An dieser Stelle war es ruhiger, der Fluss wirkte sauberer, die Sonne spiegelte sich darin wie in einem großen Saphir, und im Schilf am Ufer quakten Enten. Vor dem Steg glitt ein Ruderboot vorbei, die Paddel zogen fast geräuschlos durch die Wellen, die Stimme des Steuermannes krächzte durch ein Megafon, doch Gabrielle verstand kein Wort. Er schien recht alt, und die vier Sportler an den Riemen waren recht jung, sicher Schüler, die noch einige Jahre bis zur *Terminale* hatten. Offensichtlich wurde hier eine neue Generation auf Wettkämpfe vorbereitet, die in ferner Zukunft lagen. Oder die Knaben meldeten sich vorher zur Marine …

»Kann ich Ihnen helfen?«

Ja, dachte Gabrielle. Es stand außer Frage, welche Frau neben sie getreten war.

Nachdem sie sich im Klaren über die Person war, bemerkte sie den dunkelblauen Hosenrock und die weiße, mit blauen Borten verbrämte Bluse. Beides stammte aus der Kollektion, die in ihrer Boutique in Deauville verkauft wurde. Obwohl Gabrielle keine Kenntnis davon hatte, war Laure Fontaine offensichtlich Kundin bei Chanel Modes. Wenn es nicht um einen Mordfall gegangen wäre, hätte sie die Situation ausgesprochen amüsant gefunden. Im nächsten Moment fiel ihr auf, dass damit zwischen Monsieur Grosjeans Verlobter und dem Ort seines Todes eine Verbindung bestand.

»Suchen Sie jemanden?«, insistierte Laure Fontaine mit ihrer rauen Stimme, die Gabrielles Tonfall erstaunlich ähnlich war.

Gabrielle schenkte ihr ein freundliches Lächeln. »Wenn Sie Mademoiselle Fontaine sind, habe ich Sie bereits gefunden.«

»Hm.« Laure strich sich eine Strähne ihres halblangen brünetten Haares hinters Ohr. »Und wer sind Sie?«

Gabrielles Lächeln wurde breiter. »Ich bin Coco Chanel.« Sie benutzte bewusst den Namen, unter dem sie arbeitete, und nicht den, unter dem sie getauft worden war.

»Soll das ein Witz sein?«

»Ich wollte Sie nicht verwirren, Mademoiselle Fontaine. Natürlich sehe ich, dass Ihre Garderobe aus meiner Boutique stammt. Ich bin wirklich Coco Chanel. Aber Ihre Kleidung ist nicht der Grund, warum ich hier bin.«

Laure Fontaine holte tief Luft, und Gabrielle befürchtete, die schlanke junge Frau würde platzen wie ein aufgeblasener Ballon, doch dann schien sie sich zu beruhigen; sie atmete ruhig aus, es fehlte nur das Zischen wie bei einem Luftballon. »Kommen Sie wegen André? Ich meine André Grosjean.« Offenbar hatte man ihr gesagt, wo ihr Verlobter gestorben war. Immerhin hielt sie sich nicht mit beiläufiger Konversation auf – das gefiel Gabrielle.

»Ich hörte, dass Sie verlobt waren, und möchte Ihnen persönlich mein Beileid aussprechen.«

»So viel Mühe für eine Trauerbekundung?« Laure lachte bitter. »Das ist sehr freundlich von Ihnen, Mademoiselle Chanel, wäre aber nicht nötig gewesen. Ich trage den Verlust meines Freundes mit Fassung. Wenn man in kurzer Zeit zu viele Tote zu beklagen hat, gewöhnt man sich daran. Vor allem lernt man, dass es am besten für eine Hinterbliebene ist, still und allein zu weinen und niemanden damit zu belästigen. Andere Menschen mögen Düsternis höchstens bei Künstlern, nicht in ihrem Umfeld, sie kondolieren und denken, damit sei dann alles getan. Wirkliche Trauer hat gerade in einer Zeit des verzweifelten Überlebenwollens keinen Platz.«

Gabrielle war beeindruckt. Hinter den kühlen Worten verbarg sich unendlicher Schmerz. Was immer Laure Fontaine und André Grosjean verbunden haben mochte, es war wohl mehr gewesen, als seine Mutter und seine Schwester annahmen. Sie beschloss, dieser klugen jungen Frau mit Aufrichtigkeit zu begegnen. »Haben Sie eine Ahnung, wer Monsieur Grosjean erschlagen hat?«

»Wenn ich es wüsste, hätte ich es der Polizei längst gesagt.«

»Ja. Natürlich. Ja. Meine Frage war dumm.«

»Nein, Mademoiselle Chanel, das war sie nicht«, antwortete Laure zu Gabrielles größter Überraschung. »Schließlich gibt es Dinge, die man der Polizei nicht erzählt. Im Übrigen verstehe ich, dass Sie ein Interesse daran haben, die Identität des Mörders zu erfahren, der sein Unwesen vor Ihrer Ladentür treibt.«

Wie scharfsichtig! Gabrielle war immer stärker von der jungen

Frau eingenommen. »Ich habe das Gefühl, dass der Kommissar ein wenig einseitig ermittelt. Ich weiß es nicht genau, es ist nur so ein Gefühl«, fügte sie entschuldigend hinzu.

»Mit mir hat er jedenfalls noch nicht gesprochen. Kann ich Ihnen sonst noch irgendwie weiterhelfen? Ich war eigentlich auf dem Weg zum Bootshaus, als ich Sie hier so verträumt stehen sah.«

Gabrielles Augen wanderten noch einmal über die Seine. »Die Aussicht ist sehr schön. Alles ist so friedlich.« Wieder sah sie Laure aufmerksam an. »Würde es Ihnen etwas ausmachen, mir noch ein wenig von Monsieur Grosjean – und auch von sich – zu erzählen? Ich würde mir gerne ein besseres Bild machen.«

»Von ihm? Von mir? Oder von uns beiden?« Das bittere Lachen entrang sich noch einmal Laures Kehle. »Kommen Sie mit, Mademoiselle Chanel, vor dem Bootshaus steht eine hübsche kleine Bank, da können wir uns unterhalten.«

Der an die Villa angrenzende Schuppen wirkte blitzsauber, aufgeräumt und ebenso verlassen wie das Clubhaus. In seinem Schatten stand eine weiß lackierte Bank vor einer Tafel, auf der zu anderen Zeiten wohl Start, Plätze und Teilnehmer der jeweiligen Regatta festgehalten wurden. Versonnen strich Laure über die verblichenen Buchstaben eines früheren Wettkampfs.

»André war ein begeisterter Ruderer. Wussten Sie das?«

Gabrielle schüttelte den Kopf.

»Dann wissen Sie sicher auch nicht, dass er sich als Modell für ein Gemälde zur Verfügung stellte.«

Genau genommen wusste Gabrielle nicht einmal, dass es Bilder mit dem Motiv eines Ruderers gab. »Wer hat ihn gemalt?«, fragte sie, um irgendetwas zu dem Thema beizusteuern.

»Picasso«, antwortete Laure prompt.

»Wie bitte?« Gabrielle war fassungslos.

»Pablo Picasso ist ein Künstler aus Spanien, der schon lange in Paris lebt. Er hat eine Reihe von Sportlern porträtiert. Boxer, Fechter, Leichtathleten – ich weiß es gar nicht genau. Auf jeden Fall eben auch Ruderer wie André Grosjean. Das war ein großartiges Erlebnis für ihn, so tauchte er in eine ihm bis dahin völlig neue Welt ein. Der Montparnasse und der Montmartre nahmen André regelrecht gefangen.«

Wenn Monsieur Grosjean tatsächlich mit Magali zusammen gewesen war, brauchte Gabrielle nicht mehr zu überlegen, wo die beiden sich kennengelernt hatten. Immer wieder tauchte Picasso in dieser Geschichte auf, ohne dass sie auch nur erahnte, welche Rolle er spielte. Sie hatte sich geirrt: Nicht Apollinaire zog die Fäden, sondern sein Freund Picasso. »Dann ist er im Atelier von Monsieur Picasso wahrscheinlich auch dem einen oder anderen Modell begegnet«, murmelte sie.

»Ganz richtig, Mademoiselle Chanel. Und er verliebte sich ständig neu in die jungen Frauen, die ihm bekleidet oder wie Gott sie geschaffen hat vorgestellt wurden. Er wusste, dass er keine von ihnen jemals heiraten durfte, wenn er sein Erbe nicht an Amélie verlieren wollte, umso zügelloser lebte er sich aus. Diese Mädchen, die so anders waren als alle Frauen, die sich in seinen Kreisen tummelten, machten ihn glücklich. Verstehen Sie?«

Aber Magali machte er unglücklich, sinnierte Gabrielle. Vor allem, wenn sie sich mehr von ihm erhofft hatte als eine Affäre. Sie sah Laure in die Augen. »Wie sind Sie mit dieser Vorliebe umgegangen? Wenn ich es richtig verstanden habe, sollten Sie die künftige Madame Grosjean werden.«

»Oh!« Zum ersten Mal lachte Laure aufrichtig belustigt. »Das war ein Teil unserer Abmachung. Schauen Sie, ich habe keine Lust auf einen Ehemann, der eigentlich nur auf meine Mitgift scharf ist und einen Haufen Kinder will, um sich und dem Rest der Welt zu beweisen, was für ein toller Hengst er ist. Verzeihen Sie meine deutliche Sprache, aber wir plaudern ja nicht wie im Salon von Andrés Mutter, nicht wahr?«

Gabrielle dachte an die Cognacfahne und schmunzelte. »Sprechen Sie ruhig weiter, Mademoiselle Fontaine, ich bin nicht zimperlich.«

»Das dachte ich mir.« Laure grinste flüchtig, dann wurde sie wieder ernst. »Wie gesagt, ich habe kein großes Interesse an einer Ehe, musste aber feststellen, dass ich einen Gatten brauche, um mir die ganzen Mitgiftjäger vom Hals zu halten. Da André nicht mit mir schlafen wollte, sondern seine Geliebten bevorzugte, aber ein ausgesprochen netter Kerl war, war er das Beste, das mir passieren konnte. Jeder von uns war eine adäquate Partie für den anderen. Deshalb schien die Verlobung perfekt zu sein.«

Wie hätte Laure Fontaine es wohl aufgenommen, wenn er es sich anders überlegt hatte? Wäre sie in der Lage, einen Mord zu begehen? Gabrielle gestand es sich ungern ein, aber sie war überzeugt davon, dass Laure ihren Willen durchsetzte, wenn es nötig war.

»Ich weiß, dass Sie es der Polizei sagen würden, wenn Sie einen konkreten Verdacht hätten«, hob Gabrielle noch einmal an, »aber haben Sie denn gar keine Idee, wer Monsieur Grosjean nach dem Leben trachtete?«

Laure zuckte die Achseln. »Vermutlich hat es etwas mit den Geschäften seines Vaters zu tun. Seit Kriegsbeginn erzielt er enorme Gewinne mit dem Handel von Waffen. André hat für ihn gearbeitet. Ich denke, Sie finden den Mörder in diesem Umfeld.«

»Davon hörte ich bereits.«

Laure richtete sich auf. »Wenn es Ihnen nichts ausmacht, Mademoiselle Chanel, würde ich jetzt gerne trainieren. Meine Zeit ist leider begrenzt. Der Verein ist nicht für Frauen geöffnet, ich rudere mit einer Ausnahmegenehmigung, solange die üblichen Mitglieder abwesend sind. Und ich wüsste nicht, was ich Ihnen sonst noch erzählen sollte.«

Die beiden Frauen standen fast gleichzeitig auf. Unwillkürlich streifte Gabrielles Blick die Kleidung der anderen.

»Ihre Schwiegermutter ... pardon ... Madame Grosjean ... sie hat mich beauftragt, einen Trauerhut für Sie zu entwerfen ...«

»Was für eine fantastische Idee«, rief Laure enthusiastisch aus.

»Ach ... ja?«

»Das Angebot nehme ich gerne an. Irgendetwas muss ich schließlich zur Beerdigung tragen, und ich bin sicher, dass Sie, Mademoiselle Chanel, mir den richtigen Hut verkaufen werden. Auf jeden Fall werden Sie mir nicht irgendwelche Gebilde aus Rüschen, Federn und ausgestopften Vögeln auf den Kopf setzen.«

»Nein. Das werde ich bestimmt nicht.« Gabrielle reichte Laure die Hand. »Vielen Dank für die aufschlussreiche Unterhaltung. Wenn Sie in den nächsten Tagen in meine Boutique an der Rue Cambon kommen wollten, könnte ich Ihnen die ersten Entwürfe zeigen.«

»Ich komme gern.«

So viel zu Amélie Grosjeans Menschenkenntnis, dachte Gabrielle, als sie sich umdrehte und wie beflügelt über die Rasenfläche fortging.

»Mademoiselle Chanel!« In dem Ausruf schwangen Empörung und Staunen gleichermaßen mit.

Sie zwinkerte, um den Mann zu erkennen, der ihr aus dem Clubhaus entgegenkam. Seinen Regenmantel hatte er abgelegt, der linke Ärmel hing schlaff herab. »*Monsieur le Commissaire!*« Es war mehr ein Aufstöhnen ihrerseits als eine freundliche Begrüßung.

»Was tun Sie hier?«, herrschte er sie an.

Gabrielle lächelte geheimnisvoll. »Ich habe die Bestellung für einen Trauerhut angenommen. Das ist meine Aufgabe.«

»Ich dachte schon, Sie nehmen mir die Arbeit ab.«

»O nein! Was denken Sie von mir? Ich bin doch nur eine Modistin.« Sie drehte sich halb um und deutete auf das Bootshaus. »Sie finden Mademoiselle Fontaine dort drüben. Beeilen Sie sich, sie sagte, sie wolle jetzt aufs Wasser.«

»Ich frage mich, ob ich Sie jetzt gehen lassen soll, Mademoiselle Chanel.«

»Natürlich werden Sie das«, erwiderte Gabrielle. »Es ist kein Verbrechen, mit einer Kundin zu sprechen. Guten Tag, Kommissar Hollande.«

Er schnaubte etwas Unverständliches und stapfte dann an ihr vorbei in die angewiesene Richtung.

19

In ihrem Büro angekommen, schrieb Gabrielle eine Nachricht an Misia und bat darum, sie besuchen zu dürfen. Ihre neue Freundin schien ihr eine geeignete Person zu sein, um Gabrielle ausführlicher über Pablo Picasso zu informieren. Etwas mehr über den kleinen Spanier zu wissen, war unabdingbar für die Beantwortung aller Fragen, befand sie. Misia war gewiss verschwiegener als etwa Cécile Sorel, und außerdem zog Gabrielle die Gesellschaft der schönen Polin vor. Umso erfreuter war sie, als ihr Lieferjunge, den sie mit dem Brief ins Hotel Le Meurice geschickt hatte, bei seiner Rückkehr eine Einladung für morgen zur sogenannten *L'heure bleu* mitbrachte.

Gabrielle fand sich pünktlich am frühen Abend vor dem Appartement ein, als Gastgeschenk eine weiße Kamelie aus Seide in der Hand. Sie liebte diese Blumen, die im Frühjahr üppig blühten und den Rest des Jahres in gemalter Form vor allem auf den Coromandel-Wandschirmen weiterlebten, die sie zu sammeln begonnen hatte. An manchen ihrer Hüte war eine Kamelie der einzige Schmuck, der den ganzen Tand ersetzte, der über Jahrzehnte auf Frauenköpfen geprangt, geblüht und gezwitschert hatte.

»Oh!« Misia öffnete persönlich und starrte Gabrielle entgeistert an. »Sie sind es!« Augenscheinlich hatte sie nicht mit Gabrielle gerechnet. Sie bat sie nicht herein.

Irritiert erinnerte Gabrielle: »Es tut mir leid, wenn ich ungelegen komme. Sie hatten mich jedoch eingeladen …!«

»Ja«, gab Misia zu und fuhr sich nervös in die Hochsteckfrisur, »das stimmt wohl. Ich meine, dass ich Sie hergebeten habe. Nicht, dass Sie ungelegen kommen. Obwohl es natürlich ein bisschen so ist. Wir sind nämlich alle in hellster Aufregung. Aber das konnten Sie und ich nicht wissen, als wir uns verabredeten.«

Gabrielle wollte nicht neugierig wirken, kam jedoch nicht umhin zu fragen: »Was ist passiert?«

»Nun kommen Sie schon. Kommen Sie herein. In der Tür lässt es sich nicht gut sprechen.« Sie trat zur Seite, um Gabrielle einzulassen. »Verzeihen Sie, dass ich so durcheinander bin. Ich weiß gerade wirklich nicht, wo mir der Kopf steht.«

Mit hochgezogenen Augenbrauen registrierte Gabrielle benutzte Gläser und Tassen, die noch nicht fortgeräumt worden waren, auf den Tischen im Salon, die davon zeugten, dass sich hier bis vor Kurzem einige Personen aufgehalten hatten. Und die Stühle waren noch nicht zurück an ihren ursprünglichen Platz geschoben worden, was wiederum der Beweis für einen wahrscheinlich überstürzten Aufbruch war. Leicht verärgert darüber, dass Misia nicht mit ihrem Besuch gerechnet hatte, wiederholte Gabrielle: »Es tut mir leid, dass ich ungelegen komme.« In ihrem Ton schwang jedoch mit, dass es ihr eher leidtat, auf Misias Einladung hereingefallen zu sein.

»Sert, Cocteau und Guillaume Apollinaire sind gerade mit Serge Férat aufgebrochen, und ich kam noch nicht dazu, nach dem Mädchen zu läuten«, erklärte Misia. »Wir haben zusammengesessen und uns überlegt, was zu tun ist. Nun sind die vier auf dem Weg zur Préfecture.«

»Tatsächlich?«

Misia sah sie erstaunt an. Offenbar verstand sie Gabrielles Bemerkung nicht. Doch dann schlug sie sich mit der Hand an die Stirn. »Verzeihen Sie, ich bin nicht ich selbst. Nehmen Sie bitte auf dem Sofa Platz, Coco. Ich läute schnell nach dem Mädchen, lasse aufräumen und bestelle Champagner. Wahrscheinlich brauchen wir beide etwas Stärkeres, aber fangen wir mit Champagner an. Das ist nie verkehrt.« Binnen Sekunden verwandelte sie sich von der verstörten Dame in eine tatkräftige Gastgeberin.

In dem darauffolgenden Gewusel um sie her fragte sich Gabrielle, ob sie nicht besser gehen sollte. Vielleicht hatte sie die Freundlichkeit von Misia überschätzt. Womöglich wollte die ebenso vornehme wie berühmte Madame Edwards keine freundschaftliche Verbindung mit einer aufstrebenden Hutmacherin. Im Moment jedenfalls wirkte Misia nicht wie die Person, der Gabrielle die von Laure Fontaine erhaltenen Informationen über André Grosjean anvertrauen wollte. Auch war sie unsicher, ob Misia Details über Pablo Picasso ausplaudern würde.

Nachdenklich drehte sie die Kamelie zwischen ihren Fingern und überlegte, wie sie ihren Aufbruch am wenigsten unhöflich anstellte. Sie war noch nicht einmal dazu gekommen, Misia das Mitbringsel zu überreichen. Da fiel ihr plötzlich etwas auf, das die andere gesagt oder nicht gesagt hatte: *Sert, Cocteau und Guillaume Apollinaire sind gerade mit Serge Férat aufgebrochen ...* Es fehlte Picasso in der Freundesrunde.

Gabrielle beschloss, zu bleiben.

Eine Geduldsprobe später sprang der Korken mit einem lauten Plopp aus einer Sektflasche. Das sprudelnde Getränk ergoss sich wie die Gischt auf die Promenade von Deauville über die Hände von Misia. Sie hatte das Zimmermädchen nach getaner Arbeit fortgeschickt und den Drahtverschluss selbst geöffnet. Mit der Überschwänglichkeit einer Slawin füllte sie die bereitgestellten Gläser.

»Auf Ihr Wohl, Coco!«, rief sie aus. Für den Moment schien sie die Aufregung, die sie bei Gabrielles Eintreffen umgetrieben hatte, vergessen zu haben. Sie nahm einen großen Schluck.

»*Santé*«, gab Gabrielle zurück und nippte nur.

Misia lehnte sich in dem Sessel, in den sie sich gesetzt hatte, zurück und schloss die Augen. »Was für ein Tag!«, rief sie theatralisch aus. Nach einem oder zwei schweren Atemzügen hob sie die Lider wieder und sah ihre Besucherin wohl zum ersten Mal direkt an. »Ich freue mich, dass Sie da sind, Coco. Mit Ihnen erlebe ich seit Stunden die erste Annehmlichkeit. Wir wollen nur über Positives reden, ja?«

»Nun ja ...«

»Entschuldigen Sie, ich bin voreilig.« Misia wedelte mit der Hand, als wollte sie irgendwelche Dämonen oder zumindest die falschen Gedanken verscheuchen. »Sie wollten mich besuchen, um mich etwas zu fragen, nicht wahr? Ich hoffe, es sind nicht weitere schlechte Nachrichten.«

Gabrielles Zurückhaltung kam an ihre Grenzen: »Was ist denn passiert?«, wiederholte sie, diesmal sprach sie drängender und unerbittlicher.

»Tja, ich werde es Ihnen sagen, aber Sie müssen mir versprechen, sich nicht aufzuregen. Nach allem, was man von Ihrem Hutsalon hört …«

»Wie bitte?« Gabrielle setzte sich stocksteif hin. Sie war kurz davor, wütend aufzuspringen. »Was hören Sie?«, fragte sie scharf.

Misia wirkte irritiert. »Ich habe Sie nicht darauf angesprochen, weil ich diskret sein und Sie nicht belasten wollte. Meine Freunde hatte ich vor unserem Mittagessen entsprechend instruiert. Gab es denn keinen Toten bei Ihnen?«

»Das klingt, als wäre jemand durch einen meiner Hüte verstorben.«

»Nicht?« Misia lächelte quält. Dann räumte sie rasch ein: »Natürlich nicht.«

»Monsieur Grosjean wurde mit seinem Spazierstock erschlagen.« Gabrielle klang patzig. »Und es passierte auch nicht *in* meiner Boutique, sondern vor dem Hintereingang im Innenhof des Gebäudes.«

»Offensichtlich können Sie üble Nachrichten besser vertragen als ich«, konstatierte Misia. »Ich wünschte, ich besäße Ihre Gelassenheit.« Sie nahm den Champagner aus dem Sektkühler und schenkte sich ein, dann warf sie einen Blick auf Gabrielles noch fast volles Glas und stellte die Flasche zurück. »Hat die Polizei den Täter gefunden?«

»Nein. Noch nicht.«

Misia trank einen weiteren großen Schluck. »Wir leben in unruhigen Zeiten. Ich hasse das. Und ich hasse Brutalität. Ich weiß, wovon ich spreche: Ich habe eine Ehe hinter mir, in der es weniger um Liebe als um Gewalt ging. Durch Sert erlebe ich nun endlich wahres Glück. Er ist wie mein Anker in stürmischer See. Allerdings kann ich auf die Windstärke verzichten, die uns derzeit um die Ohren weht.« Sie leerte ihr Glas.

Die nach tief empfundenen Gefühlen klingenden Worte beruhigten Gabrielle. »Sie haben mir noch immer nicht gesagt, welcher Aufregung Sie heute ausgesetzt waren«, erinnerte sie freundlich.

»Gegen den Mord vor Ihrer Tür mag es Ihnen wie eine Bagatelle erscheinen, aber bei uns sorgte die Nachricht für große Unruhe: In der Wohnung von Serge Férat am Boulevard Raspail ist eingebrochen worden!«

Hatte Misia nicht neulich von einem Diebstahl in Picassos Haus in Montrouge berichtet?, ging es Gabrielle durch den Kopf.

Prompt ergänzte ihre Gastgeberin: »Es ist der zweite Einbruch in meinem Freundeskreis, und bei Serge Férat gab es deutlich mehr zu holen als nur ein wenig Kunsthandwerk und Wäsche.«

Gabrielle entsann sich eines blendend aussehenden Mannes mit vorzüglichen Manieren, der wohl doppelt so alt wie seine Muse Irène Lagut war. Sie wusste aber weder, ob er berühmt, noch, ob er so wohlhabend war, dass sich ein Raub bei ihm lohnte. Misias Bemerkung sprach für Letzteres. »Was wurde denn bei Monsieur Férat gestohlen?«

»Schmuck und andere Wertgegenstände, aber auch Geld. Wissen Sie, Coco, Serge ist nicht der, der er zu sein vorgibt.«

»Oh!«

»Eigentlich heißt er Sergei Nikolajewitsch Jastrebzow. Er wurde als Sohn eines Grafen in Moskau geboren. Von seiner Apanage kann er ausgezeichnet leben und muss eigentlich keine Bilder verkaufen, aber er war vor dem Krieg schon recht erfolgreich. Inzwischen hat er sich als Freiwilliger gemeldet und arbeitet als Pfleger im italienischen Militärkrankenhaus. Dass es ihm nach seiner Verwundung wieder so gut geht, verdankt Guillaume Apollinaire vor allem Serges Fürsorge. Serge ist ein guter Mensch, der es nicht verdient hat, hintergangen zu werden.« In Misias Augen schimmerten Tränen.

Schweigen senkte sich über den Salon.

Gabrielle fand die Beschreibung von Serge Férat beziehungsweise Graf Jastrebzow zwar sehr freundlich und den Einbruch in seinen Räumen umso unangenehmer, aber dass Misia deshalb derart aufgeregt zwar, verstand sie nicht. Es war ihr auch unerklärlich, warum offenbar vier erwachsene Männer gemeinsam zur Polizei gingen, um den Vorfall zu melden oder eine Aussage zu machen. Vor allem, da die Person, die kürzlich ein ähnliches Erlebnis hatte, nicht dabei war.

»Wo ist eigentlich Picasso?«, wollte sie unvermittelt wissen.

Entsprechend verblüfft sah Misia sie an. »Picasso hält bei Serge Wache, bis die Polizei kommt. Er wohnt nicht weit vom Boulevard Raspail, die Rue Schoelcher ist nur um die Ecke am Friedhof Montparnasse.«

»Ich dachte, er besitzt eine Villa in Montrouge ...«

»Ein kleines Schloss mitten in einem Arbeiterviertel«, schnaubte Misia. »Manche Männer übertreiben ihre politischen und persönlichen Ambitionen, finde ich. Die Villa ist der Gegensatz zu seiner düsteren Wohnung, deren Fenster alle auf den Friedhof hinausgehen. Kein Wunder, dass die arme Eva dort schwer krank wurde ...«

»Eva?«

»Eva Gouel, seine langjährige Lebensgefährtin. Sie starb vor ein paar Monaten an Schwindsucht, der Blick auf den Friedhof muss sich bei ihr eingebrannt haben. Ihr Tod traf Picasso tief. Ich glaube, er hat sich bis heute nicht von dem Verlust erholt, obwohl er sich durchaus zu trösten weiß. Er ist kein Freund der Treue. Aber was ist schon der richtige Trost bei einem großen Schmerz?!«

Immerhin wusste Gabrielle damit ein wenig mehr über das Privatleben des kleinen Spaniers. Sicher pflegte er Affären mit seinen Modellen. Mit jenen jungen Frauen also, in die sich auch André Grosjean verliebt hatte. Gabrielle konnte sich gut vorstellen, dass der Künstler und der Industriellensohn um die Gunst der einen oder anderen Schönheit wetteiferten. Machte das Picasso schon verdächtig? Aber der Mord hatte natürlich nichts mit den Einbrüchen zu tun. Oder doch? Misia hatte recht: Alles geriet durcheinander!

Gabrielle trank durstig von dem inzwischen schal gewordenen Champagner. »Monsieur Grosjean ... der Tote in meinem Hinterhof ...«, hob sie stockend an, »kannte Monsieur Picasso ... Er wurde sogar von ihm gemalt ...«

»Was für ein Zufall!«

»Ja. Das finde ich auch.«

»In Paris kennt sich Gott und die Welt«, behauptete Misia erstaunlich gelassen. »Das hat nichts zu bedeuten. Soll ich Serge Férat fragen, ob er diesen Grosjean auch kannte?«

»O nein, bitte nicht, das dürfte nicht nötig sein.« Es fehlte Gabrielle gerade noch, dass Misia die heiklen Verbindungen in ihrem Freundeskreis breittrat. »Ich überlege allerdings, ob es Eifersüchteleien zwischen Picasso und dem Ermordeten gab. Angeblich soll Monsieur Grosjean an den Modellen von Picasso interessiert gewesen sein.« Nicht alle Männer waren in dieser Beziehung so emotionslos wie Étienne Balsan.

»Picasso ist zwar kein treuer, aber durchaus ein eifersüchtiger Mann. Wenn er selbst mit der jeweiligen jungen Dame privat verkehrte, dürfte es ihm nicht gefallen haben, einen Nebenbuhler zu bekommen. Nun ja, Evas Tod scheint ihn gelehrt zu haben, dass es Zeit für die Familienplanung wird. Wie ich hörte, bemüht er sich um eine Ehefrau. Bis jetzt hatte er allerdings noch keinen Erfolg.«

Gabrielle erinnerte sich an den starren, besitzergreifenden Blick, mit dem Pablo Picasso die lebenslustige Irène Lagut bedacht hatte. Nicht jede Frau mochte es, mit den Augen ausgezogen zu werden. »Es ist gewiss nicht einfach, die große Liebe zu finden.«

»O ja, das weiß ich wohl. Serge ist auch so ein Kandidat. Er ist ganz vernarrt in seine neue Muse. Und sie offenbar in ihn. Ich mag Liebesgeschichten, die mit dem Glück der Beteiligten enden. Alles andere ist indiskutabel, finden Sie nicht?«

Hoffentlich kommt Boy bald aus Madrid zurück, dachte Gabrielle. Lächelnd nickte sie.

»Serge sorgt sich auch weniger um die restlichen Wertsachen als um Irène. Sie befand sich in der Wohnung, als eingebrochen wurde, und hat sich natürlich enorm echauffiert. Picasso bietet ihr in Serges Abwesenheit gerade Schutz und Geborgenheit.«

Im Gegensatz zu Misia nahm Gabrielle an, dass es zwischen Serge Férat, Pablo Picasso und Irène Lagut mehr um Freundschaft als um Sicherheit ging. Führte ein Einbruch direkt in eine Dreiecksbeziehung? Was für ein absurder Gedanke, der nichts mit Gabrielles Überlegungen hinsichtlich des Mordes zu tun hatte. Da Picasso aber offenbar ein Auge auf die recht offenherzige Irène geworfen hatte, war die schüchterne Magali vielleicht nur auf der Leinwand sein Typ. Dann gab es keinen Grund für eine Auseinandersetzung mit André Grosjean. Insofern hatte doch alles mit allem zu tun.

20

Gabrielles Überlegungen drehten sich so intensiv um das Ableben des jungen Monsieur Grosjean, einen ihrer Ansicht nach offensichtlichen Zusammenhang mit Pablo Picasso und die Häufung von Einbrüchen in dessen Freundeskreis, dass sie darüber fast den Diebstahl in ihrer Boutique vergaß. Nur fast – aber zu ihrem größten Verdruss begann sie, sich damit abzufinden, vielleicht niemals aufklären zu können, wer in ihre Kasse gegriffen hatte. Der Verlust ihrer Einnahmen war ein echtes Ärgernis, doch angenehm überrascht stellte sie bei einem Besuch ihrer Bank fest, dass sie diesen verschmerzen konnte. Sie besaß so viel Geld wie nie zuvor in ihrem Leben. Mehr noch: Sie hatte so viel verdient, dass ihr die Erhöhung der Preise in der Kriegswirtschaft nichts ausmachte und sie zudem sämtliche Investitionen in Chanel Modes zurückzahlen konnte, die Boy getätigt hatte.

Freuen konnte sie sich darüber im Moment jedoch nicht, denn mit dem Gedanken an ihren Geliebten griff die Sehnsucht nach ihrem Herzen. Wann würde er aus Madrid zurückkommen? Sie war lange Trennungen gewohnt, aber in diesen Zeiten wünschte sie sich seine Nähe und seinen Rat. Vor allem wollte sie mit ihm über die Verdächtigen in dem Mordfall sprechen. In Kommissar Hollande setzte sie bei der Aufklärung wenig Hoffnung. Bis jetzt hatten seine Ermittlungen noch zu keinem Ergebnis geführt. Da sie annahm, dass sie von ihm selbst oder von Madame Grosjean informiert werden würde, wenn man den Täter gefasst hätte, war sie von Hollandes Versagen überzeugt. Gabrielle brauchte Boy, um Einblick in die Geschäfte von Andrés Vater zu gewinnen; in dessen Welt würde sie nicht so rasch aufgenommen werden wie in den Kreis um Misia Edwards, genau genommen hatte sie zu dem Firmenkonstrukt von Monsieur Grosjean überhaupt keinen Zugang.

Trotz der intensiven Beschäftigung mit dem Leichenfund vor ihrer Hintertür musste sie ihren Alltag meistern. Da sie nicht zeichnen konnte, verbrachte sie weiterhin Stunden damit, eine erste Modekollektion an einer Schneiderpuppe zu modellieren. Sie entwarf Hüte und kontrollierte deren Fertigung, scheuchte ihre Näherinnen herum und bediente nur die besten Kundinnen selbst, die anderen überließ sie Madame Aubert oder Angèle. Immer seltener verließ sie das Atelier, um sich in der Boutique sehen zu lassen. Die Schaufenstergestaltung nahm sie jedoch persönlich in Augenschein.

Sie schob gerade einen Hutständer in den Vordergrund der Auslage, als ihr auf der anderen Straßenseite eine Dame auffiel. Es war die Engländerin, die zweimal hier gewesen war, ohne etwas zu kaufen. Die seltsame Unbekannte befand sich in Begleitung einer jungen Frau, die Gabrielle nie zuvor gesehen hatte. Neugierig verfolgte sie die Schritte der beiden, doch da zog ein Mann einen Karren mit aufgetürmten Kisten vorbei und versperrte ihr die Sicht. Im nächsten Moment schwang die Ladentür auf und lenkte ihre Aufmerksamkeit ab.

»Mademoiselle Chanel, wie wunderbar, ich habe Sie schon von Weitem gesehen!« Es war die Comtesse d'Argentan, deren Schwesterntracht seit einer Weile fertig und noch nicht abgeholt worden war.

Gabrielle kletterte aus dem Schaufenster und strich ihren Rock glatt. Bei der Arbeit trug sie meistens dezente dunkle Garderobe mit einer weißen Bluse oder wie heute ein Kleid mit einem weißen Kragen. »Guten Tag, Comtesse, wie geht es Ihnen?«

»Ausgezeichnet. Ich habe wochenlang Unterricht genommen, um einen Krankenwagen von der Frontlinie in ein Lazarett fahren zu können, und ich hätte nie gedacht, dass es so schwer ist, ein verdammtes Automobil zu lenken. Nun kann ich es. Deshalb möchte ich jetzt das dazu passende Gewand haben.« Die Comtesse d'Argentan ging ihre Aufgabe anscheinend recht unbekümmert an.

»Ich werde alles zur Anprobe …«

»Nein, nein, nein.« Die unbekümmerte junge Frau wedelte abwehrend mit der Hand. »Für Änderungen fehlt die Zeit. Ich nehme die Sachen, wie Sie sie fertiggestellt haben. Morgen muss ich mich fix und fertig irgendwo melden. Ich habe vergessen, wo, aber ich werde es finden.«

»Angèle wird alles für Sie einpacken …« Aus den Augenwinkeln beobachtete Gabrielle, wie sich die Eingangstür wieder öffnete. Es waren die Engländerin und deren Bekannte, die sie vorhin bereits auf der anderen Straßenseite gesehen hatte. Die beiden Frauen traten mit einer seltsamen Bestimmtheit ein. Es war nicht die Haltung, mit der für gewöhnlich nach einem passenden Hut gesucht wurde. Gabrielle konzentrierte sich nur ungern wieder auf die Comtesse. »Wohin sollen wir liefern?«

»Wie ich schon sagte: Ich nehme die Sachen gleich mit …«, sie unterbrach sich, betrachtete die Neuankömmlinge, dann: »Verzeihung, sind Sie nicht Lady Sutherland?«

Die Angesprochene schaute von der Schaufensterauslage auf, die sie von innen angesehen hatte. »Allerdings. Mit wem habe ich das Vergnügen?«

Zumindest hat die Engländerin jetzt einen Namen, dachte Gabrielle.

»Marie-Claire d'Argentan«, half diese nach. »Wir begegneten uns anlässlich des Besuchs von König George und Königin Mary im Lazarett in Calais.«

»O ja. Natürlich. Ich erinnere mich.« Lady Sutherland wandte sich an die Frau, die schüchtern einen Schritt in ihrem Schatten stand. »Darf ich Ihnen Mrs. Diana Wyndham vorstellen?!«

Das scheue Reh wirkte noch recht jung, sie war bestimmt noch nicht weit über zwanzig. Eine große, schlanke Britin mit hellen Augen, die ihr Umfeld voller Staunen zu betrachten schien, ihr hübsches Gesicht wurde von dunkelblondem Haar umrahmt, auf dem ein mit einer Feder geschmücktes Samtbarett saß. Gabrielle suchte nach einem Wort, mit dem sie die junge Dame beschreiben könnte, und fand – *gediegen.*

»Wie geht es Ihnen?«, fragte Diana Wyndham höflich.

»Sehr gut«, flötete die Comtesse d'Argentan. »Es ist so eine Erleichterung, zu wissen, dass ich künftig nur noch die wunderbare Schwesterntracht tragen werde, die Mademoiselle Chanel für mich angefertigt hat. Wenigstens brauche ich dann keinen weißen Sack mehr überzuziehen. Coco Chanel hat einen vortrefflichen Geschmack.«

Lady Sutherlands Miene verriet, dass sie den laxen Ton der

Französin missbilligte. »Ich habe das eine oder andere Kleidungsstück in Biarritz gesehen.«

»Natürlich. Wir alle machen ja irgendwann einmal Ferien.«

»Gewiss«, bestätigte die Engländerin. »Diana, haben Sie gefunden, wonach Sie suchten?«

Die junge Mrs. Wyndham sah Gabrielle an. »Ich glaube schon ...«

»Was kann ich Ihnen zeigen?«, fragte Gabrielle in den kurzen Moment der Stille. Sie befürchtete, die Comtesse d'Argentan würde sonst jede Gelegenheit zur Plauderei nutzen. Dabei dachte sie, dass es ein Glück war, wenn Diana Wyndham sich einen Hut kaufte. Sie würde dafür sorgen, dass noch etwas geändert werden musste, und somit eine Lieferadresse erfahren. Natürlich würde sie dort kaum vorbeikommen und nach ihren Einnahmen stöbern können, aber sie könnte zumindest Nachforschungen über die beiden Damen aus Großbritannien anstellen – und gegebenenfalls Kommissar Hollande informieren.

Doch da erwiderte Mrs. Wyndham mit glockenheller Stimme: »Im Augenblick habe ich keinen Bedarf an einem neuen Hut. Vielleicht ein andermal. Wollen wir gehen, Millicent?«

»Natürlich. Es ist Ihre Freizeit in Paris, und da können Sie tun und lassen, was Ihnen beliebt.« Lady Sutherland nickte der Comtesse zu. »Ich fahre demnächst mit Mrs. Wyndham nach Calais zurück. Wir arbeiten dort beide im Lazarett. Wenn Sie noch einmal zu Besuch kommen, fragen Sie nach Schwester Millicent. Ich freue mich immer, bekannte Gesichter unverletzt wiederzusehen.«

»Das werde ich tun«, versicherte die Comtesse.

Gabrielle sah den beiden Engländerinnen nach, die so leichtfüßig und zufrieden wie vermutlich nach einer Vorstellung bei

Hofe entschwebten. Sie war sich sicher, dass die beiden in ihrer Boutique nach etwas gesucht hatten. Womöglich war die Anwesenheit der Comtesse d'Argentan störend gewesen. Vielleicht waren die Damen aber auch fündig geworden. Auf jeden Fall war das nun der dritte seltsame Besuch von Lady Sutherland und der erste ihrer jungen Freundin. Unwillkürlich wanderten Gabrielles Augen zu ihrem Ladentisch und der chinesischen Kassette.

»Mademoiselle Chanel …! Mademoiselle Chanel, huhu!«

Erschrocken sah sich Gabrielle um. Sie hatte die Anwesenheit der Comtesse kurz vergessen. »Madame Aubert wird sich um alles kümmern«, sagte sie rasch. »Bitte warten Sie noch einen Moment. Kleid und Haube werden Ihnen gebracht.« Sie gab der im Hintergrund wartenden Angèle ein Zeichen, damit diese Madame Aubert und die Schwesterntracht hole.

Den Gedanken, die Comtesse nach der wundersamen Lady nebst scheuer Begleiterin zu fragen, verwarf sie sofort wieder. Diskretion war eine der Säulen ihres Geschäfts. Es ging nicht an, dass sie sich bei ihren Kundinnen über eine – oder zwei – andere Frauen erkundigte. Vielleicht, dachte sie, ist ja auch alles ganz harmlos. Wäre da nur nicht dieses unangenehme Gefühl, das sich irgendwo in ihrem Körper einnistete.

21

Als Gabrielle ihre Geschäftsräume am Abend verließ, wartete ein Automobil vor der Toreinfahrt, dessen rückwärtige Tür offen stand. Die Passanten mussten einen kleinen Bogen laufen, um nicht dagegenzustoßen. Als sie vorbeiging, rief eine Stimme aus dem Fond des Wagens: »Mademoiselle Chanel, steigen Sie ein!«

Unvermittelt blieb sie stehen. »Kommissar Hollande, wenn ich nicht irre«, stellte sie ärgerlich fest. »Warum versuchen Sie eigentlich ständig, mich zu erschrecken?«

»Nichts liegt mir ferner.« Sein Gesicht tauchte in der Tür auf. »Bitte, steigen Sie ein. Ich bringe Sie nach Hause, wenn Sie es wünschen, und unterwegs können wir uns unterhalten.«

Was würde er tun, wenn sie sein Angebot ablehnte? Vermutlich blieb ihr keine andere Wahl, als in den Wagen zu klettern. Deshalb tat sie es.

Nachdem sie auf dem rückwärtigen Sitz Platz genommen hatte, beugte Hollande sich vor, um den Schlag zuzuziehen. Dann klopfte er an die Trennscheibe, der Chauffeur fuhr an, und der Kommissar wurde auf den Platz neben Gabrielle katapultiert. Mit einem entnervten Aufstöhnen zupfte er sein Sakko zurecht.

»Trödeln Sie nicht herum, *Monsieur le Commissaire*, Sie sollten mir verraten, was Sie von mir wollen. Wir haben nicht alle Zeit der Welt, so weit ist es zum Boulevard Malesherbes nun auch wieder nicht.«

»Wir haben etwa zwanzig Minuten«, präzisierte er. »Ich schätze, das reicht.«

Ergeben wartete sie darauf, dass er fortfuhr, während an ihrem Fenster die Kulisse von Paris vorbeizog. Hollandes Schweigen bedeutete eine Geduldsprobe, die sie nach einem anstrengenden Arbeitstag, den Kopf voll mit Fragen, kaum zu ertragen imstande war.

»Warum haben Sie mir nicht gesagt, dass Ihr Geschäftspartner Commander Arthur Edward Capel ist?«

Sie sah ihn aufrichtig überrascht an. »Ist das wichtig?«

»Er ist wohl auch der Freund, von dem sie berichteten, dass er seine Abende gerne mit Ihnen allein zu Hause verbringt.« Seine Feststellung klang nicht weniger wie ein Peitschenhieb als seine Frage zuvor.

»Was geht Sie das an?«

»Das interessiert mich durchaus, wenn man berücksichtigt, in welchen Kreisen sich Monsieur Capel bewegt. Ich fasse mal zusammen: Da wird ein junger Mann, dessen Vater im Waffenhandel tätig ist, vor der Hintertür eines Geschäfts ermordet, dessen Mitinhaber ein Herr mit erstaunlichen politischen Verbindungen ist. Sehen Sie da keinen Zusammenhang?«

»Nein«, gab sie eine Spur zu rasch zurück. Sie verschwieg dem Kommissar, dass Boy derselben Ansicht war. Wenn sie allerdings nun die Worte Hollandes in sich nachhallen ließ, neigte sie dazu, ihm zuzustimmen.

»Hm«, schnaubte Hollande. »Es mag sein, dass eine Frau von solchen Sachen nichts versteht, aber ich hielt Sie für klüger. *Ko-ko-ri-ko.*«

Sie presste die Lippen aufeinander und schwieg.

»Wissen Sie, wo sich Ihr Monsieur Capel derzeit befindet? Falls nicht, sage ich es Ihnen: Er weilt in besonderem Auftrag im Hotel Palace in Madrid.«

»Das ist mir bekannt.«

»Wissen Sie auch, dass in diesem Hotel der französische Militärattaché neben dem deutschen Militärattaché residiert und es von Spionen nur so wimmelt?«

Gabrielle schnappte nach Luft. »Sie unterstellen Commander Capel doch nicht etwa …?«

»Nein, um Himmels willen, nein. Ihr Partner ist über jeden Verdacht erhaben. Er ist ein Freund von Monsieur Clemenceau. Ich bitte Sie!« Hollande wirkte regelrecht empört. »Vermutlich handelt Monsieur Capel im Auftrag des britischen Auslandsgeheimdienstes *Secret Intelligence Service* und des *Deuxième Bureau*, unserem militärischen Auslandsnachrichtendienst. Das ist nur eine Vermutung, derartige Personalien werden nicht weitergegeben, auch in der Préfecture nicht, die bekanntlich dem Innenministerium untersteht. Aber ich denke mir eben meinen Teil.«

»Und was soll ich jetzt tun? Mir Sorgen um ihn machen?« Gabrielle schüttelte unwillig den Kopf. »Ich kann Ihnen versichern, dass das ohne Ihre Räuberpistole bereits der Fall ist.«

»Mademoiselle Chanel, ich versuche nur, Ihnen die Verbindung zwischen Monsieur Grosjean, Commander Capel und Ihrem Laden aufzuzeigen.«

Jetzt habe ich tatsächlich Angst, dachte Gabrielle. Laut forderte sie: »Erklären Sie mir doch bitte auch, was das alles konkret mit meinem Geschäft zu tun hat.«

»Es gibt einen Zusammenhang, dessen bin ich sicher. Ich weiß zwar noch nicht genau, worum es sich dabei handelt, aber ich werde es herausfinden.«

»Das hoffe ich, Kommissar Hollande. Die bestehende Unsicherheit belastet mich sehr.«

Hollande nickte. »Verzichten Sie bitte darauf, eigenmächtig zu recherchieren, dann ist die Lage für Sie weitaus sicherer, und lassen Sie mich meine Arbeit machen. So kommen wir ans Ziel. Nicht anders.«

»Wenn Sie auf Mademoiselle Fontaine anspielen – sie hat wirklich einen Trauerhut bestellt.«

»Ich weiß.« Er schenkte ihr ein mildes Lächeln. »Mademoiselle Fontaine wird den Hut bald benötigen. Da Sie es ohnehin erfahren werden, kann ich es Ihnen auch gleich verraten: Die Leiche von Monsieur Grosjean wurde für die Beerdigung freigegeben. Ich vermute, dass die Familie eine große Trauerfeier organisiert.«

Unwillkürlich überlegte sie, dass unter diesen Umständen wahrscheinlich viele Damen viele Kopfbedeckungen benötigten. Ihr fiel Magali ein, und sie fragte sich, ob die junge Näherin in der Lage war, für das Begräbnis ihres heimlichen Geliebten zu arbeiten. Bei einer großen Anzahl neuer Bestellungen könnte ein weiterer Nervenzusammenbruch durchaus die Produktion verzögern.

»Ich wüsste gerne, woran Sie gerade denken, Mademoiselle Chanel!«

»An Hüte, *Monsieur le Commissaire*, ich denke an Hüte. Genau genommen denke ich nie an etwas anderes ...« Ihr Blick streifte das Fenster. »Oh, wir sind da!«

Hollande zögerte, dann beugte er sich vor und klopfte wieder an die Scheibe, die den Fond von dem Fahrer trennte.

22

Laure Fontaine erschien in Begleitung. Dabei handelte es sich um eine brünette Dame in Gabrielles Alter von extravagantem Geschmack, wie der Seidenzylinder bewies, den sie mit atemberaubender Eleganz trug. »Ich habe die beste Ratgeberin für Hüte mitgebracht, die man sich nur wünschen kann«, schwärmte die Jüngere. »Darf ich Ihnen Madame Hélène Oettingen vorstellen?«

Nach der Information von Kommissar Hollande war Gabrielle nicht sehr verwundert, dass Laure gleich am nächsten Vormittag in ihrer Boutique erschien. André Grosjeans Eltern beeilten sich offenbar mit der Planung des Begräbnisses. Gabrielle sollte das recht sein. Sie hatte Madame Aubert bereits informiert, und beide erwarteten nun einen Ansturm auf Trauerhüte, der sich von den Bestellungen untröstlicher Soldatenmütter und -frauen unterschied. Doch tatsächlich war Laure heute die erste Kundin mit einem entsprechenden Wunsch.

Bewundernd betrachtete Gabrielle die ungewöhnliche Kopfbedeckung von Hélène Oettingen. »Nehmen Sie bitte Platz, Mademoiselle Fontaine. Wir werden Ihnen ein paar Modelle zeigen, von denen ich annehme, dass sie Ihren und den Vorstellungen von Madame entsprechen.« Sie gab Angèle ein Zeichen, die sofort die Ständer mit den passenden Hüten aus den Regalen nahm. In jeder Hand einen, eilte sie zu dem Platz vor dem Spiegel zurück, an den sich Laure gesetzt hatte.

Hélène Oettingen blieb im Hintergrund stehen und zündete sich eine Zigarette an.

Sie blieb dort, während sich Madame Aubert, Angèle und auch Gabrielle um Laures Kopfbedeckung für die Beerdigung bemühten und die Auswahl ständig vergrößerten. Das dauerte, denn nichts schien der jungen Frau zuzusagen. Im Gegenteil schien sie sich äußerst unwohl mit den Vorschlägen zu fühlen, vielleicht betraf das auch diese Umgebung. Im Ruderverein war sie lockerer gewesen. Oder es war der Verlust des guten Freundes und Verlobten, der Laure Fontaine so ungnädig agieren ließ.

Nach einer Weile fiel Gabrielle die Beschreibung von Amélie Grosjean ein: Ein Hut zwischen Fechtmaske und Jockeykappe sollte es sein. Sie dachte an Laures und wohl auch Andrés Vorliebe für das Rudern und wies Angèle schließlich an, einen Hut zu bringen, der dem Südwester der Seeleute nachempfunden war. Da das vorhandene Modell aus festem weißem Leinen gefertigt und mit blauen Bändern eingefasst war, hatte die Verkäuferin bei der Präsentation dieses Beispiel nicht für eine Beerdigung als passend erachtet.

»Dieses Teil in Schwarz, und es ist perfekt«, kommentierte Hélène die Anprobe.

Laures Hände fuhren nach oben, sie drehte und wendete ihren Kopf. Die breite Krempe der Matrosenmütze war über der Stirn nach oben geklappt und gab ihr schönes Gesicht frei, was ihr vorzüglich stand.

Alle Augen waren auf sie gerichtet, jede der anderen Frauen in der Boutique wartete gespannt auf ihr Urteil.

»Ist es in der Kürze der Zeit möglich, daraus einen Trauerhut zu machen?«, fragte Laure zur offensichtlichen Erleichterung aller.

»Gewiss«, antwortete Gabrielle hoffnungsfroh. Insgeheim war sie stolz auf sich, auf ihr Talent und ihren Geschmack. Wieder einmal hatte sie mit sicherer Hand nach dem Richtigen gegriffen.

»Wir sollten uns ein paar Stoffmuster ansehen und dann entscheiden, aus welchem Material der Hut gefertigt werden soll«, entschied Madame Aubert.

Laure drehte sich um und sah überrascht von Madame Aubert zu Gabrielle. »Haben Sie denn so viel Auswahl an Material? Ich dachte, im Krieg müssten alle Stoffe an das Militär geliefert werden und für die Modeateliers blieben nur die Reste.«

Madame Aubert lächelte. »Wir kommen noch ganz gut zurecht. Warten Sie bitte, Mademoiselle Fontaine, ich zeige Ihnen gleich ein paar Proben.« Damit lief sie ins Atelier.

»Wenn das so ist, können Sie mir vielleicht etwas Praktisches für den Keller entwerfen, Mademoiselle Chanel«, warf Hélène Oettingen ein.

»Für den Keller?«, wiederholte Gabrielle verblüfft.

»Sie hat immer Angst, dass ihre Nachbarn sie in der falschen Garderobe erwischen«, erklärte Laure ein wenig ungehalten. »Das kommt davon, wenn man in einem so großen Kasten am Boulevard Raspail mit vielen Parteien wohnt. Ganz zu schweigen von deinen Untermietern. Du solltest dir wirklich ein eigenes Haus kaufen, Hélène.«

»Ach, bitte, nicht schon wieder diese Vorhaltungen!«, seufzte die Ältere. An Gabrielle gewandt fügte sie hinzu: »Laure ist eifersüchtig auf die Muse meines Cousins, die seit Neuestem bei uns wohnt. Ich gebe allerdings zu, dass Irène Lagut eine Schönheit und jede Sünde wert ist.« Ein geheimnisvolles Aufblitzen ihrer Augen bestätigte ihr Interesse an der jungen Frau.

Gabrielle dachte flüchtig, dass Laure Fontaines unfreundlicher Hinweis auf *die Untermieter* wohl berechtigt war, sofern sie mit Hélène Oettingen mehr verband als nur eine Freundschaft, in der es um Modeempfehlungen ging. Sie selbst hatte sich ja von Irène Laguts Anziehungskraft überzeugen können. Doch die Beziehung zwischen Laure und Hélène oder Hélène und Irène war nicht das Entscheidende: Gabrielle konnte kaum fassen, dass sich hier eine erneute Verbindung von dem Mordopfer zu Picasso aufzutun schien. Dabei vergaß sie, sich nach dem Cousin der Dame zu erkundigen.

Kommissar Hollande hatte mit seinem Verdacht unrecht, frohlockte Gabrielle. Sie hatte in der vergangenen Nacht kaum geschlafen aus Sorge um Boy. Jede Idee, die von einer Gefahr für ihn ablenkte, war ihr mehr als willkommen.

»Es geht in der Tat um meine Nachbarn«, sagte Hélène Oettingen in Gabrielles Überlegungen hinein. »Bei jedem Luftalarm wird es mir unangenehmer, leicht bekleidet in den Keller zu laufen. Ich will nicht, dass mich Hinz und Kunz im Nachthemd sehen.«

Gabrielle nickte verständnisvoll, mit ihren Gedanken ganz woanders.

»Ich wünsche mir einen Morgenmantel, der alltagstauglich und so schick ist wie die gestreiften Hemden und losen Cardigans, die in Ihrer Boutique in Deauville verkauft werden. Natürlich aber sollte es nichts für den Strand sein.«

»Hier haben wir die Stoffmuster ...« Madame Aubert erschien wieder an Laures Seite, fächerte die kleinen viereckigen Proben auf wie ein Kartenspiel. »Schauen Sie bitte selbst. Ich würde Ihnen einen leichten Filz empfehlen. Was meinen Sie, Coco?«

»Sehr gut«, lobte Gabrielle zerstreut.

»Könnten Sie sich vorstellen, einen Überwurf für mich zu entwerfen, mit dem ich mich im Keller sehen lassen kann?«, wollte Hélène wissen.

Gabrielle wünschte, es würden nicht alle auf sie einreden und sie könnte ihre Gedanken zunächst ein wenig sortieren. Dennoch zwang sie sich, sich auf die neue Kundin zu konzentrieren. »Ich werde mir etwas überlegen, Madame Oettingen. Am besten, ich schreibe mir Ihre Adresse auf und verständige Sie, sobald ich Ihnen einen Entwurf zeigen kann.«

»Ich wohne Haus Nummer zweihundertachtundsiebzig Boulevard Raspail in Montparnasse.«

Der Stift, den Gabrielle am Kassentisch aufgenommen hatte, fiel ihr fast aus der Hand. Sie hätte es sich nach der Bemerkung von Laure natürlich denken können, dennoch überraschte sie die Duplizität: Die Adresse von Hélène Oettingen deckte sich mit der von Serge Férat. Dort war vor zwei Tagen eingebrochen worden – und die Dame verlor kein Wort darüber!

23

Obwohl Gabrielle viel lieber eine Botschaft nach Madrid geschickt und Boy um Antwort gebeten hätte, schrieb sie eine Nachricht an ihren Stoffhändler. Sie suchte nach einem weich fließenden Tuch, das einen Frauenkörper umschmeichelte, ohne dass ein Korsett angelegt werden musste. Um den Wunsch von Hélène Oettingen zu erfüllen, wäre irgendetwas mit Wolle nützlich, im Pariser Untergrund war es auch im Sommer sehr kalt. Zwar funktionierte die Luftabwehr auf dem Eiffelturm ganz gut, aber Madame hatte recht, wenn sie vorsorgen wollte. Und Gabrielle musste sich endlich mit voller Konzentration ihren Geschäften widmen, anstatt sich Sorgen um Boy zu machen oder einem Mörder hinterherzujagen, den nicht einmal die Polizei aufspürte.

Jacques Rodier, ein Stofffabrikant, der ursprünglich aus dem Nordwesten stammte und seine Fabrik vernünftigerweise von der Frontlinie in das Umland der Hauptstadt verlegt hatte, saß am nächsten Morgen bei Gabrielle im Büro, einen Stoffballen auf den Knien.

»Wolle ist ein rares Gut, Mademoiselle Chanel«, begann Rodier mit tiefem Bedauern in der Stimme. »Alles, was aufzutreiben ist und von Strickerinnen im Land verarbeitet werden kann, geht an die Armee. Ich kann Ihnen daher nicht liefern, was Sie wünschen.«

»Sie haben mir dennoch etwas mitgebracht«, erwiderte Gabrielle und deutete mit der Zigarette zwischen ihren Fingern auf sein Mitbringsel.

»Das ist ein unbrauchbarer Versuch, Mademoiselle. Ich möchte Ihnen das zeigen, damit Sie sehen, wie verzweifelt, aber leider vergeblich wir in der Manufaktur nach Lösungen suchen.« Er rollte die erste Bahn auf und legte sie vor Gabrielle auf den Schreibtisch.

Sie betastete das fließende, recht dünne, aber doch erstaunlich feste Material. »Was ist das?«

»Ein maschinengestricktes Baumwollgewebe, das wir Jersey nennen. Es wurde ursprünglich von den Frauen auf der Kanalinsel hergestellt, deshalb der Name. Ich habe es vor einiger Zeit in unser Programm aufgenommen, weil ich dachte, es wäre das Richtige für Sportgarderobe. Oder wenigstens für Unterhosen.« Rodier räusperte sich, weil er vor einer Dame die Unterkleidung eines Herrn erwähnte. »Es entpuppte sich – wie man so schön sagt – als Ladenhüter.«

»Aber im Moment können Sie mir keine besseren Strickwaren anbieten, nicht wahr?«, resümierte Gabrielle. Sie zerrte an dem Stoff, drückte ihn zusammen, um zu sehen, ob er leicht knitterte. Der Jersey blieb, wie er vorlag.

»Das ist richtig, Mademoiselle Chanel, es tut mir sehr leid.«

Vor ihrem geistigen Auge erschienen lässige Kleider, die mit einem Gürtel auf der Hüfte zusammengefasst werden konnten, und weite, kastenförmige Jacken. Dieser Stoff eignete sich hervorragend für die Verarbeitung nach ihren Vorstellungen, weil er zwar leicht, aber nicht durchscheinend und offenbar absolut unverwüstlich war. Der Beigeton entsprach zwar gerade nicht dem letzten Schrei, aber Gabrielle war sicher, dass dieses *Arbeitergelb* das *Understatement* ihres Geschmacks eher betonen würde. Eine Kollektion aus Jersey, geeignet für den Alltag ebenso wie für die Nächte im Keller, nicht so sportiv wie ihre Strandmode, aber bequem für Frauen, die an der Heimatfront schick aussehen wollten, dabei in einer Farbe, die mit allen Accessoires kombinierbar war …

Hélène Oettingen hat mich auf die beste Idee meines Lebens gebracht, dachte Gabrielle.

»Ich nehme alles, was Sie von diesem Material vorrätig haben.«
»Was?«
»Ich suchte nach Gestricktem, und Sie bringen mir Gestricktes. Was ist so verwunderlich daran, dass ich Ihnen den Stoff abkaufen will?«

Rodier richtete sich auf, um die vorgelegte Stoffbahn wieder aufzurollen. »Mademoiselle Chanel, ich möchte Sie nicht übervorteilen. Ich meine es gut mit Ihnen. Deshalb sage ich Ihnen, dass Sie aus dem Jersey keine Kleidung für Damen schneidern können. Ein Material, das nicht einmal Anklang für die Verarbeitung von Männerunterhosen findet, ist eine Fehlinvestition für Frauen.«

»Am besten, Sie produzieren gleich mehr von diesem Stoff. Er wird reißenden Absatz finden.« Sie lächelte ihn triumphierend an.

»Ich verschwende keine kostbaren Rohstoffe, Mademoiselle.«

Sie hätte ihn fragen können, was er mit seinem Mitbringsel zu bezwecken gehofft hatte, wenn nicht den Verkauf. Natürlich hätte sie auch Verständnis für die Nöte eines Fabrikanten von Luxuswaren, die in einem Krieg plötzlich einen ganz anderen Stellenwert besaßen, aufbringen können. Eigentlich hätte sie auch darauf hinweisen können, dass sie in der Armut ihrer Kindheit und Jugend gelernt hatte, mit dem auszukommen, was zur Verfügung stand, und daraus das Beste zu machen – so eben jetzt mit diesem Jersey. Zweifellos hätte sie versuchen sollen, den Stoffhändler zu beruhigen. Doch stattdessen fuhr sie Jacques Rodier an: »Seien Sie doch keine Memme!«

»Mademoiselle!« Sein Ton war reinste Empörung.

»Lassen Sie den Stoffballen hier. Ich werde damit erste Kleidungsstücke entwerfen und gehe davon aus, dass ich Sie von meinen Plänen überzeugen kann.« Hoffentlich wird Madame Oettingen begeistert sein, fügte sie in Gedanken hinzu. Und laut: »Wenn ich recht habe, kurbeln Sie die Produktion so rasch wie möglich an.«

Es dauerte eine Weile, bis Rodier mit mürrischem Gesichtsausdruck nickte.

Lange nachdem er gegangen war, saß sie an ihrem Schreibtisch, ließ das neue Material immer wieder durch ihre Finger gleiten und spielte damit, zog an der Ware, drehte die Enden zu Zipfeln. Die Kleider, die sie in den vergangenen Tagen aus anderen Materialien, vor allem aus Vlies, modelliert hatte, gewannen in ihrem Geist neue Form und Bequemlichkeit. Wie wohltuend, dachte sie zwischendurch einmal, sich mit etwas anderem zu beschäftigen als Mord und Diebstahl. Um nicht wieder in die Düsternis zu fallen, konzentrierte sie sich rasch auf ihre Kollektion …

Gabrielle hatte keine Ahnung, wie viel Zeit seit dem überstürzten Aufbruch von Monsieur Rodier verstrichen war, als Madame

Aubert an die Glaswand ihres Büros klopfte. Wie aus einer fernen Welt gerissen, sah Gabrielle auf und winkte die andere herein.

»Madame Oettingen möchte Sie sprechen«, meldete Madame Aubert.

Entsetzt schnappte Gabrielle nach Luft. »Sie ist zu früh! Ich habe mir noch gar nicht abschließend überlegt, was ich für sie entwerfen könnte. Und der Hut von Mademoiselle Fontaine ist auch noch nicht fertig.«

»Dann lassen Sie sich etwas einfallen, Coco. Ich kann eine Dame von diesem Format nicht einfach wegschicken.«

»Natürlich können Sie das nicht«, erklärte eine Stimme im Hintergrund.

»Madame Oettingen, Sie dürfen nicht …«, hob Madame Aubert an.

Gabrielle herrschte die ungebetene Besucherin an: »Was tun Sie hier?«

»Ich muss mit Ihnen reden, Mademoiselle Chanel«, entgegnete Hélène mit der kühlen Dominanz, mit der Damen ihrer gesellschaftlichen Schicht mit Untergebenen sprachen. »Und ich schätze stets die einfachsten Wege. Deshalb bin ich Madame Aubert hierher gefolgt.«

Zuerst registrierte Gabrielle den Hut. Heute trug Hélène Oettingen eine helle Kreissäge aus Stroh, etwas zu jugendlich vielleicht, aber ohne Pomp. Dann deutete sie seufzend auf den Stuhl, auf dem vor einer Weile Jacques Rodier gesessen hatte. Der Stoff lag noch immer davor auf ihrem Schreibtisch. »Nehmen Sie bitte Platz, Madame.«

Hélène sah Madame Aubert mit hochgezogenen Augenbrauen an. »Ich wäre gerne allein mit Mademoiselle Chanel.«

»Selbstverständlich«, versicherte die Angesprochene. »Ich habe ohnehin noch in der Boutique zu tun.« Damit rauschte sie davon und schloss die Tür etwas zu energisch, sodass das Glas leise schepperte.

Gabrielle beugte sich vor. »Was kann ich für Sie tun?«

»Mademoiselle Fontaine hält große Stücke auf Sie«, behauptete Hélène, während sie sich niederließ. Sie saß sehr aufrecht und faltete ihre Hände über der Handtasche, die sie auf ihre Knie gelegt hatte. »Ich bin auf einer etwas heiklen Mission und wünsche absolute Diskretion. Können Sie mir die gewährleisten?«

Stumm nickte Gabrielle. Was immer die Dame von ihr wollte, das Anliegen weckte ihre Neugier. Welche Hutform passte denn bitte zu einer *heiklen Mission*?

»Wenn ich es richtig verstanden habe, kennen Sie meinen Cousin Sergei ... Sie kennen ihn natürlich unter seinem Namen Serge Férat ...«

»Ich bin Monsieur Férat begegnet – ja.«

»Sergei und ich waren schon in Sankt Petersburg unzertrennlich. Also gingen wir gemeinsam nach Paris, um hier zu malen und Freunde zu gewinnen. Einer der besten ist Guillaume Apollinaire, was die Angelegenheit nicht weniger problematisch macht.«

»Welche Angelegenheit?«, warf Gabrielle höflich ein. Wenn Hélène doch auf den Punkt kommen wollte, sie konnten nicht ewig hier sitzen und plaudern.

»Lassen Sie mich bitte von Beginn an erzählen, damit ersparen Sie sich spätere Fragen«, versetzte Hélène leicht ungehalten über die Unterbrechung.

Gabrielle schwieg und zündete sich eine Zigarette an.

Ihre Besucherin ließ sich Zeit, schließlich nahm sie den Faden wieder auf: »Obwohl sie zwanzig Jahre jünger ist, hat er sich in Irène Lagut verliebt. Er ist verrückt nach diesem Mädchen. Und ich kann ihn verstehen, denn ich bin es auch ...« Sie lächelte versonnen, offensichtlich erinnerte sie sich an eine Begegnung mit der jungen Frau. »Irène lebte übrigens auch eine Weile in Sankt Petersburg. Sie war – noch ein Backfisch – von einem wesentlich älteren Grafen mitgenommen worden. Er schickte sie nach Paris zurück, weil sie ihm lästig war, als sie an Typhus erkrankte. Inzwischen ist Irène natürlich wieder gesund, wovon Sie sich ja auch selbst überzeugen konnten, wie ich hörte.«

Gabrielle blies den Rauch ihrer Zigarette aus und sagte nichts.

»Nun ist Irène weg. *Perdu.* Verschwunden.« Hélènes Stimme klang wie der Tusch in einem ansonsten leisen Konzert.

»Was soll das heißen? Ist sie verreist?«

»Sie stellen tatsächlich die richtigen Fragen zur rechten Zeit«, bemerkte Hélène wohlmeinend. »Irène befindet sich nicht auf Reisen. Daran besteht kein Zweifel. Ihre persönliche Habe ist noch in unserer Wohnung.«

Während Gabrielle an ihrer Kippe zog und das Nikotin tief einatmete, dachte sie, dass Hélène recht hysterisch auf das Verschwinden ihrer und Serges Muse reagierte. Kein Wunder, dass sie Diskretion verlangte. Eine Dame der Gesellschaft, die hoffnungslos verknallt in die Gespielin ihres Cousins war, wurde nicht überall hoch angesehen. Das war alles höchst bedauerlich, dennoch: »Ich wüsste nicht, wie ich Ihnen bei Ihrem Verlust behilflich sein kann.«

»Ich möchte, dass Sie Irène suchen, Mademoiselle Chanel, und uns zurückbringen.«

»Mademoiselle ist doch kein Hut, den man verliert und wiederbekommt«, fuhr Gabrielle unüberlegt auf. Sie besann sich jedoch sofort wieder und fügte freundlich hinzu: »Ich bin sicher, es gibt eine Erklärung dafür, warum Mademoiselle Lagut Ihre Wohnung kurz verlassen hat. Sie sollten sich keine Sorgen machen, Madame. Nach meiner Wahrnehmung ist Mademoiselle Lagut eine selbstständige junge Frau, die sich wenig vorschreiben lässt.«

»Ihre Menschenkenntnis ehrt Sie, aber es handelt sich um keinen kurzen Ausflug. Irène ist bereits seit zwei Tagen und Nächten unauffindbar.«

Das war sonderbar. Natürlich. Allerdings war es möglich, nach Gabrielles Ansicht sogar wahrscheinlich, dass die von Cousin und Cousine gleichermaßen begehrte junge Frau andere Bettgefährten gefunden hatte, die ihr mehr zusagten. Warum sie deshalb ihre Sachen bei Hélène und Serge zurückließ, erschloss sich ihr nicht. Und da fiel ihr etwas ein. »Wurde bei Ihnen nicht kürzlich eingebrochen?«

»Oh! Sie wissen davon?«

»Ich hörte davon – ja. Mir wurde gesagt, dass Mademoiselle Lagut Zeugin des Diebstahls war. Stimmt das?«

»Sie war völlig aufgelöst deswegen.«

Nachdenklich drückte Gabrielle den glühenden Zigarettenstummel im Aschenbecher aus. Als sie zu Hélène aufsah, sagte sie mehr zu sich selbst: »Könnte es einen Zusammenhang zwischen dem Einbruch und ihrem Verschwinden geben?«

Ihr ging durch den Kopf, dass ihr gerade eine Serie von Verbrechen begegnete: erst der Griff in ihre Kasse, dann der Mord an Monsieur Grosjean; der Einbruch bei Hélène und Serge und nun ... ja, was nun? Hélène wirkte jedenfalls überaus besorgt. Allmählich verstand Gabrielle ihre Besucherin.

»Wir befürchten, dass es eine Verbindung gibt«, stimmte Hélène prompt zu. »Das macht alles nicht einfacher, weil wir, wie gesagt, eng mit Guillaume Apollinaire befreundet sind ...«

Eine vage Ahnung erfasste Gabrielle. »Wie kommen Sie darauf?«

»Nun, wer einmal lügt, dem glaubt man nicht, und wer einmal stiehlt, dem traut man es wieder zu, nicht wahr?« Hélène stöhnte so herzergreifend auf, als lastete das Leid der ganzen Welt auf ihren Schultern. »Serge und ich befürchten, dass Picasso etwas mit der Angelegenheit zu tun hat. Mit beiden Angelegenheiten.«

Ihre Befürchtung ausgesprochen zu hören, war etwas anderes, als daran nur zu denken. Erschrocken entfuhr Gabrielle: »Picasso scheint mit allem, was passiert, etwas zu tun zu haben.«

24

»Ein Diebstahl und ein Mord, ein Diebstahl und eine Entführung«, resümierte Misia den Bericht von Gabrielle. »Das klingt natürlich erst einmal abwegig, meine Liebe. Aber das bedeutet nicht, dass das Absurde nicht wahr sein könnte.« Sie stieß einen ähnlichen Seufzer aus wie Hélène Oettingen Stunden zuvor.

Gabrielle war diesmal auf gut Glück im Le Meurice erschienen, da sich ihre Gastgeberin neulich ja auch nicht an die Terminvereinbarung erinnert hatte. Heute schienen keine Katastrophen bei Misia vorausgegangen zu sein, denn sie hieß Gabrielle deutlich weniger verstört und umso herzlicher willkommen. Erst nachdem Gabrielle den Grund ihres Hierseins in aller Ausführlichkeit dargelegt hatte, wirkte Misia erschüttert. Dass sie die Beteiligung Picassos an Irène Laguts Verschwinden nicht ausschloss, schenkte Gabrielle zwar ein gutes Gefühl, einen Triumph verspürte sie jedoch nicht.

»Ich mache mir Sorgen, bin jedoch völlig ratlos, was nun zu tun ist.«

»Auf jeden Fall ist es gut, dass Sie zu mir gekommen sind«, befand Misia. »Eine Frau mit einem weniger starken Gemüt wäre womöglich zur Polizei gelaufen und hätte nicht nur überall Ärger bereitet, sondern auch Freundschaften auf ewig zerstört.«

»Meine kürzlich gemachte Erfahrung mit der Polizei stimmt mich nicht sehr hoffnungsfroh«, erwiderte Gabrielle. Dabei war sie sich inzwischen bewusst, dass sie erst nach einem Gespräch mit Boy die Meinung von Kommissar Hollande wirklich beurteilen konnte. Nach dem Besuch von Hélène Oettingen und dem Verschwinden von Irène Lagut war sie jedoch geneigt, weiter daran festzuhalten, dass die Motive für alle Taten im Bereich von Liebe, Leidenschaft und Eifersucht zu suchen waren und nicht bei Spionen und Hasardeuren.

»Wir müssen Irène finden«, entschied Misia.

Nicht wenig erstaunt wiederholte Gabrielle: »*Wir?*«

»Ja. Natürlich. Sie und ich.«

»Wo ist Monsieur Sert?« Gabrielle gab es ungern zu, aber in einem Fall, in dem es um keine Bagatelle, nicht einmal mehr nur um Diebstahl, sondern definitiv um Mord und wohl auch um Entführung ging, erschien ihr eine männliche Begleitung sicherer.

»Sert ist mit Serge Férat und unserem Krankentransport an der Front in der Champagne unterwegs. Paul Poiret braucht seinen Lieferwagen glücklicherweise gerade nicht, und Serge tut die Ablenkung gut. Wäre er nicht dabei, hätte ich Sert ins Feld begleitet. Doch nun bin ich hier und werde mit Ihnen nach Irène suchen. Seltsam, dass mir die Verbindung der verschiedenen Fälle zuvor nicht aufgefallen ist.«

Gabrielle wusste nicht recht, ob sie die Fürsorge der Männer begrüßen und den Eifer der Dame unterstützen sollte. Vor allem kam ihr Misias kriminalistisches Gespür nicht sehr ausgeprägt vor.

Noch nicht, dachte sie dennoch zuversichtlich. Sie fragte: »Wo sollen wir mit unserer Suche beginnen?«

»Na«, Misia lachte unbeschwert, »wir beginnen natürlich bei Picasso. Wenn Hélène, die ich kenne und für eine äußerst kluge Frau halte – wenn also Hélène glaubt, Picasso habe etwas mit dem Verschwinden von Irène zu tun, fangen wir bei ihm an. Damit sind Sie doch *d'accord*, oder?«

»Ja, ja. Ja.«

»Dann brechen wir also auf. Warten Sie einen Moment, ich ziehe mich nur rasch um.« Sprachs und rauschte aus dem Salon ihres Appartements, in dem sie mit Gabrielle gesessen hatte.

Verdutzt sah Gabrielle ihrer neuen Freundin nach. Sie war direkt aus dem Atelier hierhergekommen und trug einen schwarzen Rock und eine weiße Bluse, die mit schwarzen Biesen abgesetzt war und in der Taille mit einem schwarzen Band zusammengehalten wurde, zu manchem Oberteil knotete sie auch noch eine Krawatte unter den Kragen, aber das passte heute nicht. Dazu eine kleine Cloche. Es war ihr Stil für den Alltag – und sie hatte nicht die geringste Ahnung, ob der für einen Besuch bei Picasso passte. Etwas nervös steckte sie sich eine Zigarette an.

Misia kam in einem perlgrauen Kostüm zurück, über das sie ein gleichfarbiges Cape geworfen hatte, was ihr das Aussehen einer Reisenden verlieh. Ihr kleiner Hut war mit einem Schleier versehen, der ihr bis über die Nasenspitze reichte. »Wir können gehen. Hoffentlich findet der Hotelportier eine Droschke für uns.«

Eine Kutsche wurde aufgetrieben, in der die beiden nach Montparnasse rollten. Da eine milde Abendsonne noch Wärme verbreitete, wurde es eine angenehme Fahrt über die Seine und durch die hübschen Gassen des sechsten Arrondissements, die Kuppel des Invalidendoms leuchtete wie flüssiges Gold über den schiefergrauen Dächern, die Straßenbäume dufteten, und es hätte eine schöne Spazierfahrt sein können, wäre der Grund dafür weniger belastend gewesen. Gabrielle redete sich zwar ein, dass sich die Angelegenheit aufklären und Irène Laguts Verschwinden als harmlos herausstellen werde. Eine innere Stimme warnte sie jedoch. Picassos Verstrickungen waren zu auffällig, sein Name tauchte auch zu deutlich in dem Mordfall Grosjean auf. Je länger sie darüber nachdachte, desto kühler wurde der Fahrtwind, der unter den feinen Stoff ihrer Bluse fuhr. Als das Pferd sie schließlich in die schmale Rue Victor Schoelcher zog, die am Friedhof Montparnasse entlangführte, fror Gabrielle.

Die Häuser hier waren niedriger als die von Georges-Eugène Haussmann geplanten Gebäude, die das Bild der Innenstadt prägten; sie besaßen neben dem Erdgeschoss und Entresol nur eine Etage und das Dachgeschoss, sodass sie eher wie Villen aussahen. Ein Haus war besonders hübsch mit einem Walmdach, runden Balkonen und Erkern, leuchtend blau gestrichenen Fensterrahmen und Türen und mit blauen Mosaikverzierungen auf den Mauervorsprüngen. Die Nachbarschaft wirkte deutlich unprätentiöser, auffallend war jedoch das riesige Fenster, das fast die ganze Vorderseite einnahm und über zwei Stockwerke reichte. Für Gabrielle war auch ohne Nachfrage offensichtlich, wo sich ihr Ziel befand.

»Lassen Sie mich mit ihm reden«, bat Misia, nachdem sie den Kutscher entlohnt hatte und neben Gabrielle vor der Eingangstür von Nummer 5 stand. »Ich kenne ihn länger und besser.«

»Wie Sie wünschen.« Es machte Gabrielle nichts aus, von Misia in den Hintergrund gedrängt zu werden. Sie hätte ohnehin nicht gewusst, wie sie Picasso mit ihrer Vermutung konfrontieren sollte.

»Wenn er abstreitet, dass Irène bei ihm ist, halte ich ihn mit einem Gespräch auf, und Sie sehen sich um. Vielleicht hat er sie irgendwo versteckt.«

Gabrielle blickte Misia zweifelnd an. »Sie meinen, Picasso hat Mademoiselle Lagut in einem Nebenraum eingeschlossen? Meine Güte, warum sollte er das tun?«

»Damit sie ihm nicht wegläuft, natürlich. Kommen Sie, sehen wir nach!«

Offenbar stellte sich Misia auf ein größeres Abenteuer ein. Gabrielles neue Freundin glaubte anscheinend fest an eine Entführung.

Die Arme um ihren fröstelnden Körper schlingend, folgte Gabrielle ihr durch die nur angelehnte Tür in einen dunklen Flur. Sie wurden von einem Ambiente empfangen, das Gabrielle geglaubt hatte, für immer hinter sich gelassen zu haben: Küchengerüche waberten durch das Treppenhaus, Staubflocken tanzten in dem einzigen Streifen Licht, die Stufen knarrten unter jedem ihrer Schritte. *Wenn er unsere Ankunft nicht schon durch das Fenster beobachtet hat*, fuhr es Gabrielle durch den Kopf, *wird Picasso durch diesen Lärm aufgeschreckt.* Unwillkürlich versuchte sie, auf Zehenspitzen zu laufen.

Energisch klopfte Misia gegen die einzige Wohnungstür, die sich auf dem ersten Absatz befand.

Nichts.

Erstaunt über die Rücksichtslosigkeit der vornehmen Dame, registrierte Gabrielle, wie Misia gegen das Holz zu trommeln begann.

Hinter der Tür rührte sich noch immer nichts.

»Pablo, ich bin es«, rief Misia, ohne ihren Namen zu nennen. »Machen Sie auf.«

»Er ist nicht da«, stellte Gabrielle fest.

»Woher wollen Sie das wissen? Vielleicht verbirgt er sich auch nur vor uns.«

Gabrielle zuckte mit den Achseln und schwieg.

Wieder donnerte Misia gegen die Tür. »Machen Sie auf, Picasso!«, wiederholte sie mit erhobener Stimme.

»Ruhe!«, schimpfte eine Frau von oben, die sich nicht auf dem Treppenabsatz zeigte. »Hören Sie mit dem Geschrei auf, Madame. Ich kann so nicht arbeiten.«

»Wenn Picasso endlich öffnen würde, würden Sie nichts mehr von mir hören«, gab Misia in erhobener Lautstärke zurück.

»Das kann er nicht tun – er ist nämlich nicht zu Hause.«

»Oh!«

»Gehen Sie, Madame. Er ist schon seit ein paar Tagen verreist.«

Misia nickte Gabrielle zu. »Dann sollten wir wohl wirklich gehen.« Seufzend trat sie den Rückzug an.

»Dieser Spanier mit seinen Weibergeschichten immerzu…«, keifte die Frau von oben hinter den beiden Besucherinnen her.

»Tja«, murmelte Misia, als sie hinter Gabrielle nach draußen trat, »das hatte ich mir dann also zu einfach vorgestellt.« Nach einem kurzen Zögern stellte sie sich auf die Zehenspitzen und versuchte, durch das Atelierfenster zu spähen. Es lag jedoch zu hoch.

Für Gabrielle ergab es keinen Sinn, weiter über den Misserfolg zu lamentieren. »Besitzt Picasso nicht ein Haus am Stadtrand?«, erinnerte sie sich.

Misia wandte sich zu ihr um. Sie wirkte überrascht. »Ja. In Montrouge. Das ist nicht weit von hier. Mit dem Automobil benötigen wir keine halbe Stunde dorthin ...« Sie legte den Kopf in den Nacken und blickte in den Himmel. »Es dämmert schon. Um nach Montrouge zu fahren, ist es zu spät. Was wollen wir dort im Dunkeln finden? Und vor allem: Wie wollen wir zurückkommen? Nein, diesen Besuch müssen wir auf morgen verschieben.«

»Ich ...«, hob Gabrielle an, unterbrach sich jedoch. Eigentlich wollte sie sagen, dass sie morgen nicht herumtrödeln durfte, sondern zu arbeiten hatte. Aber dann dachte sie, dass der Hinweis auf das Haus in dem Vorort von ihr gekommen war und das Verschwinden von Irène Lagut aufgeklärt werden musste. Nicht nur, dass eine der führenden Gesellschaftsdamen der Stadt sie darum gebeten hatte. Das schien alles irgendwie mit Monsieur Grosjean zusammenzuhängen – und ein mysteriöser Mord im Hinterhof von Chanel Modes schadete letztlich auch ihrer Reputation. »Natürlich fahren wir morgen nach Montrouge«, bestätigte Gabrielle.

»So machen wir das«, bestätigte Misia. »Hoffentlich hält das Wetter.«

Ohne sich abgesprochen zu haben, schlenderten die beiden Frauen – scheinbar jede in die eigenen Gedanken versunken – in Richtung Boulevard Raspail. An der Ecke zur Hauptstraße waren sie gezwungen, stehen zu bleiben. Eine Gruppe von Demonstrierenden marschierte über den Bürgersteig. Es waren vor allem Frauen mit ihren Kindern an der Hand, im Kinderwagen oder im Tragetuch an den Leib gebunden, hinter wenigen Männern aller Altersgruppen, die energisch voranschritten und im Chor gegen die Erhöhung der Lebensmittelpreise protestierten. Eine Schar armer Leute, die es gewiss außerordentlich schwer hatten.

Gegen die beiden eleganten Damen wirkten sie wie ein Auflauf von Lumpensammlern.

Gabrielle nahm Misias Arm und zog sie in einen Hauseingang. Von diesem sicheren Standort aus beobachtete sie, wie die Gruppe vorbeizog. Ihre Kehle war wie zugeschnürt. Wenn ich mein Leben nicht in die Hand genommen hätte, dachte sie, hätte ich ebenso geendet. Nur einen Haufen Nachkömmlinge hätte sie sich nicht machen lassen. Schon in der Zeit in Moulins hatte sie dafür gesorgt, dass das nicht geschah. Daran wäre sie damals zwar fast gestorben, aber im Rückblick war ja alles gut gegangen. Mit Boy war das natürlich etwas anderes. Wenn sie erst verheiratet waren, würde Gabrielle ihm einen Sohn schenken, das war gewiss.

Von irgendwoher schrillte die Trillerpfeife eines Polizisten. Statt sich zu zerstreuen, marschierten die Demonstrantinnen und Demonstranten jedoch unbeirrt weiter. Nach ein paar weiteren Schritten waren sie an dem Hausgang vorbei, in dem sich Gabrielle und Misia verbargen. Pferdegetrappel erklang, die *Police national* ritt mit einem großen Aufgebot heran. Eine erste Gruppe der Frauen und Männer bog in die Seitenstraße ein, aus der Gabrielle und Misia gekommen waren, um dem Zugriff zu entgehen. Der Chor der Verbliebenen verwandelte sich in Geschrei ...

»Ich verstehe es nicht«, raunte Misia. »Obwohl es immer auf eine Konfrontation hinausläuft, tragen die Franzosen ihre Meinung vor sich her. Das Protestieren liegt ihnen seit der Revolution im Blut. Und es endet fast immer mit Gewalt.«

»Wenn man sein Leben nicht selbst in die Hand nimmt«, erwiderte Gabrielle, »kann man es nicht ändern. Diese Leute versuchen wenigstens, etwas zu erreichen.« Einen Atemzug später ärgerte sie sich, weil sie mit ihrer Bemerkung womöglich etwas über ihre eigene Herkunft preisgegeben hatte, was sie lieber für sich behielt. Armut ist wie eine chronische Krankheit, sinnierte sie, es ist so schwer, sie loszuwerden. Wenn nicht der Geruch, so bleibt doch die Erinnerung daran.

Misia sah sie nachdenklich an – und schwieg.

»Die Lebensmittelpreise machen wohl vielen zu schaffen«, beeilte sich Gabrielle hinzuzufügen. »Wie man hört.«

»Kommen Sie, gehen wir zur Metrostation«, schlug Misia plötzlich vor und nahm nun ihrerseits Gabrielles Arm. »Vielleicht finden wir auf dem Weg irgendwo eine Droschke, sonst fahren wir mit der Bahn.«

Untergehakt wie beste Freundinnen, gingen sie in entgegengesetzter Richtung zu den Tumulten weiter.

25

Da sie weder ein Automobil noch eine Kutsche auftreiben konnten, nahmen Gabrielle und Misia die Metro und kamen schließlich an der Haltestelle Concorde an. Als sie die Treppe hinaufstiegen, empfingen sie lärmender Verkehr und ein milder Abend.

»Ich werde durch die Tuilerien nach Hause gehen«, beschloss Misia. »In der Dämmerung duften die ersten Rosen herrlich. Das liebe ich. Begleiten Sie mich ein Stück?«

Gabrielle schüttelte den Kopf. »Vielen Dank für das Angebot, aber ich nehme den direkten Weg. In meinem Atelier wartet viel Arbeit auf mich, die noch erledigt werden muss. Wir sehen uns morgen und fahren gemeinsam nach Montrouge.«

»Ich freue mich darauf. Obwohl der Anlass natürlich etwas fragwürdig ist. Wer will schon mit Entführungen und dergleichen zu tun haben?« Misia lachte maliziös. »Einen schönen Abend, Coco.«

Mit einem Küsschen auf die rechte und die linke Wange der anderen verabschiedete sich Gabrielle. Dann wandte sie sich ab, da sie die Fahrbahn überqueren musste, während Misia nur ein paar Schritte ging, um direkt zu einem Eingang des Parks zu gelangen.

Die Place de la Concorde war schon immer einer der Mittelpunkte von Paris gewesen. Auf dem Platz, auf dem inzwischen der Obelisk stand, war König Ludwig XVI. enthauptet worden. Das kümmerte die Flaneure heutzutage gewiss nicht, die an den prachtvollen Gebäuden vorbeispazierten: Offiziere mit schönen Frauen, Verwaltungsangestellte der nahen Ministerien, elegante Damen und Zofen mit Körben für ihre Herrschaft, Arbeiter zogen Karren, Kutscher ließen die Peitschen knallen, Hupen dröhnten. Es war unfassbar lebendig hier, und Gabrielle stand an der Ecke zur Rue Royale und dachte, dass die Stadt viele Herzen besaß, aber hier zweifellos eines davon schlug. Und es war eine völlig andere Welt als am Montparnasse.

Gabrielle stand und staunte und mahnte sich, dass sie in ihr Atelier laufen sollte, anstatt die anderen Passanten zu beobachten. Ihr Blick fiel auf eine junge Dame auf der gegenüberliegenden Straßenseite, vor allem deren Hut zog Gabrielles Aufmerksamkeit auf sich: eine Mischung aus Barret und Cap of Maintenance, reichlich mit Federn und Bordüren geschmückt. Gewiss war es das teuerste Modell einer Putzmacherin in London, wie Gabrielle wegen der Art der historischen Vorlage vermutete. Für ihren Geschmack jedoch eine viel zu aufwendig verarbeitete Kopfbedeckung.

Erst auf den zweiten Blick erkannte sie das fein geschnittene, blasse Gesicht unter dem Brokatbesatz. Es gehörte der jungen Frau, die sich in Gabrielles Boutique umgesehen hatte und ohne einen konkreten Wunsch zu äußern wieder gegangen war. Sie war in Begleitung dieser Engländerin gekommen, deren häufige Besuche Gabrielle inzwischen äußerst merkwürdig erschienen. Die Ältere war eine Lady Sutherland, die die junge Frau bei ihrem bislang letzten Auftauchen als Diana Wyndham vorgestellt hatte. Glücklicherweise hatte die Anwesenheit der Comtesse d'Argentan wenigstens dafür gesorgt, dass Gabrielle die Namen der sich seltsam verdächtig verhaltenden Kundinnen kannte.

Wenn sie später an diesem Abend daran zurückdachte, fragte sie sich, warum sie nicht ihres Weges gegangen und Mrs. Wyndham mit diesem protzigen Hut sich selbst überlassen hatte. Aber ihre Bemühungen, die wahren Hintergründe des Mordes an Monsieur Grosjean zu erfahren, hatten ihre Neugier nachhaltig geweckt. Deshalb hielt sie sich zwar auf ihrer Seite der Rue Royale, aber sie folgte der jungen Frau auf der anderen Seite mit jedem Schritt.

Diana Wyndham steuerte auf das Restaurant Maxim's zu. Vor dem roten Baldachin stiegen elegant gekleidete Damen und Herren in Frack oder Ausgehuniform aus den wie bei einem Defilee haltenden Wagen. Der Portier lüftete seinen Zylinder, und im Wechsel von Gabrielles Atemzügen schwang die Tür auf und zu. Es überraschte Gabrielle, dass die auf sie wie ein scheues Reh wirkende junge Frau so mutig sein sollte, ein Lokal wie dieses ohne Begleitung zu betreten. Die meisten Frauen, die sie kannte, gingen nicht einmal mit einer Freundin hierhin, sondern nur auf Einladung eines Mannes.

Tatsächlich stellte Gabrielle fest, dass sie sich geirrt hatte. Unerwartet tauchte ein Mann auf, der anscheinend auf Diana Wyndham gewartet hatte und Gabrielle zuvor nicht aufgefallen war. Er ging der Engländerin mit raschen Schritten entgegen, einen kleinen Strauß Maiglöckchen in der Hand, seine Mütze unter den Arm geklemmt. Vermutlich hatte er die Blumen bei einer der alten Händlerinnen gekauft, die mit ihren mitgebrachten Körben am Fuße der Kirche Madeleine saßen. Die Messingknöpfe an seiner khakifarbenen Dienstanzugjacke blitzten im Licht eines Scheinwerfers auf. Es war ein englischer Offizier. Es war Arthur Capel.

Ungläubig beobachtete Gabrielle, wie Boy sein Mitbringsel überreichte. Sie sah zu, wie er die Hand der jungen Frau an seine Lippen führte. Unwillkürlich fragte sie sich, ob ein Irrtum vorlag. Konnte dieser Mann ein Doppelgänger ihres Liebsten sein? Warum, um alles in der Welt, zeigte sich Boy dermaßen vertraut mit einer anderen in Paris? Noch schlimmer: Er war in der Stadt und ließ Gabrielle glauben, dass er sich in Madrid aufhielt!

Gabrielle, die von sich geglaubt hatte, niemals eifersüchtig zu sein, fühlte den brennenden Schmerz in sich aufsteigen. Sie kämpfte gegen einen Aufschrei, presste die Lippen aufeinander, während auf der gegenüberliegenden Straßenseite der Portier die Tür aufzog und das Paar mit einer Verbeugung einließ.

In ihren Ohren klang die Stimme von Boy, der sich darüber aufregte, dass sie ihn bat, von seinen erotischen Abenteuern zu erzählen. War er so verärgert gewesen, weil sie ihn ertappt hatte?

Tränen rannen über ihre Wangen. Sie wusste nicht, auf wen sie wütender war, auf ihn oder auf sich selbst. Mit einer zornigen Geste strich sie sich über die Wangen. Ihre Beine fühlten sich wie Blei an, aber es gelang ihr, einen Fuß vor den anderen zu setzen. Langsam ging sie weiter. Einfach so. Geradeaus. Fort vom Maxim's.

Sie rempelte Passanten an, trat beinahe in den Kothaufen eines Hundes, stolperte über das ausgestreckte Bein eines kriegsversehrten Bettlers. Wie durch dichten Nebel erreichte sie die Erkenntnis, dass sie sich rechts halten musste, und sie bog in die Rue Saint-Honoré ein. Sie nahm ihre Umgebung kaum wahr, das Bild von Boy, der Diana Wyndham Maiglöckchen überreichte, begleitete sie auf Schritt und Tritt. Als sie in der Rue Cambon ankam, wusste sie nicht mehr, wie sie hierhergefunden hatte.

Madame Aubert hatte die Boutique bereits geschlossen, deshalb drückte Gabrielle das Eingangsportal auf und trat in den Durchgang zum Innenhof. Erst jetzt dachte sie, dass sie in ihrem Zustand besser nach Hause gegangen wäre, wo sie allein war. In ihrem Atelier konnte sie ihre Wunden nicht so pflegen wie dort. Doch obwohl sie schon früh gelernt hatte, dass Heulkrämpfe nichts als Zeitverschwendung waren, wünschte sie im Moment aus ganzem Herzen, ihren Tränen freien Lauf lassen zu können.

»Mademoiselle Chanel, haben Sie schlechte Nachrichten?«

Gabrielle sah zu Monsieur Talbot auf, der anscheinend auf dem Weg war, seinen Hund Gassi zu führen. »Nein ... Ja ... Ich weiß nicht ...«, stammelte sie. Das traf den Kern – sie wusste von nichts.

»Darf ich Ihnen zur Stärkung einen Cognac anbieten? Mit Verlaub: Sie sehen aus, als könnten sie ein Glas gebrauchen. Und Napoléon kann noch ein wenig warten.«

Unentschlossen zwischen der Notwendigkeit, in ihr Atelier zu gehen, und dem Wunsch nach Ruhe, um das Erlebte einzuordnen, bückte sich Gabrielle nach dem Hund. Sie kraulte Napoléon hinter dem Ohr und stellte sich vor, wie Boy und Diana Wyndham gerade mit Champagner anstießen.

»Danke für die Einladung, Monsieur Talbot«, sagte Gabrielle und richtete sich auf. »Ich nehme sie gerne an.«

Sie war nie zuvor in der Wohnung des Verwaltungsbeamten gewesen – und kam sich vor, als beträte sie nicht den Salon eines alleinstehenden Herrn, sondern ein Uhrenmuseum. Offensichtlich sammelte Monsieur Talbot Standuhren, Tischuhren, Wanduhren und Taschenuhren. Letztere lagen in halbhohen Vitrinen, sodass an den Wänden darüber noch Platz für die anderen Ausstellungsstücke war. Ein rhythmisches Ticken in unterschiedlichen Lautstärken empfing sie, und sie fragte sich, wie jemand zwischen so vielen Zeitmessern leben konnte, ohne verrückt zu werden.

»Verzeihen Sie meine Unordnung«, entschuldigte sich Monsieur Talbot. »Ich glaube, meine Lieblinge sind auch nicht alle pünktlich. Manche gehen nach. Andere haben es zu eilig. Es ist mir leider inzwischen häufig zu viel, alle richtig einzustellen.«

»Es ist nicht unordentlich bei Ihnen«, erwiderte Gabrielle. »Ich bin sicher, Ihre Sammlung macht viel Arbeit.« Tatsächlich schien auf den Uhren nicht ein Staubkorn zu liegen.

»Madame Thérèse ist ein Schatz. Ohne sie wüsste ich gar nicht, wie ich hier alles sauber halten sollte.«

Gabrielle sagte ihm nicht, dass Personal günstig und Dienstmädchen meist verfügbar waren. Aber da er der Concierge offenbar eine Vertrauensposition übertragen hatte, war es nicht ihre Aufgabe, ihn an die sozialen Verhältnisse zu erinnern. »Madame Thérèse ist gewiss eine große Hilfe für Sie.«

»O ja. Und manchmal biete ich ihr sogar ein Gläschen von meinem Cognac an. Nur ein kleines natürlich … Nehmen Sie Platz, Mademoiselle Chanel, ich bringe Ihnen sofort etwas zu trinken.« Er wandte sich zu einem Globus, den er aufklappte. Darin befanden sich Karaffen und Gläser.

Sie setzte sich steif auf die Kante des Jugendstilsofas. Als die Glocken in einigen Uhren die Viertelstunde schlugen, zuckte sie zusammen. »Stört Sie dieses Geläute nicht?«

»Mir fällt es nicht einmal mehr auf«, behauptete Monsieur Talbot, während er zwei Cognacschwenker, halb gefüllt mit einer bernsteinbraunen Flüssigkeit, auf den Couchtisch stellte. »Die meisten dieser Uhren begleiten mich schon mein ganzes Erwachsenenleben lang. Ich habe früh zu sammeln begonnen. Damals, als mir mein Vater verbot, eine Uhrmacherlehre zu beginnen. Das war mein Traum, aber er wollte, dass ich in den Staatsdienst trat, nach seinem Vorbild.«

Gabrielle nahm ein Glas auf. »Trinken wir auf Ihre Sammlung, Monsieur Talbot.«

»Nein, Mademoiselle Chanel, wir trinken auf Sie. Auf dass Sie ein glückliches Leben haben.«

Sekundenlang schloss sie die Augen, öffnete sie aber rasch wieder, um das Bild von Boy und Diana Wyndham zu verscheuchen. Ohne ihn würde sie kein glückliches Leben haben!

Sie hob ihr Glas und nahm den ersten Schluck. Der Cognac war weich und würzig und von höchster Qualität. Er verdrängte die Erinnerung zwar nicht, aber er milderte den Gedanken an die Begegnung vor dem Maxim's ein bisschen. Nach dem nächsten Schluck verstärkte sich dieser Eindruck sogar noch, und Gabrielle begann, sich zu entspannen, obwohl die Uhren wieder fast synchron schlugen. Sie hörte Monsieur Talbot zu, der von seiner verstorbenen Frau erzählte, seiner lebenslangen Liebe, und fand immer wieder Parallelen zu sich und Boy. Natürlich entstammten sie anderen Kreisen, aber die Seelenverwandtschaft schien dieselbe zu sein. Arthur Capel und Diana Wyndham waren zwar Landsleute, aber was sonst konnte die britische Lady und den ehrgeizigen, unehelich in Brighton geborenen Sohn einer Französin und eines wohlhabenden Schiffsmaklers verbinden? Dennoch war Gabrielle sicher, dass Diana keine Affäre war. Sie wirkte einfach nicht leichtsinnig genug.

Spione, Überläufer, Hasardeure ...

Gabrielle starrte auf ihr leeres Glas, dann sah sie Monsieur Talbot an. »Könnte ich bitte noch etwas zu trinken bekommen? Mir geht es schon viel besser.«

Das stimmte. Der Gedanke, dass es sich bei Diana Wyndham um eine Agentin handeln könnte, die für den Feind spionierte oder ein doppeltes Spiel trieb, war eine ungeheure Erleichterung. Selbst die Furcht vor der Gefahr, der sich Boy mit dieser Bekanntschaft möglicherweise aussetzte, war geringer als ihre Eifersucht. Wahrscheinlich wusste Boy von Dianas Rolle und kundschaftete sie aus, weshalb er Gabrielle nicht gesagt hatte, dass er sich bereits wieder in Paris befand. Das war logisch, fand sie. Nur die Maiglöckchen passten nicht.

26

Zum ersten Mal in ihrem Leben wünschte sich Gabrielle einen riesigen Wagenradhut. Die breite Krempe würde ihre Augen beschatten, die nach dem reichlichen Genuss von Monsieur Talbots Cognac ausgesprochen lichtempfindlich waren. Stattdessen trug sie eine kleine Cloche, als sie in den Lieferwagen stieg, den José Sert nach seinem Fronteinsatz vor dem Hotel Le Meurice an der Rue Rivoli abgestellt hatte. Der Gedanke, dass dieses Fahrzeug eigentlich Paul Poiret gehörte, rückte unter ihren Kopfschmerzen in den Hintergrund. Weniger zu vernachlässigen war angesichts des Zustands ihres Magens der äußerst sportlich-schnittige Fahrstil des Spaniers.

»Liebling, Jojo, du brauchst weder vor den Deutschen zu fliehen noch ein Rennen zu gewinnen«, erinnerte Misia liebenswürdig. »Bitte, gib nicht so viel Gas.«

Gabrielle hielt ihr Gesicht aus dem Fenster und in den Fahrtwind. Sie hätte Misia mit einem Nicken gerne für den Einwand gedankt, doch wagte sie nicht, sich zu bewegen. Sie überlegte, wie Sert Verwundete transportieren mochte. Und dann dachte sie, dass sie das lieber nicht wissen wollte.

Montrouge begann direkt hinter der Porte d'Orléans, jenseits des Montparnasse-Viertels. Die Festung an der Grenze war nur noch eine Ruine und verfiel ebenso wie die meisten anderen Gebäude des Ortes. Es war ein vergessenes Städtchen, nicht sonderlich wohlhabend und auch nicht mit dem Fortschritt der Industrialisierung gesegnet, selbst im Sonnenlicht wirkte alles ein wenig zu grau. Gabrielle konnte sich nicht vorstellen, was ein Künstler hier zu finden hoffte. Außer vielleicht ein günstiges Haus. Hier lagen die Preise gewiss weit unter denen im bezaubernden Westen von Paris. Andererseits war ein schönes Umfeld nicht zu verachten, für Gabrielle inzwischen sogar unverzichtbar.

Die Villa, auf die Sert zusteuerte, war ein einstöckiger klassizistischer Kasten aus grauem Granit in einem kleinen Garten an einer Ecke der Rue Victor Hugo. Ein hoher, mit Büschen bewachsener Zaun schützte vor neugierigen Blicken, das Tor wirkte verriegelt, die Fensterläden waren fast alle geschlossen. Der einzige Passant war ein alter Mann, der einen Handkarren mit Körben voller Kartoffeln und Roter Bete zog und sich nicht für sein Umfeld zu interessieren schien, den Kopf hatte er eingezogen, den Blick auf den Boden gerichtet. Das Automobil und seine Insassen ignorierend, schlurfte er vorbei.

Entweder Picasso ist tatsächlich nicht da, oder er legt übertriebenen Wert auf Diskretion und verbarrikadiert sich deshalb, dachte Gabrielle.

Auf ziemlich wackeligen Beinen stieg sie aus dem Wagen und trat mit Misia und Sert an das Tor. Der kräftige Spanier rüttelte daran. Es rührte sich nichts.

»*Hola!*«, rief er in seiner und Picassos Muttersprache. »Mach auf, *amigo!*«

In dem Kirschbaum neben dem Eingang zwitscherten Vögel. Ansonsten blieb es still.

Zu dritt standen sie vor dem Tor und blickten auf die Fassade. Gabrielle hatte die Hand schützend über ihre Lider gelegt.

»Ich lehne es ab, über den Zaun zu klettern«, erklärte Sert schließlich.

»Das ist auch nicht nötig«, versicherte ihm Misia. »Wir sehen ja, dass das Haus unbewohnt ist.«

»Ich verstehe das nicht«, meinte Gabrielle: »In seiner Wohnung in Paris ist er nicht und hier auch nicht. Aber irgendwo muss Monsieur Picasso doch sein!«

»Womöglich ist er in den Süden gefahren. Picasso hält sich gerne in der Provence oder an der Côte d'Azur auf.«

»Ach, Jojo, ich kann ihn verstehen«, seufzte Misia.

»Mit Eva lebte er in Avignon, und mit Gabrielle Depeyre war er vorigen Sommer in dem Haus von Herbert Lespinasse in Saint-Tropez ...«

»Wusstest du, dass er Gaby heiraten wollte?« Misias Stimme klang wie das Zwitschern eines der Vögelchen in Picassos Garten. »Nach Evas Tod hat er den Verstand verloren und ist völlig vernarrt in den Gedanken, schnellstmöglich zu heiraten. Bisher ohne Erfolg. Gaby bleibt jedenfalls bei Herbert Lespinasse.«

War der starre Blick auf Irène Lagut neulich der Verzweiflung eines einsamen Mannes geschuldet? Suchte Picasso bei all seinen Affären, über die auch Misia und Sert klatschten, nach nichts anderem als Liebe und Beständigkeit?

Vor ihr geistiges Auge trat das Bild von gestern Abend: Boy und die andere Frau. Was suchte er bei Diana Wyndham? Warum hatte er sich noch nicht bei Gabrielle zurückgemeldet? Wollten sie beide nicht auch eine gemeinsame Zukunft statt Lügen und Intrigen?

Ein Schauer lief über Gabrielles Rücken. Sie schlang die Arme um ihren Leib und ging drei Schritte in die eine Richtung, dann wieder in die andere. Es wirkte, als wollte sie sich die Beine vertreten, doch tatsächlich versuchte sie, die Erinnerung an die Begegnung vor dem Maxim's zu verscheuchen.

»Wir sollten aufbrechen und bei Guillaume Apollinaire am Boulevard Saint-Germain vorbeifahren«, schlug Sert vor und wandte sich bereits um. »Wenn jemand weiß, wo sich Picasso aufhält, dann er.« Auf dem Weg zu seinem Fahrzeug fügte er über die Schulter hinzu: »Und wenn wir ihn nicht antreffen, essen wir im Les Deux Magots ein paar Häuser weiter zu Mittag. Oder wir laden ihn ein mitzukommen.«

Es war gewiss angenehm, sich durch den Tag treiben zu lassen und dabei die Suche nach einer jungen Künstlerin als Vorwand zu nutzen, doch Gabrielle lehnte ab. »Es tut mir leid, ich muss zurück in meinen Laden. Aber machen Sie sich keine Sorgen, Sie brauchen meinetwegen nicht kreuz und quer zu fahren. Wenn Sie mich bei einer Metrostation absetzen würden, bin ich Ihnen sehr dankbar.« Genau genommen wünschte sie sich, dass er sie gleich zum Bahnhof von Montrouge brachte, wo es sicher eine Zugverbindung nach Paris gab. Jeder Kilometer, den sie weniger von Sert chauffiert wurde, erschien ihr wie eine Wohltat.

»Aber wir müssen doch zusammenbleiben«, protestierte Misia. »Wir müssen uns doch austauschen. Irènes Verschwinden ist schließlich noch nicht geklärt.«

Gabrielle zuckte bedauernd mit den Achseln.

»Dann treffen wir uns morgen …«

»Morgen ist die Beerdigung von Monsieur Grosjean«, warf Gabrielle rasch ein.

»Oje!«, entfuhr es Misia. »Kein schöner Termin, aber da müssen Sie natürlich hin.«

»Wie wäre es, wenn wir uns morgen Abend im Café du Dôme am Boulevard Montparnasse treffen?«, fragte Sert. Er hielt den Damen den Autoschlag auf. »Das ist der zweitsicherste Ort, wo wir etwas über Picassos Reisepläne erfahren können ...«

»Das ist eine hervorragende Idee«, meinte Misia, »aber vielleicht wissen wir bis dahin ja auch, wo Irène Lagut abgeblieben ist, und können es Ihnen sagen, Coco.«

»Ja, gerne«, antwortete Gabrielle mit einem matten Lächeln. Sie hätte den Abend eigentlich lieber in ihrer Wohnung verbracht, um auf Boys Rückkehr zu warten oder nach der langen Trennung mit ihm zusammen zu sein. Es gab ja wohl genug zu besprechen.

In Gedanken versunken, setzte sich Misia neben Gabrielle in den Wagen. Nachdem Sert angefahren war, sagte sie wie zu sich selbst: »Ob wohl der Mörder auch auf die Beerdigung geht? Vorausgesetzt, er erfährt davon ... Aber dann hält ihn wohl nichts davon ab ... Wie aufregend ...!«

Gabrielle sah sie schockiert an. Hoffentlich tauchte Picasso nicht auf dem Friedhof Père Lachaise auf. Jetzt rebellierte ihr Magen nicht nur gegen José Serts Fahrstil.

27

Dass Misia durchaus recht haben könnte, bemerkte Gabrielle, als sie unter den Trauergästen Kommissar Hollande und Sergent Salois entdeckte. Sie kam zu spät, weil sie in der Platanenallee zu weit gelaufen und auf dem riesigen Friedhof Père Lachaise die Abzweigung zu dem Familiengrab der Grosjeans verpasst hatte. Sie musste in einem Bogen von der Hauptallee zurückgehen, um die Begräbnisfeier zu erreichen. Die beiden Kriminalpolizisten fielen ihr als Erstes auf, weil sie sich diskret im Hintergrund hielten. Mit einem knappen Nicken grüßte sie die Männer, bevor sie in die Menge eintauchte, die Abschied von André Grosjean nahm.

Ein großer Kreis war der Einladung der Eltern gefolgt: junge Männer in Uniform oder Zivil, offenbar Freunde des Toten, aber auch ältere Trauernde, wahrscheinlich Onkel und Tanten oder Geschäftspartner, alles gänzlich unbekannte Gesichter. Reiche Leute, dachte Gabrielle, versammeln vornehmlich bei Trauerfeiern einen enormen Kreis an Verwandten um sich, als gelte es, das Erbe unter ihresgleichen zu bewahren. Angeführt wurde die Familie von Madame Grosjean und ihrem Gatten, einen Schritt hinter ihr standen Amélie, die, wie angekündigt, ihre Schwesterntracht trug, und Laure Fontaine.

Zum ersten Mal sah Gabrielle den Ehemann und Vater, einen recht steif wirkenden, erstaunlich alten Herrn in einem Frack mit Zylinder. Offenbar hatte Madame Grosjean keinen Gleichaltrigen geheiratet. Ob ihre Ehe glücklich war? In diesen Kreisen bedeutete es nur wenig, dass Gabrielle seine Mätresse zu ihren Kundinnen zählte. Jedenfalls schien Madame die Nähe des Gatten zu vermeiden, sie rückte im Gegenteil noch etwas von ihm ab. Sie schwankte ein wenig – und Amélie griff sofort nach ihrem Arm.

»Im Namen des Vaters, des Sohnes und des Heiligen Geistes.« Die sonore Stimme des Pfarrers wehte über die Trauergemeinde.

Ein mehrstimmiges »Amen« antwortete.

»Lasset uns für den Verstorbenen beten ...«

Das religiöse Zeremoniell erschien Gabrielle nicht so interessant wie das Beobachten der Menschen, die sich hier versammelten. Sie wusste nicht genau, was sie suchte. Vielleicht Picasso. Aber entweder der kleine Spanier hatte sich hinter einem hochgewachseneren Mann versteckt, oder er war tatsächlich nicht gekommen. Nun, die Verbindungen zwischen Pablo Picasso und André Grosjean waren das Gemälde eines Ruderers und Magali, beides befugte den Maler sicher nicht unbedingt, an dieser Beerdigung teilzunehmen. Es sei denn, ein Täter wollte von seinem Opfer Abschied nehmen. Doch dieser Gedanke schien ihr plötzlich vollkommen abwegig. Jedenfalls sofern es sich um Picasso handelte.

Während sich Gabrielle unter den Trauergästen umsah, nahm sie aus den Augenwinkeln eine Regung wahr. Der mit Blumen geschmückte Sarg wurde von den Friedhofsdienern in die Gruft gehoben ...

»Nein!« Der gellende Aufschrei einer Frau. Und noch einmal: »Nein!«

Die Sargträger hielten inne, blickten erstaunt auf. Die Familienmitglieder und Freunde wirkten beunruhigt. Niemand sprach ein Wort, es herrschte absolute Stille.

»Catherine, bitte!«, mahnte Monsieur Grosjean.

»Ich will nicht, dass mein Sohn in dieser Gruft vergammelt«, schrie Madame Grosjean. Ihre Verzweiflung schien tief aus ihrer Seele zu entweichen. »Es ist deine Schuld! Du willst mich so weit wie möglich von ihm fernhalten. Warum wird er nicht auf dem Friedhof Passy begraben, wo ich ihn jeden Tag besuchen könnte, anstatt quer durch die Stadt zu fahren?«

Monsieur Grosjean stand hilflos neben seiner Frau. »So beruhige dich doch!«

»Er darf nicht so weit fort von mir sein«, schluchzte Madame Grosjean.

»*Maman*«, mischte sich nun Amélie ein. Sie klammerte sich förmlich an den Arm ihrer Mutter. »Bitte erspare uns diese Peinlichkeit.«

Tränen liefen über die Wangen von Madame Grosjean. Ihre Stimme überschlug sich, als sie klagte: »Ihr nehmt mir meinen Jungen. Ihr habt mir seine Zuneigung nie gegönnt. Aber André hat mich geliebt wie niemanden sonst. Und ich liebte ihn. Nun ist er tot. Und ich will, dass er bei mir bleibt.«

»Ja, natürlich«, entfuhr es Amélie voller Bitterkeit, »ich habe ja noch nie für dich existiert.«

Unter den Trauergästen machte sich Unruhe breit. Einige reckten die Köpfe, andere tuschelten. Wieder andere schickten sich an, die Beerdigung zu verlassen, um sich der unangenehmen Szene zu entziehen. Unverständliche Wortfetzen flogen hin und her, die Menge wogte wie auf einem Schiff. Amélie hat recht, dachte Gabrielle, es wäre besser, wenn Madame allen Anwesenden diesen Anfall von Hysterie ersparen würde. Wahrscheinlich war Madame vor lauter Trauer nicht bei Sinnen. Vielleicht hatte sie auch wieder getrunken. Gabrielle stand zu weit weg von ihr, um eine Alkoholfahne zu riechen.

»Mesdames!« Der Pfarrer versuchte, die Situation zu befrieden. »Ich bitte Sie, das Begräbnis Ihres Sohnes und Ihres Bruders nicht zu stören. Bewahren Sie doch im Gedenken an den Verstorbenen Respekt ...«

Die freundlichen Worte bewirkten das Gegenteil. Madame Grosjean brach nun vollständig zusammen. Mit einem Aufschrei riss sie sich von Amélie los und warf sich über den Sarg. Ein Blumenbouquet fiel zur Seite. Madames Rock rutschte hoch und gab den Blick auf ihre in schwarzen Strümpfen steckenden Beine frei. Ihr Hut saß fest auf ihrem Kopf.

Irgendjemand unter den Trauergästen schrie erschrocken auf. Die Sargträger hielten die Seile, mit denen sie die sterblichen Überreste in die Gruft hinablassen sollten, krampfhaft fest. Hilflos stemmten sie sich gegen das nun vergrößerte Gewicht. Der Sarg kippte leicht.

Monsieur Grosjean wandte sich zu der Trauergemeinde um. »Meine Damen und Herren, liebe Freunde, bitte entschuldigen Sie meine Frau. Sie ist untröstlich.« Er klang souverän und als gehörte die hysterische Frau und Mutter nicht zu ihm. Mit ausreichend körperlicher Distanz beobachtete er die Versuche des Geistlichen und seiner Tochter, Madame wieder auf die Beine zu stellen.

Einen vergleichbaren Auftritt wie den von Madame Grosjean hatte Gabrielle noch nie erlebt. Sie fühlte sich hin- und hergerissen zwischen Entsetzen und einem Lachanfall. Die meisten Mitglieder der Trauergesellschaft teilten wohl eher ihre Fassungslosigkeit. Sie glotzten und schwiegen.

Zum ersten Mal sah Gabrielle zu Laure Fontaine. Die Verlobte des Toten stand mit versteinerter Miene wie zu einer Salzsäule erstarrt auf dem Platz, an dem sie die ganze Zeit gewesen war. Der Auftritt von Madame ließ sie offenbar unberührt. Gabrielle dachte, dass eine Frau, die so viel Sport trieb wie Mademoiselle Fontaine, über ein hohes Maß an Disziplin verfügen musste. Diese Eigenschaft zeigte sich nun in dieser höchst schwierigen Situation.

Gabrielle beschloss, dass sie genug gesehen hatte. Was immer noch geschehen würde, sie hatte kein Interesse daran, zu beobachten, wie sich eine ihrer Kundinnen völlig zum Narren machte. Das hatte wohl auch nichts damit zu tun, einen Mörder oder eine Mörderin zu entlarven.

Sie wandte sich ab – und ihre Augen fielen zufällig auf die junge Frau, die sich in einiger Entfernung zwischen den Säulen eines Mausoleums zu verbergen schien.

Es war Magali.

Ihre Blicke begegneten sich.

Magali schüttelte unwillig den Kopf wie ein junges Pferd, das sich gegen seinen Reiter wehrte. Dann rannte sie zwischen den Gräbern davon.

Gabrielle widerstand dem Impuls, ihr nachzulaufen. Sie würde ihre Mitarbeiterin morgen im Atelier antreffen. Außerdem gab es nichts, das sie sie noch fragen wollte. Durch ihre Anwesenheit bei der Beerdigung bewies Magali, dass sie die Geliebte von André Grosjean gewesen war.

Aber war sie deshalb auch seine Mörderin? Gabrielle sah über ihre Schulter zurück zu Laure Fontaine, die sich noch immer nicht vom Fleck gerührt hatte, schön und selbstbewusst und über jeden Verdacht erhaben. Gegen diese Verlobte kam Magali nicht an. Das war einem Mädchen ihrer Schicht aber auch klar, sofern sie sich nicht in übertrieben romantischer Träumerei verlor – oder Gabrielles Energie besaß, die gesellschaftlichen Gräben mit ihrem Talent zu überbrücken ...

»Mademoiselle Chanel, wollen Sie schon gehen?« Kommissar Hollande tauchte neben ihr auf.

»Allerdings«, erwiderte sie kühl. »Ich habe nicht die Absicht, dieses unwürdige Schauspiel weiter zu verfolgen.«

»Mir war es so vorgekommen, als hätten Sie jemanden entdeckt, der oder die nicht hierhergehörte. Verraten Sie mir doch bitte, wer es war.«

Gabrielles Lider flatterten, das war ihr bewusst, dennoch antwortete sie: »Ich weiß nicht, wovon Sie sprechen.«

»Ich suche einen Mörder, Mademoiselle, und wenn Sie etwas verheimlichen, machen Sie sich strafbar.«

»Nichts liegt mir ferner, als Sie zu belügen, *Monsieur le Commissaire*. Und nun entschuldigen Sie mich bitte.« Sie nickte ihm höflich zu und schickte sich an zu gehen. Eigentlich erwartete sie, dass er sie aufhalten, ihr folgen oder wenigstens eine despektierliche Bemerkung von sich geben werde. Doch Kommissar Hollande ließ sie ohne Widerspruch gewähren.

28

Es war eine wunderbare Idee von Misia und Sert gewesen, sich mit ihr im Café du Dôme zu verabreden. Nach dem Vorfall auf dem Friedhof brauchte Gabrielle nichts so sehr wie nette Gesellschaft, Fröhlichkeit und ein Glas Champagner. Als sie das Eckhaus am Boulevard Montparnasse erreichte, waren noch einige Tische vor der Brasserie frei. Unter den wenigen Gästen im Außenbereich befanden sich ihre neuen Freunde jedoch nicht, sodass sie die Tür nach innen aufdrückte. Der blaue Dunst unzähliger Zigaretten wehte ihr entgegen, Stimmengemurmel, Lachen, Geschirrklappern. Der lange, gut besetzte Tisch in der Mitte des Lokals fiel ihr sofort auf. Hier hielt Misia zwischen einem Dutzend Männern und ein paar Frauen Hof. Sert war offenbar nicht dabei, wahrscheinlich fuhr er mit Paul Poirets Lieferwagen wieder an die Front.

Misia bemerkte Gabrielle sofort. Sie sagte etwas zu ihrem Tischherrn und stand auf, drängte sich an den Stühlen der anderen vorbei, um Gabrielle entgegenzugehen. Sie ergriff Gabrielles Hände, hauchte auf beide Wangen einen Kuss und sagte: »Lassen Sie uns kurz nach draußen gehen, da können wir uns ungestörter unterhalten.«

Sie fanden einen kleinen Tisch am Straßenrand, und Misia bestellte zwei Pastis. »Ich dachte, wir können beide etwas Starkes gebrauchen. Seit dem Verbot von Absinth ist Pastis der einzige Aperitif, den man trinken kann, wenn man etwas zur Beruhigung braucht. Pastis ist zwar auch nicht erlaubt, aber nicht direkt verboten, deshalb wird er hier an Stammgäste ausgeschenkt. Wie war die Beerdigung?«

»Peinlich«, antwortete Gabrielle nach einigem Überlegen. Sie wusste nicht recht, wie viel sie preisgeben sollte. Schließlich entschied sie sich für die ungeschönte Wahrheit und berichtete Misia von der Verzweiflung Madame Grosjeans. »Monsieur tat so, als ginge ihn das alles nichts an«, schloss sie ihren Bericht, »und Amélie, die Tochter, schien sehr verletzt über die große Liebe der Mutter zu ihrem Bruder.«

Gedankenverloren füllte Misia ihren Pastis mit Wasser aus dem Krug auf, den der Kellner mit den halb gefüllten Gläsern gebracht hatte. »Was sollen die vielen Soldatenmütter tun?«, murmelte sie. »Stellen Sie sich vor, jede Frau, deren Junge stirbt, würde ein derartiges Theater veranstalten. Nicht auszudenken!«

»Ich glaube, Madame Grosjean trinkt mehr Alkohol, als ihr guttut ... *Santé!*« Gabrielle hob ihr Glas, nahm einen Schluck von dem verdünnten Anislikör und dachte, dass sie lieber ein Glas Champagner gewählt hätte. Dann zündete sie sich eine Zigarette an.

»Aber Sie sind natürlich nicht hier, um mit mir über Madame Grosjean zu sprechen. Ich bin Ihnen unseren Bericht über Pablo Picasso schuldig.«

»Bitte.«

»Um es kurz zu machen: Er ist ebenso verschwunden wie Irène Lagut.«

Das war nun eigentlich keine Neuigkeit. Mit hochgezogenen Augenbrauen sah Gabrielle ihre Freundin an und schwieg erwartungsvoll, ob Misia noch Aufregenderes zu berichten hatte.

»Guillaume Apollinaire kann sich nicht erklären, wohin Picasso gereist sein könnte«, sagte Misia nach einer Gedankenpause. »Das behauptet er jedenfalls. Aber ich glaube ihm, denn der Kunsthändler Paul Rosenberg meinte, dass er gerade in Verhandlungen über den Verkauf eines Bildes stehe. Er kann sich deshalb nicht vorstellen, dass Picasso ohne ein Wort einfach wegfährt.«

»Geld besitzt immer eine Anziehungskraft«, meinte Gabrielle verständnisvoll. »Vor dem reist niemand ab.«

Misia zuckte mit den Achseln und fuhr fort: »Paul Rosenberg hatte übrigens angenommen, Picasso hielte sich in Montrouge auf. Er war sehr überrascht, als ich ihm sagte, dass das nicht der Fall ist.«

»Haben wir etwas übersehen, als wir dort waren? Vielleicht war Picasso ja nur zum Einkaufen unterwegs.«

»Nein, das glaube ich nicht. Nein. Sie wissen es doch selbst, Coco: Das Haus wirkte vollkommen verlassen. Es war regelrecht verrammelt. Wenn er dort gewesen wäre, dann hätte er sich eingesperrt und keinen Laut von sich gegeben, wie um etwas zu verbergen. Warum sollte Picasso das tun?«

»Um Irène Lagut zu verstecken«, schlug Gabrielle vor.

»Er braucht keine Frau zu entführen, mit der er zusammen sein will. Picasso kann sehr charmant sein, wissen Sie. Also, ich glaube an eine doppelte Entführung.«

»Wer aber sollte Picasso entführen?«, gab Gabrielle zurück.

»Leider gibt es da wohl viele Möglichkeiten. Jojo sagt, Picasso umgibt sich manchmal mit zwielichtigen Personen und schafft sich durch seine kompromisslose Art Feinde.«

Nachdenklich blickte Gabrielle auf die schmelzenden Eiswürfel in ihrem Pastis. Sie dachte an die zerbrochenen Gläser bei Cécile Sorel und an Picassos Faible für die Arbeiterbewegung, das nicht dazu geführt hatte, dass er dem Dienstmädchen half. »Ich glaube, ich möchte noch einmal nach Montrouge fahren. Wenn der Kunsthändler Picasso dort vermutet, müssen wir noch einmal vor Ort nachschauen.«

»Ach, Coco, meinen Sie nicht, dass die Sache nun zu heikel wird? Ich denke, wir sollten Hélène Oettingen raten, sich an die Polizei zu wenden.«

»Die Polizei findet ja nicht einmal den Mörder von Monsieur Grosjean!«, schnappte Gabrielle.

»Ist das nicht etwas anderes?«

»Außerdem dürfte es äußerst unangenehm für Picasso werden, wenn er mit Irène Laguts Verschwinden tatsächlich etwas zu tun hat«, fuhr Gabrielle unbeirrt fort. »Der öffentliche Aufruhr wäre groß, falls das alles gegen ihren Willen geschieht. Und wenn er in irgendwelche kriminellen Dinge verstrickt sein sollte, wird es auch nicht besser.« Triumphierend sah sie ihre Freundin an.

Misia seufzte. »Es tut mir leid, aber ich kann Sie nicht begleiten«, antwortete sie. »Mein Dienst an der Front beginnt wieder. Ab morgen muss ich rausfahren.«

»Oh! Schade. Aber …«

»Arbeiten Sie auch für ein Lazarett?«

Gabrielle wurde bleich. Hatte Misia das nicht schon einmal wissen wollen? Egal. Tapfer antwortete sie mit möglichst fester Stimme: »Das ist nichts für mich.«

Misia nickte, zögerte, dann: »Soso.«

»Ich nehme den Zug nach Montrouge und hinterlasse Ihnen

eine Nachricht«, versprach Gabrielle rasch. Jetzt färbten sich ihre Wangen rot, sie spürte es an der aufsteigenden Hitze. Natürlich konnte das auch von der Aufregung rühren, die mit ihren Nachforschungen einherging. Doch noch nie war es ihr derart unangenehm gewesen, ihre mangelnde Fürsorge für die verwundeten Soldaten zuzugeben, wie in diesem Moment unter Misias forschendem Blick. Ihre Freundschaft war jedoch nicht so tief, ihr Vertrauen noch nicht so gefestigt, dass sie ihr den wahren Grund offenbaren konnte.

»Tun Sie das. Sobald ich zurück bin und es keine Neuigkeiten gibt, suchen wir gemeinsam weiter. Ja?«

Gabrielle dachte, wie erleichtert sie war, die neue Freundin nicht schon wieder verloren zu haben.

29

Als Gabrielle ihre Wohnungstür am Boulevard Malesherbes öffnete, wehte ihr der Duft eines Eau de Colognes entgegen. Unwillkürlich machte ihr Herz einen Satz. Sie hatte sich keine zwei Schritte bewegt, da erfüllten Klavierklänge die Räume, und jeder Ton war in Gabrielles Ohren eine Offenbarung. Das frische Aroma und die Musik bedeuteten, dass Boy zu ihr nach Hause gekommen war.

Sie flog mehr, als dass sie in den Salon lief. Dort fand sie Boy, angetan mit seinem seidenen Morgenmantel, am Piano vor. Er hob seinen Kopf über der Klaviatur, lächelte sie an und streckte die Hände nach ihr aus. Einen Moment später saß Gabrielle auf seinen Knien, schlang die Arme um seinen Hals und küsste ihn leidenschaftlich auf den Mund.

Boy schob sie sanft von sich. »Was für eine Begrüßung! So lange war ich doch gar nicht in Madrid.«

Unwillkürlich trat die Begegnung vor dem Maxim's vor ihr geistiges Auge. Ja, er war nicht bis heute auf Reisen gewesen, sondern schon länger zurück. Genau genommen war sein Aufenthalt in Madrid vielleicht noch kürzer gewesen, als sie annehmen mochte.

Allerdings wollte sie ihm nicht gleich nach seiner Heimkehr eine Szene machen.

»Für mich ist jede Minute ohne dich eine verlorene Minute«, sagte sie und stand auf. Sie trat an den Bücherschrank, nahm Feuerzeug und Zigaretten von einem der Regalborde und zündete zwei an. Mit dem ausgeblasenen Rauch gelang es ihr, die Erinnerung an die Maiglöckchen zu verscheuchen. Sie kehrte zurück zu ihm und reichte Boy eine der Zigaretten.

»Und um wen trauerst du?«, erkundigte er sich.

»Ach, heute war die Beerdigung von Monsieur Grosjean. Da wollte ich mich sehen lassen. Ich ziehe mich gleich um …«

»Nein, nein«, unterbrach er sie sanft. Er streckte die Hand aus und fasste nach ihrem Arm, »bleib noch ein bisschen hier. Ich habe gute Nachrichten und kann es kaum erwarten, dir davon zu erzählen.«

Da er sich nicht nach der Beisetzung erkundigte, musste es sich um eine Sensation handeln. Gabrielle lehnte sich gegen das Klavier und sah aufmerksam auf ihn hinab.

Boy spielte einen Tusch. »Ich habe eine Wohnung für uns gefunden. Sie befindet sich an der Avenue Gabriel nahe der Place de la Concorde und damit näher an der Rue Cambon als dieses Haus hier.«

»Eine Wohnung? Nur für uns beide?« Sie konnte nicht glauben, was sie hörte.

»Schon länger fällt es mir schwer, mich mit dem Gedanken zu arrangieren, der Gast von Étienne Balsan zu sein …«

»Er hat seine Besitzansprüche niemals geltend gemacht«, erinnerte sie und ärgerte sich im nächsten Moment, weil sie sich zur Verteidigung des alten Freundes und Förderers aufschwang und damit Boy kritisierte.

»Das weiß ich, Coco, aber da ich künftig mehr Zeit in Paris verbringen werde, wünsche ich mir ein eigenes Zuhause. Mit dir an meiner Seite. Und natürlich mit dem angemessenen Personal.« Boy strahlte sie durch den Rauch seiner Zigarette an.

Sie hatte noch nie ein *eigenes Zuhause* besessen. Die Hütte, in der sie ihre frühe Kindheit verbracht hatte, war zu eng für eine Familie mit fünf Kindern gewesen. Später hatte sie als Klosterschülerin kaum einen eigenen Spind besessen, und danach war sie glücklich gewesen, wenn sie allein in einem Bett schlafen konnte. Erst durch die Bekanntschaft mit Étienne Balsan hatten sich ihre Wohnverhältnisse deutlich verbessert. Und nun versprach ihr Boy ein eigenes Zuhause an der Avenue Gabriel. An seiner Seite. War das das Vorspiel zu einem Heiratsantrag? Vor lauter Hoffnung vergaß Gabrielle fast den Hinweis auf seine neue Terminplanung. Mit zitternder Stimme fragte sie: »Was heißt, dass du künftig mehr Zeit in Paris verbringen wirst?«

»Ich muss nicht mehr an die Front. Meine Aufgaben sind eher politischer und organisatorischer Natur. Deshalb werde ich noch häufiger zwischen London und Paris pendeln, wobei ich wohl mehr im Élysée-Palast zu tun haben werde, also um die Ecke von unserer neuen Wohnung. Meine Gespräche in Madrid waren, was das anbelangt, äußerst erfolgreich.«

»Das ist wundervoll, Liebster.«

»Ja. Allerdings.« Boy stand auf, um seine Zigarette in dem Aschenbecher auf dem Couchtisch auszudrücken. Als er sich aufrichtete, betrachtete er sie eingehend. Dann: »Hat die Polizei den Mörder von Monsieur Grosjean gefasst?«

»Nein. Leider noch nicht. Kommissar Hollande tappt wohl noch im Dunkeln.«

»Ich habe darüber nachgedacht, Coco.« Er trat neben sie und legte den Arm um ihre Taille. »Es besteht wohl keine Gefahr für mein Leben. Ich bin zuversichtlich, dass die deutschen Spione es nicht auf mich abgesehen haben. Auch das ist ein Ergebnis meiner Reise nach Madrid.«

»Noch etwas, das mich sehr glücklich macht«, antwortete sie lächelnd. Sie hielt ihre glühende Kippe mit spitzen Fingern, damit sie sich nicht von ihm lösen musste, um zu dem Aschenbecher zu gehen.

»Hast du eigentlich herausgefunden, wer diese merkwürdige Engländerin war, die sich so verdächtig in deiner Boutique benahm?«

Die Frage irritierte sie. Es wunderte sie, dass er sich jetzt an ihren Bericht über den seltsamen Besuch erinnerte und sich danach erkundigte. Sie wandte sich nun doch ab. Als sie ihm dem Rücken zukehrte und zum Couchtisch schritt, sagte sie: »Es handelt sich um eine Lady Sutherland ...«

»Oh!« Offenbar war er beeindruckt. Dann lachte er: »Na, siehst du, auch von dieser Seite droht keine Gefahr. Die Herzogin ist eine der vornehmsten Damen Englands und ganz gewiss nicht in einen Mordfall verwickelt.«

Sie richtete sich wieder auf, sah ihn an. Er lehnte am Klavier, und sie dachte, dass er der schönste Mann war, den sie je gesehen hatte. »Wer ist Mrs. Wyndham?«, fragte sie.

»Das ist eine der Schwestern, die Lady Sutherland im britischen Lazarett in Calais unter ihre Fittiche genommen hat«, erwiderte er fast ein wenig zu rasch. »Auch sie gehört zu den nobelsten Kreisen. Mrs. Wyndham ist eine Tochter von Lord Ribblesdale, dem liberalen Minister, und verwitwet, Mr. Wyndham fiel bereits im ersten Kriegsjahr. Er war ein Halbbruder von Hugh Grosvenor, dem Herzog von Westminster, dem ...«

»Du brauchst mir nicht alle Einträge des britischen Adelskalenders aufzuzählen«, unterbrach sie ihn.

»... dem reichsten Mann Englands«, vollendete Boy seine Beschreibung. »War Mrs. Wyndham auch bei dir in der Boutique?«

»Ja. Mit Lady Sutherland. Und beide haben nichts gekauft.« Sie behielt für sich, dass sich die Damen höchst ungewöhnlich benommen hatten. Im Grunde erschien es ihr aber nicht mehr wichtig. Hatte sich nicht eben aufgeklärt, dass es sich um Vertreterinnen der britischen Oberschicht handelte, mit denen Boy wahrscheinlich nichts anderes als eine höfliche Fürsorge verband? Vielleicht hatten sie sich ja nur ansehen wollen, wer die Frau war, die Arthur Capels Herz erobert hatte. Gabrielle beschloss, sich keine Sorgen mehr zu machen, auch wenn ihre Beobachtung vor dem Maxim's wie ein Stachel in ihrem Herzen steckte. Ein kleiner Stachel, dachte sie. Nur ein ganz kleiner.

Sie küsste Boy auf die Wange. »Ich gehe mich umziehen, und dann schaue ich, was ich dir heute kredenzen kann ...«

Er schlang seine Arme um sie. »O ja, Coco, da wüsste ich eine ganze Menge ...«

An diesem Abend wechselte sie ihre Garderobe nicht mehr. Sie zog sich nur aus ...

Später in der Nacht fiel Gabrielle ein, dass Boy den Heiratsantrag nicht vervollständigt hatte. Er hatte ihr in den vergangenen Stunden gezeigt, dass er sie liebte, gesagt hatte er nichts. Aber das war nicht wichtig. Ihre Zeit begann ja erst. Demnächst in ihrem gemeinsamen Zuhause. Mit der neuen Adresse auf den Lippen schlief sie selig ein: Avenue Gabriel ...

30

»Madame Aubert, ich mache jetzt einen Besuch und weiß nicht, wann ich zurück sein werde«, rief Gabrielle, den Blick auf den Papierkram auf ihrem Sekretär gerichtet. Bestellungen, Lieferscheine und Rechnungen warteten darauf, durchgesehen zu werden. Doch dafür hatte sie heute keine Zeit. Es ärgerte sie, dass sie Misia gesagt hatte, sie würde noch einmal nach Montrouge fahren, denn das passte ihr gerade gar nicht. Boy war wieder da, und sie wollte jede freie Minute mit ihm verbringen, außerdem hatte sie in den letzten Wochen ihr Atelier sehr oft vernachlässigt. Sie sollte hierbleiben und arbeiten, statt die Detektivin zu spielen. Aber Vorsätze waren dazu da, gebrochen zu werden. Vor allem, wenn es sich dabei um ein Versprechen handelte. Misia und Hélène warteten auf gute Nachrichten von Irène, und im Grunde wollte sie selbst gerne wissen, was mit dem kleinen spanischen Maler eigentlich los war.

»Wenn Sie sich noch einen Moment gedulden wollten«, sagte Madame Aubert von der Tür zu Gabrielles Büro. »Kommissar Hollande wartet in der Boutique auf Sie.«

»O mein Gott ... wenn ihn die Kundinnen sehen – der Mann verdirbt mir das Geschäft ...« Bei seinem letzten Besuch im

Atelier hatte er peinliche Chansons gesungen, das vergaß sie ihm nicht. »Schicken Sie ihn herein, Madame Aubert.«

Gabrielle suchte in ihrer Handtasche nach dem Zigarettenetui, das sie bereits eingesteckt hatte. Als sie es fand, ließ sie die Tür aus den Augen und nahm eine Zigarette heraus. Einen Moment später glomm die Gasflamme eines Feuerzeugs vor ihr auf. Sie steckte das Mundstück zwischen die Lippen und beugte sich vor, um sich Feuer geben zu lassen.

»Danke, *Monsieur le Commissaire.*«

»Es gelingt mir nicht immer so gut, zum richtigen Zeitpunkt am richtigen Ort mit dem richtigen Handwerkszeug zu sein«, antwortete Hollande lächelnd. »So sind die Dinge des Lebens.«

Hoffentlich kommt Hollande bald zur Sache, dachte sie und stellte sachlich fest: »Deshalb sind Sie aber nicht gekommen.«

Sein Lächeln wurde breiter. »Nein, nein. Natürlich nicht. Ich bringe Ihnen vielmehr etwas, das offenbar Ihnen gehört.« Er griff in seine Jackentasche und zog ein Kuvert heraus, das er vor Gabrielle auf den Tisch legte. »In diesem Umschlag befindet sich ein Scheck, der auf Ihr Unternehmen ausgestellt wurde.«

Gabrielle klemmte die Zigarette zwischen die Lippen und griff nach seinem Mitbringsel. Verblüfft zog sie einen Scheck aus der nichtssagenden braunen Hülle aus Papier. Es war die Zahlungsanweisung von Madame Savigny, die mit dem Geld aus ihrer Kasse verschwunden war. Bedächtig legte sie den Scheck auf den Erledigungsstapel auf ihrem Schreibtisch. Dann nahm sie die Zigarette und drückte sie im Aschenbecher aus. »Woher haben Sie das?«, wollte sie wissen.

»Es dauerte leider etwas, bis wir alle Auskünfte von der zuständigen Bank erhalten hatten und das Zahlungsmittel zuordnen konnten. Ich hoffe, dass Sie mir etwas schneller erklären können, wieso sich ein Scheck, der für Sie bestimmt ist, in der Brieftasche unseres Mordopfers befand.«

Ihr Kinn klappte herunter. Sie starrte Hollande mit offenem Mund an.

»Nun, Mademoiselle Chanel, welche Beziehung hatten Sie zu Monsieur Grosjean? Wann und warum gaben Sie ihm diesen auf einen recht hohen Betrag ausgestellten Scheck?«

»Ich habe doch nicht …«, hob sie an, unterbrach sich und kam sich wie eine Kaulquappe vor, weil sie ihren Mund andauernd öffnete und wieder schloss. Letztlich war sie sprachlos. Das Fundstück trieb sie um. Und die Unterstellungen, die in Hollandes Fragen mitschwangen, brachten ihr Blut in Wallung. Sie biss sich auf die Lippe, um nicht die blinde Wut hinauszuschreien, die sie gerade fühlte.

»Nun, Mademoiselle Chanel? Ich warte auf Ihre Erklärung.«

Sie suchte in ihrem Hirn nach einer plausiblen Antwort, aber sie fand keine. Wohl wissend, dass die Wahrheit in diesem Moment am unglaubwürdigsten war, erwiderte sie stockend: »Bei mir … wurde … der Scheck … er wurde gestohlen …«

»Haben Sie von den Einbrüchen gehört, die in den vergangenen Wochen vor allem in Künstlerkreisen für Aufsehen sorgten?«, fragte Hollande.

Gabrielles Lider flatterten. Warum sollte sie abstreiten, von den Einbrüchen zu wissen? Was hatte das mit dem Griff in ihre Schatulle zu tun?

»Ich kann Ihnen versichern, dass die Täter nichts mit Monsieur Grosjean zu tun hatten«, unterbrach Hollande ihre verzweifelten Gedanken. »Eine Agentur, die Personal an wohlhabende

Gastgeber vermittelt, spionierte die Adressen aus. Wir haben die Leiterin verhaftet.«

»Gut«, murmelte Gabrielle, aber natürlich war nichts *gut*. Flüchtig kam ihr die eifrige Kellnerin in den Sinn, die bei Cécile Sorel bedient hatte. An diesem Abend war von Picassos »Schloss« in Montrouge die Rede gewesen. Wahrscheinlich hatte die junge Frau die Besitztümer des Malers falsch eingeschätzt. Und über die Wohnung von Hélène Oettingen und Serge Férat war sie wo auch immer informiert worden. Du schweifst ab, warnte sie eine innere Stimme.

Sie holte tief Luft. »Hören Sie: Der Scheck wurde aus meiner Kasse gestohlen. Mit einer Menge Bargeld. Das ist die Geschichte.«

»Haben Sie den Diebstahl zur Anzeige gebracht?«

»Nein. Ich bin auf meinen Ruf bedacht und war daher der Meinung, es wäre besser, die Angelegenheit für mich zu behalten.«

»Sehen Sie, Mademoiselle Chanel, ich glaube Ihnen kein Wort.«

Gabrielle konnte es Hollande nicht verdenken. Selbst in ihren eigenen Ohren klang unglaubwürdig, was sie vorbrachte.

»Also, noch einmal von vorn«, schnaubte Hollande: »Wie gut kannten Sie André Grosjean?«

»Ich hatte Ihnen bereits gesagt, dass ich Monsieur Grosjean ein Mal begegnet bin, als er seine Mutter von einer Anprobe abholte.«

Kommissar Hollande lachte grimmig auf. »Wie kommt ein Scheck für Chanel Modes in Monsieur Grosjeans Brieftasche, wenn Sie ihn doch nur flüchtig kannten?«

»Ich weiß es nicht«, sagte sie leise.

»Die einzige Erklärung ist, dass Sie ihm den Scheck gegeben haben«, blaffte Hollande.

»Nein. Das habe ich nicht. Der Scheck wurde aus meiner Kasse gestohlen, und ich habe keine Ahnung, wie er in Monsieur Grosjeans Portemonnaie kam.«

Kommissar Hollande schwieg. Er stand in ihrem Büro, den unvermeidlichen Regenmantel um die Schultern, und wirkte trotzig, ein bisschen höhnisch und vor allem sehr wütend. Plötzlich herrschte er sie an: »Warum sollte ich Ihnen glauben, Mademoiselle Chanel? Sie haben mich über Ihre Vergangenheit angelogen, obwohl ich mir absolut sicher bin, Sie in Moulins gesehen zu haben. Woher soll ich wissen, welche Lügen Sie mir jetzt auftischen?«

Ko-ko-ri-ko.

Gabrielle schluckte ihren Aufschrei hinunter. Langsam wurde ihr klar, dass sie sich in eine fatale Situation manövriert hatte.

Prompt sagte Hollande: »Ihnen ist hoffentlich bewusst, dass ich Sie nun zu dem Kreis der Verdächtigen zähle. Das macht mir keine Freude, wenn ich diese persönliche Anmerkung machen darf ...«

»Aber ich habe nichts getan ...«

»Ich komme wieder, Mademoiselle Chanel«, unterbrach er sie barsch, »und ich rate Ihnen, mir dann die Wahrheit zu erzählen. Sollten Sie es vorziehen, mir weiterhin Märchen aufzutischen, werde ich Sie von Sergent Salois abholen und zur Préfecture bringen lassen. Haben Sie mich verstanden?«

Ergeben nickte sie. Die Vorstellung, von einem Polizisten in Uniform abgeführt zu werden, jagte ihr den größten Schrecken ein.

Wie konnte sie dem Kommissar nur vermitteln, dass sich die Angelegenheit so zugetragen hatte, wie sie behauptete? Denk nach, rief ihr die innere Stimme zu. Du musst nachdenken!

»Guten Tag, Mademoiselle Chanel, bis bald.« Kommissar Hollande verneigte sich leicht, machte dann auf dem Absatz kehrt. Mitten in der Bewegung schien er es sich anders zu überlegen. Er drehte sich noch einmal und machte zwei Schritte auf Gabrielle zu.

Unwillkürlich wich sie zurück.

Mit einem höhnischen Grinsen nahm er den Scheck von ihrem Sekretär. »Das ist ein Beweisstück«, verkündete er. »Das nehme ich mit.«

Scheren Sie sich zum Teufel, fuhr es Gabrielle durch den Kopf.

31

Die Panikattacke überfiel sie, nachdem Kommissar Hollande gegangen war. Sie spürte, wie das Blut aus ihrem Kopf wich und einen Moment später von einer Hitzewallung abgelöst wurde. Ihr Herzschlag beschleunigte sich, ihr Atem ging unregelmäßig, es fiel ihr schwer, ausreichend Luft in ihre Lungen zu pumpen. Das Büro schien sich um sie zu drehen, sie schwankte, und sie musste sich an ihrem Sekretär festhalten, um nicht dem Wunsch ihres Körpers nachzugeben und zusammenzubrechen.

Alles, was sie sich aufgebaut hatte, schien mit einem Mal bedroht. Boy hatte ihr Bildung beigebracht und das Benehmen einer Dame vermittelt, er hatte ihr Talent gefördert und die finanzielle Grundlage dafür geschaffen, dass sie tun konnte, was ihr Spaß bereitete. Das Bestmögliche hatte sie jedoch selbst aus alledem gemacht. Chanel Modes war ihre Idee, sie arbeitete, wenn es sein musste, rund um die Uhr für den Hutsalon. Dass sich dieser in eine Modeboutique zu verwandeln begann, war ganz allein ihr Verdienst – und Ergebnis ihrer Disziplin. Die Vorstellung, dass ihr jemand die mühsam errungene Reputation nehmen könnte, fühlte sich für Gabrielle an wie der Todesstoß in einer der

Tragödien dieses William Shakespeare, aus denen Boy ihr vorgelesen hatte. Schlimm war natürlich, dass ihr möglicher Untergang auf einer falschen Annahme beruhte. Oder *Prämisse*, wie Boy es nennen würde ...

Ihr fiel nur keine Lösung ein, wie sie Kommissar Hollande von der Wahrheit überzeugen könnte.

Denk nach!, forderte ihre innere Stimme wieder.

Stattdessen wanderte ihr Blick durch die Glastrennwand in das Atelier. Ihre Näherinnen waren bei der Arbeit, zwei von ihnen unterhielten sich und kicherten albern. Unter anderen Umständen wäre sie zu ihnen gegangen, um zu fragen, was denn so lustig sei. Heute wollte sie nicht mitlachen – und die Mädchen tadeln wollte sie auch nicht. Gabrielle sah zu Magali, die konzentriert die Nähmaschine bediente und stiller wirkte als sonst. Kein Wunder, ihr Geliebter war gestern beerdigt worden. André Grosjean, der einen Scheck bei sich trug, der Gabrielle ruinieren könnte.

Ihr erster Impuls war, Magali sofort zu sich zu rufen und zur Rede zu stellen. Dann wurde ihr jedoch klar, dass sie lediglich Staub aufwirbelte, wenn sie Magali vor den Augen aller Kolleginnen befragte. Nicht nur, dass Magali die Affäre womöglich weiterhin mit Diskretion behandeln wollte – wenn sie nichts von dem Scheck wusste ... oder vorgab, nichts zu wissen, wäre ihre Unterhaltung reine Zeitverschwendung.

Denk nach!

Gabrielle fühlte sich nicht in der Lage, einen vernünftigen Gedanken zu fassen. Ihr dämmerte jedoch, dass Spontaneität ein ebenso falscher Ratgeber war wie Panik.

Ja, sie musste dringend nachdenken, was zu tun war. Dafür brauchte sie aber Ruhe. Und vielleicht auch Ablenkung. Manchmal half das. Ob die Fahrt in einem Vorortzug genügte, um die Lage mit ein wenig Abstand zu beurteilen? Schaden konnte der Versuch gewiss nicht. Schlimmstenfalls änderte es nichts, wenn sie jetzt erst einmal tat, was sie sich für heute vorgenommen hatte. Das war allemal besser, als sich wie eine Löwin im Käfig zu fühlen.

Zu ihrer eigenen Überraschung spürte Gabrielle, wie sich ihr Herzschlag und ihre Atmung beruhigten. Erleichtert griff sie nach ihrer Handtasche. »Madame Aubert«, rief sie durch die Tür, die Kommissar Hollande hatte offen stehen lassen, »ich gehe jetzt ...« Sie nahm den Hinterausgang.

Auf den Straßen herrschte viel Betrieb. Wahrscheinlich strömten die Männer und Frauen wieder zu einer der Demonstrationen, die sich in diesen Tagen zu häufen schienen. Meistens ging es bei den Protesten um die gestiegenen Preise für Lebensmittel und Kohle, manchmal aber auch nur um Politik, wenn die Kommunisten eine Revolution forderten und dafür von der Polizei verhaftet und eingesperrt wurden. Gabrielle interessierte sich weder für das eine noch für das andere.

Die Metro zum Gare de l'Ouest im Viertel Montparnasse war überfüllt. Am Bahnhof angekommen, erfuhr sie, dass es gar keinen Vorortzug nach Montrouge gab, sondern nur eine Tramlinie. In der Straßenbahn saß sie dann eingezwängt zwischen zwei Frauen, die eine hatte ein kleines Kind auf ihrem Schoß, die andere einen leeren Korb. Über sie hinweg unterhielten sich die beiden über die furchtbaren Zerstörungen und hohen Verluste durch den Krieg. Obwohl sich Gabrielle bemühte, nicht zuzuhören, gelang es ihr nicht, abzuschalten. Sie dachte zwar nicht andauernd an den Scheck, an André Grosjean und Kommissar Hollande, weil sie aufpassen musste, dass das Kind neben ihr nicht auf ihre

Garderobe spuckte, aber das brachte sie auch nicht weiter. An der Haltestelle vor dem imposanten Rathaus von Montrouge stieg Gabrielle aus.

Tief durchatmen, setzte sie sich auf eine Bank am Rande der Grünfläche. Eine Weile lang sah sie den Tauben zu, die gurrend im Sand des unbefestigten Bürgersteigs pickten. In ihrem Blickfeld marschierte eine Kompanie junger Rekruten vorbei und verschwand hinter der nächsten Häuserecke. Vor dem *Tabac* gegenüber stand eine Gruppe alter Männer, offensichtlich nicht besonders begütert, rauchend und wild gestikulierend in eine Diskussion verwickelt. Das war das typische Bild des einfachen Dorflebens, das sie so entschlossen hinter sich gelassen hatte und dem sie nicht nachtrauerte. Aber die Luft war besser als in der Stadt, stellte sie fest. Immerhin.

Sie lehnte sich bequem gegen die Rückwand der Bank, streckte die Beine aus und entspannte sich. Trotz der nicht gerade idyllischen Umgebung kehrte eine gewisse innere Ruhe zu ihr zurück. Zum ersten Mal wurde ihr bewusst, dass sie Zeit hatte. Es spielte keine Rolle, ob sie jetzt gleich, in einer halben oder in einer Stunde bei Picasso nach dem Rechten sah. Die Villa würde entweder so verlassen sein wie zuvor bei ihrem Besuch mit Misia und Sert – oder es war jemand da, dann träfe sie diese Person auch später noch an. Ihr Kommen würde nichts beeinflussen. Deshalb durfte sie den Augenblick nutzen, um sich zu sammeln.

Gabrielle gewann nicht nur ihre Fassung wieder. Sie begann, das, was sie bisher wusste, in ihrem Gehirn zu sortieren. Die Einbrüche bei Picasso und Férat konnte sie vergessen, die hatte die Polizei anscheinend aufgeklärt. Über Irène Lagut würde sie sich Gedanken machen, wenn sie vor Picassos Haus stand. Jetzt sollte sie die Puzzleteile zusammensetzen, die sie in dem Mordfall André Grosjean besaß.

Da war ein junger, sehr reicher Mann, der sich anscheinend in eine hübsche Näherin verliebt hatte, die als Modell für Picasso arbeitete. Er wollte selbst gerne malen, musste aber in dem Unternehmen seines Vaters arbeiten. Um sein ausschweifendes Leben unter dem Deckmantel der Bürgerlichkeit weiterführen zu können, verlobte er sich mit einer Erbin. Bis hierhin war alles klar. Jetzt begannen die Fragen: Was hatte er nachts im Hinterhof von 21, Rue Cambon zu suchen? Warum trug er einen Scheck bei sich, der Gabrielle tags zuvor aus der Kasse gestohlen worden war? Sie seufzte. Sie hatte so oft über den Griff in ihre Schatulle nachgedacht, war jeden Schritt dorthin im Geiste abgegangen, dass es ihr unmöglich erschien, einen Dieb – oder eine Diebin – auszumachen.

Plötzlich fiel ihr ein, dass Magali an dem Morgen für reichlich Aufregung gesorgt hatte, als sie die Fehlzündung von Boys Automobil mit einem Angriff der Deutschen verwechselte. Es war die einzige Unruhe in der Boutique gewesen – bis zum Auffinden der leeren Kassette. Konnte es sein, dass Magali dieses Spektakel veranstaltet hatte, um von sich abzulenken? Aber warum gab sie ihr Diebesgut dem Geliebten? Das ist die am einfachsten zu beantwortende Frage, dachte Gabrielle: Söhne aus seinen Kreisen hatten oft Spiel- oder Wettschulden. Magali hoffte sicher, ihn an sich zu binden, wenn sie seine Schulden bezahlte.

Sie hatte ihren Verdacht die ganze Zeit ignoriert, aber es sprach alles für Magali. Selbst der Ort seines Todes. Magali hatte sich mit Monsieur Grosjean an ihrem Arbeitsplatz verabredet, und es war zum Streit gekommen. Die Summe, auf die der Scheck ausgestellt war, reichte nicht. Oder er machte ihr deutlich, dass er trotz ihrer Bemühungen nicht davon absah, Laure Fontaine zu heiraten. Vielleicht war er auch eifersüchtig auf Picasso. Es gab viele Gründe, die für Magali sprachen ...

Picasso!

Es war ein alarmierender Gedanke. War es nicht möglich, dass Magali den Zahlungsavis zwar entwendet und Monsieur Grosjean gegeben hatte, dieser sie damit aber von ihrer Verpflichtung als Modell freikaufen sollte? Gabrielle hatte keine Ahnung, wie die Geschäfte zwischen Malern und ihren Modellen liefen, aber so konnte es immerhin gewesen sein. André konnte sich mit Picasso verabredet haben, und es war zum Streit über die junge Frau mit dem fatalen Ende gekommen. Das mochte ein wenig weit hergeholt sein, aber Misia und Sert hatten schließlich erzählt, dass Picasso durch den Tod seiner Lebensgefährtin völlig aus der Bahn geworfen worden war. Gabrielle hatte selbst gesehen, wie entrückt er eine Frau fixierte, die ihm gefiel. Was, wenn er sich nicht auszahlen lassen wollte, um Magali freizugeben? Er ermordet einen Mann und entführt eine Frau, überlegte Gabrielle. Und weil das alles so schrecklich ist, verschwindet er. Vielleicht lief er vor der Polizei davon, vielleicht wollte er nach seinen Taten sich selbst töten ...

»Es wird Zeit«, murmelte sie und richtete sich auf. Es wurde Zeit, dass sie sich mit Pablo Picasso befasste.

32

Die Villa an der Rue Victor Hugo wirkte so verlassen wie bei ihrem ersten Besuch. Zehn Minuten Fußweg hatte Gabrielle bis hierhin hinter sich gebracht, sie hatte die Männer vor dem *Tabac* nach dem Weg gefragt und war dann geradeaus an kleinen Läden vorbei bis zu einem Platz gelaufen, an dem ein Clochard irgendetwas aus einem Mülleimer zog. Dort war sie links abgebogen. Der Straßenstaub kroch durch ihre Kleidung, sie fühlte sich unwohl, schmutzig und in ihrem Kostüm absolut deplatziert, aber sie kam ohne jeden Umweg vor dem grauen Kasten an, der Picasso gehörte.

Sie ging an dem Zaun des Eckgrundstücks entlang. Durch die Hecke konnte sie nicht in den Garten sehen. Die Spatzen pfiffen ein Lied und stoben in alle Himmelsrichtungen auf, als Gabrielle die Hände ausstreckte, durch das Gitter griff und an einem Zweig rüttelte. Mehr passierte jedoch nicht.

Das Tor war mit einer Kette gesichert. War das neulich auch schon der Fall gewesen? Es war abgeschlossen gewesen, ja, aber war es auch auf diese Weise versperrt? Gabrielle konnte sich nicht daran erinnern. Sie ärgerte sich, weil sie dieses Detail vergessen hatte. Aber dann fand sie den Hoffnungsschimmer: Die neue Sicherung bedeutete, dass in der Zwischenzeit jemand hier gewesen war – und womöglich noch immer hier weilte.

»Hallo?!«, rief sie in den Garten hinein. Und noch einmal: »Hallo?«

Keine Antwort. Natürlich nicht.

Sie ging noch einmal den Rand des Grundstücks ab. Sie suchte eine Hintertür, die man vielleicht weniger sorgfältig verschlossen hatte als das große Tor. Doch gab es die hier nicht. Es war kein Durchlass zu finden. Hecke und Zaun schützten Haus und Garten vor Eindringlingen. Oder bereits vor neugierigen Blicken, sinnierte sie. Ihr erschien es unfassbar, wie sich manche Leute abschirmten. Warum versteckte sich Picasso hinter einem solchen Sichtschutz? Was hatte er zu verbergen? Entnervt lief sie ein weiteres Mal alles ab, um am Ende wieder vor dem Tor zu stehen.

Es war natürlich nicht sicher, dass Picasso etwas mit dem Mord an Monsieur Grosjean zu tun hatte. Sie besaß keinen Beweis, dass er Irène Lagut entführt hatte. Und doch war er der einzige Fixpunkt in diesen Fällen, seine Person stand mit allem in irgendeiner Verbindung. Sie konnte die eigene Haut nur retten, indem sie herausfand, wie der Scheck in die Brieftasche des Mordopfers gekommen war. Und Picasso konnte ihr wahrscheinlich genau das sagen.

Gabrielle spähte auf die graue Fassade mit den hohen Fenstern, vor denen die Läden zugeklappt waren. Alles wirkte unendlich verlassen, fast traurig.

Der Zaun war in eine Mauer betoniert. Entschlossen umfasste Gabrielle zwei schmiedeeiserne Verstrebungen und zog sich hoch. Sie dankte dem Himmel für die weiten Röcke, die sie eingeführt hatte, und dafür, dass ihre Mode keiner Korsetts bedurfte. Ihre Garderobe verschaffte ihr den Freiraum, den sie benötigte, um über den Zaun zu klettern. Wenn sie die spitzen Verstrebungen am oberen Ende überwand. Und die Hecke. Wie sollte sie das Grünzeug bewältigen? Dann falle ich eben in ein Vogelnest, dachte sie zuversichtlich, das kann ja nicht so schlimm sein.

An dem Gitter hängend wie ein Eichhörnchen an einem Baumstamm, versuchte sie, sich hochzuziehen. Ihre Arme waren nicht so kräftig wie erhofft, mit den Beinen strampelte sie in der Luft.

In diesem Moment erklang ein Geräusch. Ein sanftes Klappern nur, aber es kam eindeutig vom Haus her.

In ihrer Position konnte Gabrielle nicht auf die Fassade sehen. Das Geäst der Hecke versperrte ihr den Blick.

Sie wusste nicht, ob sich ein Fensterladen oder die Haustür bewegt hatte. War sie entdeckt worden? Hatte sie jemand beobachtet? Wollte dieser Jemand verhindern, dass sie die Umfassung des Grundstücks überwand? Wenn es ihr denn gelingen wollte.

Unwillkürlich ließ sie los.

Im nächsten Moment landete sie ziemlich unsanft auf ihrem Allerwertesten im Straßenstaub. Genau so hatte es sich angefühlt, als sie damals auf dem Anwesen von Étienne Balsan vom Pferd gefallen war. Sie hatte sich selbst das Reiten beizubringen versucht, um ihn und seine Freunde zu beeindrucken, vor allem einen gewissen Polospieler aus England. Und wie damals rappelte sie sich auf, um hoch erhobenen Hauptes einen neuen Versuch zu unternehmen. Aber ihr Steißbein tat trotzdem ziemlich weh. Sie machte zwei Schritte, um festzustellen, ob ihre Hüften und Beine noch funktionierten. Es klappte tadellos.

Im Erdgeschoss bewegte sich ein Fensterladen.

Gabrielle ging zum Eingangstor, um von dort auf das Haus zu blicken. »Hallo?!«, rief sie wieder.

Der Laden glitt auf. Dahinter erstreckte sich die dunkle Höhle eines geöffneten Fensterflügels.

Dann tauchte ein schlankes Bein auf, das sich über den Sims schwang.

Fasziniert beobachtete Gabrielle, wie ein Rumpf auftauchte, Arme, ein Kopf und dann das zweite Bein. Angetan mit dem derben Rock einer Arbeiterin und einer weißen Bluse, die schon bessere Zeiten erlebt hatte, stieg eine junge Frau aus dem Fenster.

Irène Lagut.

Gabrielle hatte sie nur ein Mal gesehen, aber ein Irrtum war ausgeschlossen.

Die junge Frau sprang in den Garten, sah sich kurz um und hastete dann zu dem Eingangstor, hinter dem Gabrielle wartete. Erst zwei Meter davor bemerkte Irène sie – und blieb wie angewurzelt stehen.

»Kommen Sie«, rief Gabrielle ihr zu. »Schnell. Ich helfe Ihnen.«
»Wer sind Sie?«
»Jemand, der Ihnen helfen möchte, nach Paris zurückzukommen.«

Stirnrunzelnd trat Irène näher. Ihre Augen wanderten von Gabrielle zu der Kette, die das Tor sicherte. »Haben Sie eine Zange bei sich?«

»Nein. Tut mir leid.« Im Lieferwagen von Paul Poiret war gewiss ein Kasten mit dem nötigsten Handwerkszeug gewesen.

»Und ich habe gedacht …« Was sie genau gedacht hatte, ging in Irènes tiefem Seufzen unter. Verzweifelt sah sie durch die

Gitterstäbe. Dann leuchteten ihre Augen auf: »Sie sind Coco Chanel – oder nicht?«

»Ich soll Sie im Auftrag von Madame Oettingen holen.«

»Das sieht Hélène ähnlich.« Irène lachte bitter. »Sie schickt eine Putzmacherin, um mich aus den Klauen dieses Entführers zu befreien. Konnte sie sich niemanden aussuchen, dessen Beruf hilfreicher ist?«

Gabrielle überhörte die Beleidigung. Sie blickte zu dem offenen Fenster. Dahinter war es so ruhig wie zuvor. »Wo ist Picasso?«

»Er ist mit Apollinaire fortgefahren.«

»Ach?«, staunte Gabrielle. »Guillaume Apollinaire wusste, wo Sie sich befinden?«

»Ja. Natürlich. Er ist ganz dick mit Picasso.« Zum besseren Verständnis verwob Irène ihre Finger miteinander.

»Hm«, machte Gabrielle nur. Offenbar gab es auch in diesen Kreisen nicht nur vertrauenswürdige Personen. Arme Misia. Sie wäre gewiss untröstlich, wenn sie erfuhr, dass Apollinaire sie und Sert angelogen hatte.

»Also, was ist jetzt?«, drängte Irène auf ihrer Seite des Tors. »Haben Sie eine Idee, wie ich hier herauskomme?«

»Da wir das Tor nicht öffnen können, werden Sie herüberklettern müssen.«

»Sie sind wirklich sehr hilfreich«, gab Irène ungnädig zurück. »Ich bin keine Riesin und kann mich nicht einfach so aus dem Stand über das Gitter schwingen. Und ich sehe hier weit und breit nichts, worauf ich mich stellen könnte, um hinüberzukommen. Ach, Mist! Ich hasse Picasso!«

Gabrielle trat nah an das Tor heran und streckte ihre Arme an den schmiedeeisernen Stäben vorbei, dann verschränkte sie ihre

Hände ineinander, die Handflächen zeigten nach oben. »Kommen Sie, Irène, versuchen wir es gemeinsam. Wissen Sie, was eine Räuberleiter ist?«

»Als Dorfkind lernt man das.« Damit stellte Irène einen Fuß in Gabrielles Hände.

Für einen Moment befürchtete Gabrielle, ihr würden die Arme abgerissen. Sie hatte nicht damit gerechnet, ein so großes Gewicht aushalten zu müssen. In ihrer Kinderzeit waren ihr die Geschwister und Freunde nie so schwer erschienen. Irène war aber wenigstens so behände, dass es ihr gelang, durch die Stütze nach oben an die Querverstrebung des Tors zu greifen. Gabrielle lehnte sich gegen das Tor, und Irène benutzte ihre Schultern als weiteren Tritt. Gabrielle biss die Zähne zusammen, um nicht einzuknicken.

»Brillant!«, lobte Irène, als sie neben ihr auf den Füßen landete. »Ohne Ihre Hilfe hätte ich das nicht geschafft. Gehen wir.« Sie wandte sich in eine Richtung.

Gabrielle rieb ihre Hände aneinander. »Die andere Seite führt zur Haltestelle der Straßenbahn.«

Unwillkürlich hielt Irène in der Bewegung inne. »Meinen Sie nicht, dass Picasso genau dort auf mich wartet?«

»Nein, natürlich nicht.« Gabrielle dachte, dass Irène ein wenig naiv wirkte. Deshalb fügte sie hinzu: »Er weiß ja noch nicht, dass Sie ihm abhandengekommen sind.«

»Abhandengekommen«, wiederholte Irène schmunzelnd. »Das gefällt mir. Sie drücken sich sehr gewählt aus.«

»Diese Sprache lernt man, wenn man gute Bücher liest. Das Einzige, wofür ich wirklich viel Geld ausgebe, sind Bücher. Aber im Moment spielt das keine Rolle. Gehen wir.« Gabrielle nahm

Irènes Arm und zog sie auf den Weg, auf dem sie vorhin gekommen war.

Obwohl sie sich vor Irène souverän gab – Gabrielle befürchtete bei jedem Schritt, Picasso und Apollinaire zu begegnen. Da die beiden Freunde weggefahren waren, würden sie auch zurückkehren. Jedenfalls war das anzunehmen. Und da ihr Ziel unbekannt war, galt das auch für den Zeitpunkt ihrer Rückkehr. Es war durchaus möglich, dass der Entführer in einem Automobil an ihnen vorbeifuhr oder sich zwischen den Fässern auf einem Karren verbarg. Vielleicht kamen die Männer ihnen auch einfach entgegen. Zwei kräftige Kerle waren in der Lage, zwei Frauen wie sie und Irène zu überwältigen. Unglücklicherweise fiel Gabrielle in diesem Moment ein, dass niemand wusste, wohin sie gefahren war. Es würde sie niemand in Montrouge suchen, falls sie verschwand. »So gehen Sie doch schneller«, herrschte sie die andere an.

Schließlich erreichten sie unbehelligt die Haltestelle vor dem Rathaus. Es stand gerade eine Straßenbahn dort, die abfahrbereit war und in nördliche Richtung fahren würde. Schreiend und winkend liefen Gabrielle und Irène auf die Tram zu, die Schaffnerin hatte ein Einsehen und ließ sie zusteigen.

Nachdem Gabrielle die Fahrkarten für sich und Irène bezahlt hatte, fanden sie zwei Plätze im hinteren Teil des Wagens.

»Ich sollte mich wohl bei Ihnen bedanken«, hob Irène an, als sie auf den Sitz neben Gabrielle sank.

»Ja. Vielleicht sollten Sie das.«

»Danke.« Irène schenkte ihr ein wunderschönes Lächeln. »Kennen Sie Hélène näher, dass Sie so ein Abenteuer für sie auf sich nehmen?«

»Ich kenne Madame Oettingen kaum«, erwiderte Gabrielle. »Ich interessiere mich für Picasso ...«

»Was?« Irène starrte sie an, das Strahlen war erloschen.

»Nicht so, wie Sie denken«, wehrte Gabrielle ungeduldig ab. »Es geht um eine Angelegenheit, in der Picasso eine wichtige Rolle zu spielen scheint. Was ist er für ein Mensch? Erzählen Sie, bitte.«

»Er ist verrückt. Vollkommen verrückt.« Irène tippte sich mit dem Zeigefinger gegen die Stirn. »Er ist irre. Verstehen Sie? Er wollte mich zwingen, ihn zu heiraten. Als käme es mir auf einen Trauschein an. Pah!«

Hatte Sert nicht von Picassos Obsession für eine andere Frau erzählt? »Ich hörte davon«, antwortete Gabrielle verständnisvoll.

»Diese Idee von einer Ehe treibt ihn in den Wahnsinn«, fuhr Irène fort. »Wenn er nicht von sich erzählt, redet er von anderen. Von Apollinaire beispielsweise, der auch kein Glück mit den Frauen haben soll. Und von seinen Modellen, die alle wohl ebenfalls nicht ganz dicht sind, sonst würden sie ja nicht für Picasso sitzen.«

»Ich hörte, er zahlt gut.«

»Davon weiß ich nichts.« Irène strich sich eine Strähne ihres kurzen dunklen Haares aus der schönen Stirn, bevor sie leidenschaftlich berichtete: »Es waren alberne Geschichten, die er von sich gab wie ein Märchenerzähler auf dem Jahrmarkt. Enttäuschte Lieben und zerbrochene Verlobungen sind sein Lieblingsthema. Ich konnte es nicht mehr hören, das sage ich Ihnen. Als Picasso behauptete, eine reiche Frau sei zu ihm gekommen, um ihn zu beauftragen, ihren Sohn von der Verbindung mit einem Mädchen abzuhalten, das bei ihm Modell sitzt – also, da war es endgültig aus bei mir. Das ist doch Schwachsinn! Und das musste ich mir tagelang anhören. Das war Folter.«

Irènes Plauderei sprudelte wie das Wasser aus einem Springbrunnen, ihre Worte perlten an Gabrielle ab. Doch plötzlich horchte sie auf. Zwei Wörter genügten, um sie aus ihrer Lethargie zu wecken. Picasso hatte Irène von einer *reichen Frau* erzählt …

»Hieß die Dame Grosjean?«, fragte sie rasch. »Madame Grosjean?«

»Glauben Sie, ich habe mir die Namen gemerkt, mit denen Picasso um sich warf? Hier eine Gaby, dort eine Eva, dann eine Annie, eine Marie oder eine Magali, eine Madame dies oder eine Mademoiselle jenes. Was weiß ich?! Picassos Frauen muss man durcheinanderbringen, es sind so viele.«

Gabrielle setzte sich gerade hin. »Bitte erinnern Sie sich«, drängte sie atemlos. »Was ist das für eine Geschichte um diese reiche Frau und deren Sohn?«

»Woher soll ich das wissen? Es war so, wie ich es eben sagte. Vielleicht steckte auch mehr dahinter. Ich habe nicht zugehört. Wissen Sie, Picasso gab mir ständig so viel Champagner zu trinken, dass ich irgendwann nicht mehr wusste, wo ich war und was ich hörte.«

Gabrielle gab es auf. Von Irène würde sie nichts mehr erfahren, die war auf ihre eigene Art egozentrisch. Jetzt plapperte sie davon, wie gerne sie tanzte und wie bedauerlich es war, dass das Bal Bullier im Quartier Latin inzwischen zu einer Fabrik für Armeemäntel umfunktioniert worden war, in der ein gewisser Paul Poiret das Sagen hatte. Nachdem dieser Name gefallen war, verschloss Gabrielle ihre Ohren vor dem Geplapper.

Ihre Gedanken kreisten jedoch unaufhörlich um das, was Irène gesagt hatte. Wenn sie alles richtig einordnete, gab es eine Verbindung von der Familie Grosjean zu Picasso. Madame hatte ihn ins Vertrauen gezogen. Aber brachte Picasso den jungen Grosjean um, weil die Mutter wollte, dass er ihn von der Beziehung zu seinem Modell abhielt? Klang das nicht vielmehr so, als hätte André Grosjean auf Picasso gehört, sich dem Willen seiner Mutter gebeugt und von Magali getrennt? Arme kleine Magali, dachte Gabrielle unwillkürlich, es lief immer wieder auf sie hinaus. Die schlüssigste Erklärung für all das, was sie inzwischen wusste, war, dass Magali die Mörderin war.

33

Gabrielle war sich sicher, dass sie Magali zu keinem Geständnis bewegen konnte. So viel Professionalität traute sie Kommissar Hollande zu: Wenn der es im Verhör nicht geschafft hatte, dass ihre Näherin die Tat gestand, würde diese auch vor Gabrielle nichts zugeben. Vor allem war noch nicht geklärt, wie der Scheck in André Grosjeans Brieftasche gekommen war. Gabrielle wünschte, Hollande hätte den Zahlungsavis nicht wieder eingesteckt. Mithilfe des Dokuments wäre es ihr vielleicht möglich gewesen, Magali die Hintergründe für den Diebstahl zu entlocken. Wenigstens das. Aber es war sinnlos, darüber nachzudenken, sie hatte den Scheck ja nicht zur Hand.

Als sie in ihrer Badewanne lag und sich den Straßenstaub von Montrouge mit einem Schwamm und reichlich duftendem Schaum von Yardley vom Körper wusch, beschloss sie, dass sie noch einmal von vorn anfangen musste. Sie brauchte einen Beweis. Oder eine Zeugin. Dann erst konnte sie Magali überführen. Es tat ihr einerseits weh, die offenbar in die Irre geleitete junge Frau dem Henker auszuliefern. Andererseits war es die einzige Möglichkeit, ihre eigene Haut zu retten.

Wo also hatte das Drama begonnen? In ihrer Boutique mit dem Diebstahl ihrer Einnahmen. Wer waren die handelnden Personen? Alle, die sich zu diesem Zeitpunkt in ihrem Atelier und im Laden befunden hatten. Gabrielle zerbrach sich den Kopf, wie sie vorgehen sollte. Eingehüllt in ein Badetuch, fiel ihr die Lösung ein: Sie musste noch einmal mit Madame Grosjean sprechen. Es würde nicht einfach sein, der Mutter des Toten die Antworten zu entlocken, die Gabrielle brauchte, das war ihr klar. Aber wenn sie ihr gleich morgen früh einen Besuch abstattete, war Madame vielleicht noch nicht so betrunken wie zu einer späteren Stunde des Tages.

Gegen halb zehn Uhr stand sie vor der Villa der Grosjeans in Passy. Das Tor stand wieder weit und einladend offen, doch das Haus selbst lag seltsam ruhig in dem gepflegten Garten. Ein Trauerhaus, dachte Gabrielle beklommen. Daran würde sich nichts ändern, solange Madame Grosjean den Tod ihres Sohnes nicht verarbeitet hatte. Vielleicht konnte sie ihre gute Kundin darin unterstützen, indem sie half, die Mörderin zu überführen.

Das alte Faktotum öffnete auf ihr Klingeln. »Ja, bitte?«

»Ich möchte zu Madame Grosjean.«

»Wen darf ich melden?«

»Coco Chanel. Ich bin die Modistin von Madame.«

Der Diener knallte die Tür vor ihrer Nase zu, und es blieb Gabrielle nichts anderes übrig, als zu warten, bis er zurückkam. In der Zwischenzeit betete sie, dass es nicht doch zu früh war und Madame Grosjean bereits Gäste empfing.

»Mademoiselle«, die Tür schwang erstaunlich schnell wieder auf, »da sind Sie ja noch ... Madame lässt bitten. Kommen Sie in den kleinen Salon.«

Gabrielle enthielt sich des Kommentars, dass sie selbstverständlich auf Antwort gewartet hatte und dass sie den Weg zu dem kleinen Salon bereits kannte. Stumm folgte sie dem Mann durch die repräsentative Eingangshalle zu dem gelben Zimmer.

Diesmal war Madame Grosjean bereits anwesend. Sie lag auf dem Sofa wie Madame Récamier auf der Chaiselongue, den Rücken gestützt von Kissen, das lange Hauskleid dekorativ drapiert. Allerdings war Madame Grosjeans Gesichtsfarbe weniger frisch als das Antlitz auf dem Gemälde von Jacques-Louis David, und sie war keinesfalls so gut frisiert. Gabrielle hatte das Bild gesehen, als Boy sie durch den Louvre führte, und es war eines der wenigen Werke, das sich ihr ins Gedächtnis gebrannt hatte. Aber wenigstens stimmt die Haltung, dachte sie amüsiert.

Obwohl Madame Grosjean nicht so wirkte, als wäre sie übermäßig erfreut über ihren Besuch, hob sie zuvorkommend an: »Guten Tag, Madame Grosjean, haben Sie vielen Dank, dass Sie mich empfangen.«

»Mademoiselle Chanel, nicht wahr?«, stellte Madame fast ein wenig überrascht fest. »Ich weiß gar nicht mehr, ob mein Diener Sie angemeldet hat. In letzter Zeit bin ich so vergesslich…« Ihre Stimme verlor sich.

Gabrielle roch keinen Alkohol, aber es war deutlich, dass Madame Grosjean entweder getrunken hatte oder unter der Wirkung eines beruhigenden Medikaments stand. Hoffentlich konnte sie einem einigermaßen weiterführenden Gespräch folgen. »Darf ich mich setzen?«

»Ja. Setzen Sie sich. Setzen Sie sich, wohin Sie wollen.«

Ihr Blick streifte das Regalbord mit den Erinnerungsstücken. Statt Platz zu nehmen, ging Gabrielle dorthin und nahm eine der Miniaturen zur Hand. Vielleicht konnte sie Madames Erinnerung an den Besuch bei Picasso etwas auf die Sprünge helfen. Gabrielle war sich nicht sicher, was sie sich erhoffte, sie wusste ja nicht einmal genau, ob diese kleine Steinmaske tatsächlich aus seinem Besitz stammte. Aber es tat schon gut, etwas gegen ihre eigene Nervosität in der Hand zu halten.

»Als ich das letzte Mal hier war«, hob sie an, nachdem sie sich in einem Sessel gegenüber dem Sofa niedergelassen hatte, »habe ich dieses Kunsthandwerk bewundert. Ich vergaß, Sie zu fragen, ob es ein Geschenk von Pablo Picasso ist.«

»Ich habe keine Ahnung«, erwiderte Madame Grosjean. »Dieser ganze Tand ist immer irgendwo und taucht dann hier wieder auf. Ich weiß wirklich nicht, woher das alles stammt.«

Gabrielle registrierte höchst beglückt, dass die Erwähnung des Namens Picasso Madame nicht irritierte. »Ich hörte, dass Ihr Sohn ein Freund von Picasso war«, wagte sie sich vor.

Zu ihrem Entsetzen veränderte sich die Haltung von Madame. Der Gedanke an André schien sie aufzuregen. Sie richtete sich auf, zog die Beine an und schlang die Arme darum wie ein Kind. »Mein Sohn hatte keine Freunde«, zischte sie, »er hatte nur mich.«

»Haben Sie Monsieur Picasso deshalb aufgesucht?«, fragte Gabrielle mit sanfter Stimme. »Ich meine, weil er ein falscher Freund für Monsieur Grosjean war?«

»Ich wollte seine Hilfe. Aber er ist nur ein liederlicher Ausländer. Er hält nicht, was er verspricht.«

»Was hat er Ihnen versprochen und nicht gehalten?«

Madame legte die Stirn auf ihre Knie und schloss die Augen.

Hatte sie die Frage womöglich nicht verstanden? War sie zu

forsch? Gabrielle überlegte fieberhaft, wie sie Madame wieder an das Thema heranführen konnte, um das es ging.

Unvermittelt hob Madame Grosjean den Kopf und sah Gabrielle aus glasigen Augen an. »Ich bat Picasso, dafür zu sorgen, dass mein Junge die Finger von diesem Mädchen lässt. André hatte sich in ein Aktmodell verliebt. Meine Güte, was für ein Klischee. Ich verstand ja, dass er sie vögeln wollte …«

Gabrielle schluckte angesichts der drastischen Ausdrucksweise der Dame.

»… aber man heiratet doch nicht so eine. Jeder Mann hat seine Affären, meiner auch, so ist das Leben. André hätte weiterhin mit dieser Magali schlafen können, doch er war wie besessen von ihr. Er wollte alles aufgeben, um sie zu heiraten. Er nahm sogar in Kauf, sich mit mir zu überwerfen. Das konnte ich doch nicht zulassen, nicht wahr?« Um Zustimmung heischend, blickte sie Gabrielle an.

»Vermutlich nicht«, murmelte Gabrielle. Sie entsann sich ihres Gesprächs mit Laure Fontaine. Offenbar hatte die Verlobte nicht damit gerechnet, dass André Grosjeans Liebe zu Magali stärker war als seine Freundschaft zu ihr. Um sich zu vergewissern, dass sie alles richtig verstand, fragte sie: »Picasso hat also nicht auf Ihren Sohn eingewirkt?«

»Wohl nicht. Nein. Dabei habe ich sogar eines seiner schrecklichen Bilder gekauft, auf denen man nichts erkennt außer Kreisen und Fratzen. Picasso nahm unser Geld, rührte aber ansonsten keinen Finger. Mein Sohn blieb dabei, er wollte mich verlassen und dieses Mädchen heiraten.«

Ob Magali wusste, dass sie in dem Moment einen armen Mann aus ihrem Geliebten machen würde, in dem sie mit ihm vor den

Traualtar trat? Vielleicht hatte André aber auch eigenes Vermögen besessen, ein kleines Erbe von einer Großmutter oder einer entfernten Tante. So etwas gab es häufig, es erleichterte einem Enterbten das Leben. Gabrielle überlegte, dass sie sich nach den Vermögensverhältnissen des Mordopfers erkundigen sollte. Sie hatte sich von Kommissar Hollande zu der Annahme verleiten lassen, die finanziellen Ressourcen des Toten hätten nur auf dem Unternehmen des Vaters beruht.

Ein tiefes Schnarchen schreckte sie aus ihren Überlegungen auf.

Madame Grosjean war, den Kopf auf ihren Knien gebettet, eingeschlafen.

Und nun?, fragte sich Gabrielle. Madame hatte nichts anderes getan, als nur zu bestätigen, was Irène gehört hatte. Was um alles in der Welt sollte sie nun machen?

Die Tür flog auf. »*Maman* ...«

Gabrielle drehte sich um. Wegen der Anrede erwartete sie Amélie Grosjean. Doch die junge Frau, die in den kleinen Salon stürmte, war – Laure Fontaine.

»Hallihallo«, lallte Madame Grosjean nicht nur schlaftrunken.

»*Bonjour*, Mademoiselle Chanel.« Laure baute sich breitbeinig vor Gabrielle auf. Offensichtlich kam sie gerade vom Training. Sie trug einen weißen Faltenrock und eine weiße Bluse unter einem blauen Cardigan, in der einen Hand hielt sie einen Tennisschläger, die andere stemmte sie gegen ihre Hüfte. »Was machen Sie hier?«

»Ich habe Madame Grosjean einen Besuch abgestattet.«

»Mir ist nicht bekannt, dass meine Schwiegermutter neue Hüte bestellt hat.«

Mit der angemessenen Ruhe erhob sich Gabrielle. »Das hat sie nicht«, bestätigte sie und zwang sich zur Ruhe. Dass Laure die Ältere *Maman* nannte und als *Schwiegermutter* bezeichnete, sprach von einem engeren Band zwischen den beiden Frauen als bisher angenommen. »Ich wollte mich nur nach dem Befinden von Madame erkundigen. Aber jetzt muss ich gehen …«

»Setzen Sie sich hin!«, befahl Laure.

Verblüfft über diesen Ton, sank Gabrielle zurück in den Sessel.

»Sie haben meine Frage nicht beantwortet: Was machen Sie hier? Und vor allem: Was hat sie Ihnen erzählt?«

Gabrielle wünschte sich eine Zigarette, sie wagte jedoch nicht, sich zu rühren. »Ich verstehe nicht …«, hob sie an und unterbrach sich in beredtem Schweigen.

»Es ist doch ganz einfach: Ich möchte von Ihnen die Details Ihres Gesprächs erfahren.«

»Mademoiselle hat nach Picasso gefragt«, meldete sich Madame Grosjean. Sie hob kurz den Kopf, dann streckte sie sich aus und legte sich der Länge nach auf das Sofa. In dieser Position schlief sie weiter.

Laure blickte auf die Miniaturen, die Gabrielle vorhin auf den Sofatisch gelegt hatte, dann zu Gabrielle. Scheinbar leichthin erkundigte sie sich: »Ich habe Ihnen erzählt, dass André für Picasso als Ruderer Modell saß. Was interessiert Sie noch darüber hinaus?«

»Anscheinend gab es eine Auseinandersetzung zwischen Madame Grosjean und Monsieur Picasso. Sie sagte mir eben, dass sie das Verhältnis zwischen ihrem Sohn und einer jungen Frau, die er in Picassos Atelier kennengelernt hatte, nicht tolerierte und um Picassos Intervention bat.«

»Sie drücken sich auffallend gewählt aus«, stellte Laure fest. Wieder flogen ihre Augen flüchtig zu den Miniaturen. »Sie können nur nicht gut lügen, Mademoiselle Chanel.«

»Wie meinen?«

Laure lachte kehlig auf. »Dass André Affären mit Künstlermodellen unterhielt, hatte ich Ihnen ebenfalls bereits erzählt. Das sind also keine Neuigkeiten für Sie. Beleidigen Sie nicht meine Intelligenz, Mademoiselle, mir ist klar, dass Sie nicht über das übliche kleine Gehirn einer einfachen Putzmacherin verfügen. Also, was wollen Sie?«

»Sie haben mir nicht erzählt, dass Monsieur Grosjean die Verlobung mit Ihnen lösen und seine Freundin Magali heiraten wollte.« War sie wirklich gerade so dreist, die Braut des Toten mit der Mesalliance zu konfrontieren?

»Wem würde so viel Offenheit noch nutzen?«, versetzte Laure. »André ist tot. Er kann weder ein Mädchen aus der Unterschicht heiraten noch die Verlobung mit mir lösen. Und die Mitgiftjäger wird meine Trauer abhalten. Somit haben wir den Status quo erhalten.« Im Takt ihrer Worte begann sie, mit dem Tennisschläger in ihre freie Hand zu schlagen.

Sie war es, dachte Gabrielle, über den eigenen Gedanken fast schockierter als über die Erkenntnis an sich. Laure hat ihn ermordet, weil sie die Schmach nicht ertrug, die er ihr mit der Trennung zugefügt hätte. So ergab alles einen Sinn. Wie hatte sie sich nur so blenden lassen können?!

»Haben Sie den Verdacht absichtlich auf Magali gelenkt, indem Sie ihn vor der Hintertür meines Ateliers töteten?«, entfuhr es Gabrielle.

»Wie bitte?« Im ersten Moment schien Laure fassungslos, dann brach sie in schallendes Gelächter aus. »Sie glauben doch nicht etwa, ich hätte André getötet? Warum hätte ich das tun sollen? Himmel, Sie sind wohl doch nicht so klug, wie ich annahm.«

Irritiert sah Gabrielle zu ihr hin.

»Ehrlich gesagt dachte ich, Sie hätten durch die Miniaturen begriffen, was los ist. Wie schade, dass das ein Irrtum war.«

Gabrielle beugte sich vor, um die kleinen Steinmasken wieder zur Hand zu nehmen. »Sie stammen aus Picassos Atelier und wurden, soviel ich weiß, kürzlich als gestohlen gemeldet ...«

»Madame Grosjean ... *Maman* ... hat sie mitgehen lassen.«

»Sie hat sie geklaut?«, wiederholte Gabrielle verblüfft, nun nicht mehr ganz so akribisch auf ihre vornehme Sprache bedacht.

»Es ist eine Krankheit«, erklärte Laure. »Man nennt es Kleptomanie. Unsere Madame hier macht lange Finger, wo immer es ihr möglich ist. Es ist wie ein Zwang. Der kann überall und zu jeder Zeit auftreten. Wenn ihr plötzlich danach ist, stiehlt sie.«

Die Kasse, dachte Gabrielle mit wachsendem Entsetzen. Madame Grosjean hatte in einem unbeobachteten Moment in die Schatulle greifen und das Geld sowie den Scheck an sich nehmen können.

»Wir alle in der Familie versuchen, sie zu schützen«, fuhr Laure fort. »Monsieur Grosjean geht kaum noch mit seiner Gemahlin aus, weil er fürchtet, sie würde in der Oper in die Handtaschen ihrer Logennachbarinnen greifen. Amélie, André und auch ich haben lange versucht, die Angelegenheiten gütlich zu regeln. Meist war das unproblematisch, weil es sich nur um Kleinigkeiten handelte, die sie mitgehen ließ. Die Miniaturen waren die ersten Gegenstände von höherem Wert. Aber da sie zunächst aus dem Louvre gestohlen worden waren, lag die Situation ein wenig anders. Es war ein Glück für uns alle, als bei Picasso eingebrochen wurde. Daraufhin verlor sich die Spur zu den Miniaturen.«

Gabrielle schluckte. »Die Polizei hat mir gesagt, dass man in der Brieftasche Ihres Bruders einen Scheck fand, der auf Chanel Modes ausgestellt war.«

»Das war der Anfang der Tragödie.« Laure sah kurz zu Madame Grosjean, die sich wie ein Kleinkind auf dem Sofa zusammengerollt hatte und schlief. »Als sie mit Amélie bei Ihnen in der Boutique war, griff sie in Ihre Kasse. Zu Hause angekommen, räumte *Maman* ihre Handtasche aus und wusste mal wieder nicht, woher der Inhalt stammte. Das passiert ihr andauernd. Jedenfalls wollte André, dieser Narr, den Scheck unbedingt zu Ihnen zurückbringen …«

»Aber wieso …«

Laure unterbrach sie barsch: »Meine Güte, an Ihrer Hintertür befindet sich ein Briefkasten. Da wollte er den Scheck hineinwerfen. Oder besser: Er wollte, dass seine Mutter dies tat. Angeblich hatte er mit einem Arzt gesprochen, der die bewusste Rückgabe der gestohlenen Sachen für einen wichtigen Therapieansatz hält. Er hatte nur nicht damit gerechnet, dass sie sich dagegen zur Wehr setzen würde.« Sie legte eine Pause ein, dann: »Ja, es stimmt, André hat seine Mutter geliebt. Deshalb wollte er alles für sie tun. Und deshalb hat sie ihn erschlagen.«

»Was?« Gabrielle schrie so laut auf, dass sie Madame Grosjean aufweckte, die ein unwilliges Grummeln von sich gab. Als Stille einsetzte, schlief sie weiter. Nach einer Weile fragte Gabrielle mit einer fremden Stimme, die wie ein raues Krächzen war: »Woher wissen Sie das alles?«

»Ich war dabei, Mademoiselle Chanel.«

Den Spazierstock hätte Madame Grosjean nicht in dem Rollladenkasten von Madame Thérèse deponieren können, dachte

Gabrielle. Sie hatte von Anfang an gewusst, dass es dafür eines sportlicheren, jüngeren Menschen bedurfte.

»André hatte mich gebeten, ihn und seine Mutter zu begleiten«, berichtete Laure weiter. »Ich konnte sie nicht daran hindern, auf ihn einzuschlagen. Das ging alles so schnell ...«

»Warum sind Sie nicht zur Polizei gegangen?«

»Um das Liebste, das mein bester Freund hatte, dem öffentlichen Hohn auszusetzen? Ich bitte Sie!« Laure blickte wieder zu der Schlafenden. »Sehen Sie sich diese Frau an. Ihr Geist war schon länger gestört. Aber durch die Tat hat sie den letzten Rest Verstand verloren. Sie ist nicht mehr bei Sinnen. Das ist keine Frau, die vor ein anderes als das Gericht Gottes gehört.«

Der Mord kam ihr gelegen, wusste Gabrielle mit einem Mal. Wie sie selbst sagte, die Verhältnisse waren geordnet, Laure blieb Andrés Verlobte über den Tod hinaus, sie konnte um ihn trauern und damit potenzielle Nachfolger abschrecken. Dabei konnte sie ihr Leben mit Frauen führen, wie es ihr beliebte, denn selbst die gestrengsten Damen der Gesellschaft verstanden, dass Laure unter den gegebenen Umständen den Trost einer Freundin benötigte. Wie genial! Laure hatte ihre sogenannte Schwiegermutter zu ihrer Handlangerin gemacht und war fein raus.

Aber warum war Laure so offen zu Gabrielle? Unwillkürlich richtete sie sich auf. »Nun, Mademoiselle Fontaine, belassen wir es dabei. Ich muss jetzt gehen ...«

»Sie werden nirgendwo mehr hingehen, Mademoiselle Chanel. Ich habe Ihnen nicht die Wahrheit anvertraut, damit Sie aus dieser Tür spazieren und anschließend direkt zur Préfecture fahren ...«

Gabrielle erstarrte. Was um alles in der Welt wollte Laure ihr antun? Konnte man einen Menschen mit einem Tennisschläger töten? Sie hatte keine Ahnung, aber wahrscheinlich wäre das eine recht blutige Angelegenheit, die den kleinen gelben Salon verunstalten würde. Unwillkürlich fuhr ihre Hand an ihren Kopf und zu ihrem Hut. Die einzige Waffe, die sie in Griffweite hatte, war die Hutnadel. Genügte das, um sich gegen einen Tennisschläger zu verteidigen? Gabrielle spürte, wie ihr Magen in Wallungen geriet.

»Befürchten Sie, dass ich mir die Hände an Ihnen schmutzig mache?« Laures Stimme wurde gefährlich leise. »Aber nicht doch, Mademoiselle Chanel. In diesem Haus befinden sich gewisse Hilfsmittel, um selbst einen Riesen in den ewigen Schlaf zu versetzen. An die Vorteile von Gift denken Sie natürlich nicht. Schade, Sie sind eben doch nur eine dumme Midinette.«

Ihre Mutter war eine einfache Wäscherin gewesen, ihr Vater ein Hausierer, aber wenn Gabrielle und ihre Brüder und Schwestern etwas von den Eltern gelernt hatten, dann, sich in der harten Welt der Armenhäuser zur Wehr zu setzen. Ihr Verstand war schlagartig klar, sie durfte keine Minute länger hierbleiben.

Es war die Kraft der Verzweiflung, die sie gellend schreien ließ.

Laure zuckte irritiert zusammen. Mit diesem Hilferuf hatte sie nicht gerechnet.

Im nächsten Moment sprang Gabrielle auf und zog gleichzeitig die Hutnadel heraus. Ihr weiter Rock ermöglichte ihr einen Sprung nach vorn, blitzschnell hob sie den Fuß und trat zu. Sie traf Laure direkt in den Bauch.

Laure schrie auf, krümmte sich, der Tennisschläger fiel ihr aus der Hand.

Doch sie war durchtrainiert und erholte sich rasch. Sie folgte Gabrielle, die vor ihr geflohen war …

Die Tür wurde aufgestoßen.

»*Mesdames*«, sagte eine Männerstimme, »bitte bewahren Sie Ruhe.«

»Sie hat André getötet!«, rief Laure geistesgegenwärtig aus.

Gabrielle schnappte nach Luft. Sie war sprachlos.

»Nein, Mademoiselle Fontaine«, erwiderte Kommissar Hollande, »das stimmt nicht. Wir haben alles gehört. Sergent Salois ist mein Zeuge. Sie haben laut genug gesprochen.«

»Sie werden sich noch wundern«, pöbelte Laure, »meine Anwälte werden Ihnen zeigen, wie man mit falschen Verdächtigungen verfährt.«

»Jaja«, meinte der Kriminalkommissar gelassen.

Keiner kümmerte sich mehr um Gabrielle. Sie sah zu, wie der Sergent Laure Fontaine überwältigte und nach draußen zerrte. Eine unfassbar große Erschöpfung griff nach ihr. Es kam ihr vor, als wäre ihr Gehirn absolut leer. Ihre Glieder taten ihr weh, ihr Kopf schmerzte. Sie lehnte sich gegen die Wand neben der Tür und sackte ganz langsam in sich zusammen – bis sie in der Hocke auf dem Boden ankam.

»Wie geht es Ihnen, Mademoiselle Chanel?«

Sie sah zu Kommissar Hollande auf und wunderte sich über die vielen Sterne, die vor ihren Augen tanzten. »Was machen Sie hier?«

»Wir sind Ihnen gefolgt. Als ich Ihnen den Scheck zeigte, wusste ich, dass Sie etwas Unbedachtes unternehmen würden. Also ließ ich Sie beschatten, was eine gute Idee von mir war, nicht wahr?«

Gabrielle nickte. Die Bewegung ihres Kopfes führte zu einem fürchterlichen Schwindel. »Mir wird schlecht«, flüsterte sie.

»Können Sie mit meiner Hilfe aufstehen?« Hollande legte seinen Arm um sie und zog sie sanft hoch. Dabei rutschte der Regenmantel auf den Boden. »Warten Sie«, sagte er und ließ sie los.

Gabrielle taumelte etwas, aber sie blieb auf ihren Füßen stehen.

Er hob den Mantel auf und warf ihn um ihre Schultern. »Sie zittern«, stellte er fest. »Da tut Ihnen ein wenig Wärme gut.«

Im Hintergrund rührte sich etwas. Madame Grosjean erhob sich mit steifen Gliedern von ihrem Sofa. Sie wirkte wie eine Marionette, die ihre Fäden verloren hatte. Verwirrt sah sie sich um. »Ist etwas passiert?«

NACHWORT

Die Entführung von Irène Lagut fand irgendwann zwischen Mai 1916 und Frühsommer 1917 statt, genauer ließ sich der Zeitraum für mich nicht eingrenzen. Pablo Picasso war offenbar besessen von ihr, denn er erpresste sie später mit Aktfotografien, versprach ihr die Unterstützung bei ihrer eigenen Malerei und verschaffte ihr tatsächlich einige Ausstellungen. Irène Laguts Bilder hingen neben denen von Picasso – und sie kehrte zu ihm zurück, verließ ihn jedoch wieder und so weiter. Als er im Sommer 1917 die russische Primaballerina Olga Stepanowa Chochlowa heiratete, war die Affäre mit Irène wohl vorbei.

Picassos enge Freundschaft zu Guillaume Apollinaire ist wie in der beschriebenen Form überliefert, auch die Verbindung der beiden zu dem Raub der *Mona Lisa* und dem Diebstahl des Kunsthandwerks aus dem Louvre. Apollinaire hat über Picassos toxische Beziehung zu Irène Lagut bereits 1917 einen Roman geschrieben: *Die sitzende Frau*. Dennoch wurden die Details erst lange nach Picassos Tod (1973) bekannt.

Sowohl in den Memoiren von Coco Chanel wie auch in den Lebenserinnerungen von Misia Sert wird Bezug auf den Einbruch in Picassos Haus in Montrouge in jener Zeit genommen. Beide erzählen, dass tatsächlich nur Wäsche und kein einziges Bild entwendet wurde.

Die Beschreibung von Arthur Capel entspricht vor allem dem, was Gabrielle über die Liebe ihres Lebens hinterließ. Es ist eigentlich schade, dass Boy heute lediglich als Mäzen und Gefährte von Coco Chanel in Erinnerung geblieben ist: Er hatte sich bereits früh mit den politischen Möglichkeiten eines vereinigten Europas auseinandergesetzt und sogar ein Buch mit Józef Retinger zu dem Thema geschrieben. Somit war Capel einer der Vordenker des Völkerbundes und der heutigen EU.

Zwei Jahre nach meiner im Frühling 1916 angesiedelten Handlung heirateten Arthur Capel und Diana Wyndham. Trotz dieser Ehe, die ihn in die höchsten gesellschaftlichen Kreise des Königreichs führte, hielt er seine Beziehung zu Gabrielle aufrecht; so bezogen sie etwa die gemeinsame Wohnung in der Avenue Gabriel. Boy starb zu Weihnachten 1919 bei einem Autounfall auf dem Weg von seiner Frau zu seiner Geliebten. Es ist bis heute nicht geklärt, ob es sich um Selbstmord handelte. Er hinterließ zwei Töchter, eine Witwe, die bald darauf wieder heiratete, und eine Mätresse, die ihm für immer ein Denkmal setzte.

Die Familie Grosjean und alles, was mit den Mitgliedern geschah, ist reine Erfindung. Auch war Coco Chanel niemals in einen Mordfall verwickelt und nahm nicht eigenmächtig Ermittlungen auf.

Noch ein Hinweis zu den Verhältnissen in Paris während des Ersten Weltkriegs: Zu Beginn wurde eine Ausgangssperre eingeführt, und es herrschte Verdunkelung, beides wurde aber nach und nach aufgehoben, sodass in der französischen Hauptstadt eine Weile lang ein relativ normales Leben möglich war. Erst ab 1917 veränderten sich die Verhältnisse dramatisch. Aber das ist eine andere Geschichte.

Abschließend möchte ich mich ganz, ganz herzlich für die gute Zusammenarbeit bei Jürgen Welte, Pascalina Murrone, Monika Buchmeier und Marion Voigt bedanken. Vor allem aber danke ich Petra Hermanns und natürlich meiner Familie für die wundervolle Unterstützung.

Michelle Marly